KB159672

암스테르담행
완행열차

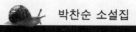

박찬순 소설집

암스테르담행
완행열차

강

차 례

암스테르담행
완행열차

어떻게 발길이 저절로 그쪽을 향했을까. '당분간 KTX는 운행하지 않습니다. 다른 열차편을 이용해주십시오.' 매표소 창구 위 전광판에 흐르는 안내 문구를 보고 처음엔 아차, 싶었다. 그러다 '참 파업 중이지' 하면서 나도 몰래 무궁화 쪽 매표소로 발길을 돌린 것이다. 물론 '불편해도 좀 참아줘야. 오죽하면 파업을 하랴' 하는 생각을 평소 해보지 않은 것은 아니었다. 하지만 무궁화호 매표소로 발길을 옮긴 것은 순전히 자동적인 반응이었다. 시간을 따져보았다. 서울에서 부산까지 KTX로는 2시간 30분이지만 무궁화호로는 5시간 45분. 공연은 저녁 8시. 지금이 12시 반이니까 저녁을 열차 안에서 간단히 해결하면 대연동 부산문화회관까지 늦지는 않을 것 같았다. 이무지치 실내악단의 부산 공연이었다. 지방의 클래식 공연 환경이나 관객 반응을 알아보기 위한 출장이었다. 전 같으면 어디를 가든 속도와 시간에 대해 심하게 까탈을 부렸을 내가 어떻게 해서 KTX가 생긴 이래 단한 번도 타본 적이 없는 완행열차로 주저 없이 발길을 돌리게 되었던가. 매표소 앞 긴 줄 끄트머리에 서서 기다리는 동안 내 기억은 그해 겨울의 브뤼셀역을 불러냈다. 그리고 암스테르담행 완행열차를.

그해 겨울 브뤼셀역에서는 도저히 있어서는 안 되는 일이 벌어졌다. 그런 낭패가 있을 수 없었다. 밤 10시에 떠나기로 되어 있던 고속열차 탈리스가 이미 떠났다는 거였다. 홈에서 기다리고 있는 승객도 태우지 않고서였다. 다음날 아침 9시 파리행 탈리스를 예약해둔 나는 그날 밤 안으로 암스테르담으로 돌아가야만 되었다. 그래야만 오전에 파리에 도착해 오페라 거리에서 볼일을 보고 밤 9시 드골 공항에서 인천행 비행기를 탈 수 있을 터였다. 비행기 표가 도착은 암스테르담으로, 출국은 파리로 되어 있는 탓이었다. 짐은 아직 암스테르담 호텔에 있었다. 게다가 모레 열리는 이사회에서 나는 바로크 음악 공연 기획 프레젠테이션을 하기로 예정되어 있었다.

떠나오기 전 국장이, 일정이 너무 촉박하지 않느냐고 하는데도 나는 조용한 탈리스 고속열차 안에서 충분히 준비할 수 있을 거라고 장담했었다. 이사회에서 이번 안이 통과되지 못하면 기획팀장인 나는 영영 회사를 떠나게 될지도 몰랐다. 노조의 주장도 주장이지만 회사의 정체성이 이벤트 업체로 변하는 것만은 나로서도 도저히 참을 수 없는 일이었다. 이사회 이튿날에는 엑스와 만나 이혼 서류에 도장을 찍기로 한 일정도 나를 기다리고 있었다. 삼십대 중반에 접어들어서도 가정과 직장 어느 것 하나 안정된 것이라고는 없다는 생각만으로도 추운 벌판에 나앉은 느낌인데 거기에 또 한 가지 근심거리가 내 발목을 붙잡고 있었다. 눈발마저 내리기 시작한 초겨울 밤, 열차를 대부분 떠나보낸 텅 빈 플랫폼은 을씨년스럽고 썰렁하기 그지없었다. 빠르고 쾌적하기로 이름난 초고속열차가 도대체 무슨 바람이 나서 승객도 싣지 않고 달아나버린 것일까. 분통이 치밀어 올랐다.

출발 시간이 20분쯤 지나자 스물댓 명가량의 승객들이 서로 쳐다보며 웅성거리기 시작했다. 바바리코트를 입은 중년 아저씨가 독일어로 역무원과 이야기를 나누는 소리가 들려왔다. 그의 말은 결코 항의하는 말투 같지 않았다. 고등학교 때 배운 얄팍한 독일어 실력이지만 노인첸(19)과 아흐첸(18)이라는 말만은 또렷이 내 귀에 들려왔다. 두 사람의 대화를 미루어 짐작해보면 19번 홈으로 들어와야 할 열차가 18번 홈으로 들어왔다가 승객도 태우지 않고 떠나버렸다는 얘기 같았다. 한 노선만 어긋난 것이 아니었다. 고속열차 승객들이 서 있는 곳에서 십여 미터 떨어져서 오륙십 명의 승객들이 여자 역무원을 에워싸고 이야기를 나누고 있었다. 후줄근한 차림새에다 이민가방 같은 무거운 짐 보퉁이를 들고 녹초가 된 듯한 표정들은 스스로 완행열차 승객임을 드러내고 있었다. 내색은 하지 않았지만 결코 함께 여행하고 싶지 않은 사람들이었다. 그 무리에 묻어 다니다 보면 고속열차의 안락함을 내던지고 나 자신을 저잣거리로 내팽개치는 꼴이 되고 말리라는 불길한 예감이 머리끝까지 차올랐다. 나는 KTX가 생긴 이래로 무궁화호든 새마을호든 다른 열차라고는 타본 적이 없었다. 그런데 유럽까지 와서 완행열차에 내 몸을 맡긴다는 것은 상상조차 할 수 없는 일이었다. 나는 그들의 면면을 조금 더 자세히 뜯어보았다. 유럽에는 현재 내전 상황에 있는 나라들이 많아서인지, 가족인 듯이 보이는 몇몇 그룹은 난민처럼 보이기도 했다. 완행 승객 중에서는 검은색 코트 차림에 가무잡잡한 얼굴을 한, 내 또래 젊은 여자가 그나마 세련된 축에 속했다. 중간 크기의 캐리어 가방 한 개만 달랑 끌고 있는 그녀가 역무원에게 영어로 묻는 소리가 들렸다.

"완행이 왔다가 벌써 떠나버렸다고요? 내일 아침 로테르담에서 바이어와 상담이 있는데."

그날 밤 열차 혼선은 탈리스뿐이 아니었다. 탈리스와 시차를 두고 19번 홈으로 들어왔어야 할 완행열차도 다른 홈으로 들어왔다가 떠나버린 거였다. 그녀 역시 항의하는 말투가 아니라 그저 하소연에 지나지 않았다. 고속열차의 독일인도, 완행열차의 젊은 여자도 거세게 따지지 않는 태도가 내 눈에는 몹시 답답해 보였다. 당장 열차편을 따로 마련하고 손해배상을 하라고 역무원에게 목청을 높여야 할 마당에 그들의 말투는 지나치게 절제되어 있었다. 아파트에서 티브이를 크게 켜놓고 앙칼진 목소리로 엑스와 다투던 내 모습이 떠올랐다. 우리는 경쟁적으로 목청을 높여 상대를 제압하는 데만 관심이 있었다. 이제 와서 돌이켜보면 싸운 이유는 하나도 생각나지 않고 단지 서로를 향해 지르던 고성만 귓가에 쟁쟁할 뿐이었다. 우리가 헤어지게 된 건 어쩌면 그 높은 목소리 때문이었는지도 모른다. 그런데 이곳에서는 마땅히 소리를 질러야 할 두 사람 모두 애당초 고음은 낼 수 없는 성대를 갖고 태어난 사람들처럼 보였다. 마치 그것이 운명이라도 되는 것처럼.

그렇게 해서 그날 밤 10시 눈발이 흩날리는 브뤼셀역 19번 홈에는 미아가 된 고속열차와 완행열차 승객 칠십여 명이 남겨졌다. 양쪽 승객들 중에 다 함께 몰려가서 항의하자며 목소리를 높이는 이들이 한두 명씩 있기는 했지만 거기에 동조하는 사람은 없었다. 아마도 내가 영, 독, 불어 중에 한 가지라도 자신이 있었다면 발 벗고 나섰을지도 모른다. 그때 누가 대표로 선정하기라도 한 듯 낮은 목소리의 젊은 주근깨 여자는 승객들의 최종 목적지를 물어 쪽지에 적어나갔다. 탈리스 승객들이야 물을 필요도 없이 전원 암스테르담행이었지만 완행열차 승객들의 목적지는 가지각색이었다. 로젠달, 브레다, 델프트, 로테르담, 헤이그, 레이덴 등등 그야말로 시골의 작은 역마다 다 서는 완행을 타야 할 형편이었다. 탈리스 승객들 사이에서는 일그러진 표정들이 보이는 듯했다. 나야말로 오늘 밤 승객들 중에서 가장 큰 피해자였다. 시속 300킬로미터의 초고속열차로는 두 시간도 채 걸리지 않을 거리였다. 원래대로 탔다면 나는 이미 암스테르담에 도착해 중앙역 앞에 있는 호텔에서 느긋하게 기획안을 마지막으로 가다듬고 있을 시간이었다. 초고는 탈리스 안에서 이미 다 잡아 놓은 상태였을 것이다. 두 사람은 역무원과 함께 역구내로 뛰어 내려갔다. 남은 사람들은 몇몇씩 모여 서서 근심 어린 얼굴로 얘기를 나누다가 눈발이 날리는 밤하늘만 맥없이 바라보았다.

모든 게 다 악기 박물관에서 만난 그 '비올라 다 감바' 때문이었다. 예약해두었던 오후 6시 암스테르담행 탈리스를 놓치게 된 것은. '다리 비올'이라는 그 이름대로, 비올라 다 감바는 첼로와는 달리 앉아서 다리 사이에 끼고 켜는 악기였다. 어쩌자고 나는 그 악기가 진열된 창 앞에 죽치고 서서 헤드폰을 쓴 채 협주곡만을 연속으로 듣고 있었던지. 비올라 다 감바와 두 대의 바이올린, 그리고 바소 콘티누오로 이루어진 곡이었다. 바흐, 비발디, 헨델과 동시대 음악가로 당대에는 바흐보다 더 인정받았다는 텔레만의 곡이었다. 양의 창자로 만든 거트현에, 거트 활로 연주되는 편안하고 보드라운 소리에 넋을 잃었나 보다. 정신이 들기 전까지 나는 숲으로 빙 둘러싸인 초원에 있었다. 그저 풀밭을 뒹구는 게 아니라 난생처음으로 이제껏 느낀 적 없는 평화로움 속에서 감미로운 섹스를 맛보았다.

아니 그 이전 이야기부터 해야 한다. 텔레만의 음악을 따라 들어간 꿈의 초입에서 나는 높은 벽으로 가로막힌 어떤 공터에서 누군가와 큰 소리로 싸우고 있었다. 서로의 신체를 물고 뜯고 하지는 않았지만 우리는 칼날보다 더 날카로운 목소리로 상대의 살점을 베어나갔다. 나의 고성에 막혀 상대방의 목소리는 전혀 들리지 않았다. 아마도 그곳은 목청의 크기로 승패가 갈리는 그런 공간인 듯했다. 하지만 목청을 다 써버린데다 고음이라면 넌덜머리가 난 나는 고함 소리가 쩌렁쩌렁 울려 퍼지는 그곳이 마치 지옥처럼 느껴졌다. 그곳은 뜨거운 불길이 아니라 춤추듯 널름거리는 혀가 서로의 몸에 상처를 내는 곳이었다.

내가 할 수 있는 일이란 그곳을 탈출하기 위해 담장 벽을 기어오르는 것밖에는 없었다. 하지만 담벼락은 너무 높고 미끈거려서 쉽게 넘을 수가 없었다. 오르다 미끄러지기를 수십 번, 어쩌다 틈새를 찾아낸 나는 그곳을 딛고 올라 가까스로 담장을 뛰어넘었다. 나는 숲으로 둘러싸인 어떤 풀밭에 툭 떨어졌다. 뼈가 부러질 수도 있는 높이였는데도 이상하게 털끝 하나 다치지 않았다. 초록 풀밭 위에는 하얀 시트가 깔린 푹신한 침대가 놓여 있었고 나는 어느새 누군가에게 이끌려 그 위에 뉘어졌다. 한적한 초원에는 살랑살랑 실바람이 불어왔고 그 바람결에 어디선가 나지막하고 보드라운 음악이 실려 왔다. 높지도 아주 낮지도 않은 선율이었다. 가슴을 파고드는 낮은 선율에서 때로는 슬픔이 배어 나오기도 했지만 그것은 몸서리치게 뼈아픈 것이라기보다는 기꺼이 얼싸안고 싶은 그런 종류의 슬픔이었다. 슬픔이 그토록 큰 힘이 되어 몸과 마음을 다독여준다는 것을 나는 그때 처음 알았다. 아마도 고음이 원천적으로 봉쇄되어 있어 어떤 정해진 음역만을 켤 수 있는 악기로 켜는 소리인 듯했다. 괴성에 쫓겨 담장을 뛰어넘느라 지친 나는 침대 위에 큰대자로 벌렁 누워 오직 그 낮은 음악 소리에 맞추어 헐떡이는 숨을 진정시키고 있었다. 그때 내 다리 사이에 끼어 있던 누군가가 귀에 대고 속삭였다.

"이제는 목소리를 높이지 않아도 돼, 당신. 그동안 높은 소리 내느라 고생이 많았군. 이런, 이마에 흐르는 이 땀 좀 봐."

그 낮은 목소리의 주인공이 누구인지 알 수 없었지만 다정한 그의 저음에 나는 금세 믿음이 가서 그의 품에 몸을 맡겼다. 그는 하얀 거즈 수건으로 내 목덜미며 겨드랑이의 땀을 닦아주었다. 내 입에서는 저절로 낮은 목소리가 새어 나왔다.

"나도 소리 지르기에 지쳤어. 낮은 목소리로 말해줘. 저기 저 선율에 맞춰서."

그는 내 귓불에, 목에, 가슴에 살며시 입맞춤을 하며 천천히 숨을 들이마셨다 내쉬었다 했다. 배꼽 아래 무성한 숲에도. 나도 그의 입술과 목과 뺨과 역시 무성한 그의 숲과 그 숲의 주인에게 입을 맞추었다. 우리의 두 손은 각각 그 선율과 리듬에 맞춰 서로의 몸을 켜나갔다. 현으로 된 악기를 켜듯이. 낮은 선율이 어디에 닿아도 튕겨 나오지 않고 스르륵 우리 가슴속으로 스며들 듯, 우리들의 손길도 마찬가지였다. 어렴풋이 그의 손길이 선율의 그것만큼이나 한없이 은근하고 살보드랍다는 생각이 들 무렵, 다리 사이에 끼어 있던 무언가가 내 몸을 휘감았고 동시에 단단하게 잠겨 있던 몸이 스르르 열리는 듯했다. 이윽고 몸속에

찰랑찰랑하던 샘물이 왈칵 솟구치면서 나는 그 어디에도 비할 수 없는 행복감과 희열을 맛보았다.

참으로 이상한 일이었다. 그랑플라스에서 만난 프랑스 아저씨가 일러준 대로 꼭대기에 담쟁이 모양의 장식이 걸린 건물을 찾아갔을 때부터 나는 그 덩굴에 그만 휘감겨버리고 만 모양이었다. 베르메르의 그림에 등장하는 17세기 네덜란드 악기인 버지널의 소리를 확인하고 난 다음에는 내내 비올라 다 감바 앞에 잡혀 있었으니까. 그러다 나도 모르게 선 채로 소르르 어딘가로 흘러가버린 것이었다. 헤드폰에서 나오는 비올라 다 감바의 선율을 따라서였다. 바이올린보다는 5도 낮고 첼로보다는 약간 높다는 악기였다. 한쪽 어깨는 바이올린에 다른 쪽 어깨는 첼로에 걸친 화음악기라고 안내 책자에 나와 있었다. 양쪽 어깨에서 팔이 나와 각각 두 악기와 어깨동무를 하고 있는 다 감바의 모습이 그려지자 피식 웃음이 나왔다. 그동안 '바이올린의 우울한 이복형'이라는 별명은 듣기가 좀 짠했는데 그 설명을 보자 '어깨동무 씨동무, 보리가 나도록 씨동무'라는 동요가 생각나서였다.

비올라 다 감바를 위한 협주곡과 함께 대중을 위한 식탁협주곡도 작곡했다는 텔레만도 내 머리에 와서 꽂혔다. 음악이 왕과 귀족들만을 위해 존재하던 그 시절에 대중을 위해 악보를 출판하고, 아마추어 활동을 권장해서 유능한 인재를 발굴하기도 했다니 무척 서민적인 음악가인 듯했다. 바흐와 헨델의 작품이 자못 성스럽게 느껴진다면 텔레만의 곡은 품격에서 결코 그들에 뒤지지 않으면서도 마치 이웃집 음악가 아저씨의 곡처럼 친근함이 느껴졌다. 음악의 생활화를 회사 모토로 삼으려 하는 내 기획과 딱 맞아떨어지는 콘셉트였다.

아무튼 그런 텔레만이 무척이나 아꼈다는 비올라 다 감바는 대학 시절 예술의전당 앞 악기점에서 처음 만났을 때부터 나를 사로잡았다. 우선 악기의 머리라 할 수 있는 스크롤이 독특했다. 대개 소용돌이 모양인 첼로의 스크롤과는 달리 다 감바의 것은 사람의 얼굴 형상으로 조각되어 있었다. 수제 악기여서 그런 조각이 가능하다고 주인이 말해주었다. 악기에 손을 대자마자 마치 감비스트나 텔레만이 손을 내밀고 악수를 청하는 것처럼 여겨졌다. 하지만 사람 얼굴 모양의 스크롤보다 더 압도적이었던 것은, 그즈음 개봉되었던 영화 「세상의 모든 아침」에서 조르디 사발의 연주로 들었던, 조금은 어두운 듯하면서도 풍성한 알토 음색이었다. 그것은 높게 내지르고 싶은 욕망을 참아내야만 하는 고통이 깃들어 있어 더욱 애절하게 들렸다. 주인공이 죽은 아내를 위해 작곡한 「회한의 무덤」이라는 곡을 절절한 그리움으로 켜나가자 아내가 생시 모습 그대로 눈앞에 나타났다. 비올라 다 감바의 기적이었다. 영화 속의 선율이 머릿속에서 맴돌고 있을 때 악기점 주인이 말해주었다.

"사람의 목소리를 가장 많이 닮은 악기예요. 인간의 모든 목소리를 다 낼 수 있답니다."

키냐르의 원작 소설에서도 그랬다. 좀더 우수 어린 음색을 내기 위해 주인공이 다 감바에 일곱번째 현을 첨가하자 악기는 인간 목소리의 모든 굴곡진 결을 다 표현할 수 있게 되었다.

젊은 여인의 탄식에서부터 중년 남성의 오열까지, 전장의 우렁찬 외침에서부터 그림 그리는 데 열중해 있는 아이들의 쌔근대는 숨결까지, 성욕을 불러일으키는 거친 헐떡임부터 기도에 몰입한 남자의 아무 꾸밈없는, 무음에 가까운 저음까지.

소설과 영화에서 받은 깊은 인상 때문이었을까. 2시에 들어간 악기 박물관에서 나는 폐관을 알리는 종소리가 울릴 때까지도 그 악기 앞에 서 있었다. 마치 몇 시간을 도둑맞은 것 같았다. 순간 다리 사이에서 뭔가가 쑥 빠져나간 듯 서늘한 바람이 일면서 허전함이 밀려왔다. 서둘러 기차역으로 달려갔지만 탈리스는 이미 떠난 뒤였다. 남은 열차편은 밤 10시 것밖에 없었다. 그것도 창구에서 기다렸다가 누군가가 예약을 취소하는 바람에 겨우 얻어걸린 거였다. 비올라 다 감바의 음색을 탐한 대가를 나는 톡톡히 치르고 있었다.

바이올리니스트의 꿈은 이미 접은 지 오래였다. 음악은 이제 클래식 공연 기획으로 내 삶에서 근근이 명맥을 이어가고 있었다. 그놈의 수능이 원수였다. 내 실력에는 얼토당토않게 잘 나온 점수 탓에 나는 음대에 가는 대신 법대에 가게 되었다. 아버지 평생의 소원이라는 데야. 하지만 4년 내내 바이올린만 끼고 살았다. 법학도도 음악도도 되지 못하고 어정쩡한 채로 졸업을 했고 어쩌다 흘러흘러 오늘에 이르렀다. 이번 기획에는 나뿐만 아니라 클래식 공연 기획이라는 일에 청춘을 건 다른 동료 직원들의 꿈도 함께 실려 있었다. 머리에 붉은 띠를 두르고 '이벤트 회사 전환 결사반대'를 외치던 노조원들의 목소리가 귀에 쟁쟁했다. 중간 간부로서 어느 편에 서든 나는 어차피 배신자가 될 운명이었다. 누군들 회사가 그렇게 되기를 바라는 이가 있으랴. 지금 가장 절실한 것은 경영진의 위기의식을 날려보낼 만한 무언가 큰 한 방이었다. 아니 그것으로도 부족했다. 미래에 대한 비전을 제시해야만 되었다. 나는 그것을 '고음악 공연 전문 기획사'로 생각했다. 대학에 전문 연구 과정이 생길 만큼 고음악에 대한 갈증과 수요는 서서히 일어나고 있었고 비올라 다 감바와 같은 원전 연주용 악기를 찾는 사람도 솔솔 늘고 있는 추세였다.

또 한 가지는 텔레만이 추구했던 음악의 대중화를 회사의 장기 발전 계획으로 삼는 것이었다. 연주회장에만 갇혀 있는 음악을 우리 생활 깊숙이 들어오게 하자는 얘기였다. 그것을 위해 나는 벨기에의 저명한 감비스트인 쿠이켄을 만나러 갔고 며칠간에 걸친 협의 끝에 오늘 아침 협력 방안을 도출해내기에 이르렀다. 하지만 만약 내일 아침 파리행 탈리스를 타지 못해 오후에 인천행 비행기를 놓치게 된다면 모든 일은 물거품이 되고 말 것이었다.

칠십여 명의 승객들이 19번 홈에서 추위에 떨고 있는 동안 독일인 아저씨와 주근깨 여자는 숨을 헐떡이며 뛰어 올라왔다 내려가기를 몇 번 되풀이했다. 행선지가 각각 다른 사람들의 편의를 위해 열차 시간을 조정해보려는 것 같았다. 몇 번이나 계단을 오르내린 끝에 주근깨 여자가 말했다. 자세한 설명이 필요하니 대합실로 내려가 이야기하자고. 브뤼셀역 대합실은 칠십여 명의 승객들이 내뿜는 근심 어린 숨결로 가득 찬 듯했다. 주근깨 여자가 설명을 해나갔다. 요지는 간단했다. '탈리스 승객들에게 양해를 구한다. 심야에 남은 고속열차는 한 대뿐인데 좌석이 없다. 모두 완행열차를 타고 갈 수밖에 없다.'

그녀는 줄줄이 역 이름을 대가며 설명해나갔다. 하지만 생전 들어보지 못한 철도 회사며 역 이름이 나오자 나도 쉽게 따라갈 수가 없었다. 모두들 어리벙벙해하자 주근깨 여자는 종이에 사인펜으로 그림을 그려가며 다시 설명을 했다.

"여기가 벨기에 브뤼셀, 앤트워프이고 여기가 네덜란드 로젠달, 그리고 암스테르담입니다. 브뤼셀에서 앤트워프까지는 벨기에 철도로 가고요. 앤트워프에서는 네덜란드 인터시티로 갈아타고 국경 넘어 로젠달로 갑니다. 이 구간에서는 좌석이 없을 수도 있어요. 로젠달에서 완행열차인 스프린터로 갈아타면 앉아서 암스테르담까지 쭉 가게 됩니다."

"암스테르담에는 언제쯤 도착하나요?"

젊고 말쑥한 젊은 남자 승객이 물었다.

"글쎄요. 두 번 환승에다 또 열차 시간을 기다리고 해야 하니까……"

시간은 벌써 밤 11시가 다 되어가고 있었다. 세 시간 이상을 덜거덕거리는 완행열차에서 시달려야만 되겠군. 머릿속에서 재빨리 계산이 되었다. 추운 밤인데도 머리 꼭대기로 열기가 치솟아 올랐다. 대표로 내려간 두 사람은 어쩐 일인지 피해 보상에 대해서는 일절 말하지 않은 듯했다. 이런 일이 다반사여서 으레 그러려니 하는 것인지, 아니면 처음 겪는 사고여서 어떤 조치를 취해야 하는지도 모르고 있는 것인지 알 수 없었다.

주근깨 여자와 독일인 아저씨는 어떻게 꿰뚫어 봤는지 언어가 불편할 것으로 예상되는 사람들을 몇 명씩 그룹을 지은 다음 안내할 사람들을 정했다. 고속열차의 젊은 승객들 중에서는 스스로 안내를 맡겠다고 나서는 사람들도 있었다. 승객들은 8개 그룹으로 나누어졌다. 여덟아홉 명의 그룹마다 가이드가 생겼으므로 이제 복잡한 환승에서 낙오할 사람들은 없을 것 같았다. 나는 처음부터 선뜻 나서서 성가신 일을 마다하지 않는 주근깨 여자의 시원스러운 성격에 끌려 그녀 곁에 따라붙었다. 주근깨 여자는 아랍인으로 보이는 두 가족을 맡겠다면서 나를 돌아보았다. 그러고는 도움을 청하는 듯한 표정으로 말했다.

"Would you mind……?"

뒤에 무슨 말이 나올지를 짐작한 나는 자동 응답기처럼 답했다.

"Of course not."

그 말끝에 나는 주근깨 여자에게 살며시 웃어 보이기까지 했다. 느닷없는 요청에 느닷없는 대답이었다. 그런 질문에는 그런 반응을 해야 무례하지 않은 대화법이라고 머리에 새겨져 있었던 것일까. 나는 졸지에 아랍인 그룹의 보조 가이드 신세가 되고 말았다. 아마도 주근깨 여자의 나지막하고 조곤조곤한 목소리에 거절이라는 것은 생각도 할 수 없었는지 모른다. 브뤼셀로 올 때는 탈리스의 널찍하고 푹신한 일등석에 앉아 식사며 간식, 신문 제공과 같은 서비스를 받으면서 인터넷 서핑을 하고 친구들과 회사에 이메일도 보냈다. 방해하는 사람이라고는 아무도 없었고 열차 안은 이따금 신문 펼치는 소리만 들릴 뿐이었다. 개인의 프라이버시가 완전하게 지켜지고 있었다. 쿠이켄의 음악원으로 나를 데려다줄 택시도 열차 안에서 미리 예약했다. 대부분 유능한 전문직으로 보이는 승객들은 다들 자기 좌석에서 노트북을 켜놓고 각자의 일에 몰두하는 모습이었다. 빨대로 주스를 먹을 때도 행여 쪽 소리가 날세라 나는 숨을 죽이고 빨았다.

오늘 밤 열차를 두 번이나 함께 갈아타야 하는 공동운명체가 되긴 했지만 나는 주근깨 여자 말고 다른 승객들에게는 아무런 관심이 없었다. 다른 사람과는 말도 섞고 싶지가 않았다. 앤트워프행 열차에 올라타고 컴파트먼트에 앉을 때에도 나는 주근깨 여자 옆에 앉았다. 내 앞으로는 히잡을 쓴 아랍 여자와 그녀의 남편으로 보이는 중년 남자, 그리고 검고 큰 눈이 유난히 초롱초롱한 어린아이 두 명이 끼어 앉았다. 주근깨 여자는 통로 쪽에 앉은 내 옆으로 바짝 다가앉고는 히잡 쓴 여자를 창가 자리에 앉혔다. 나는 다른 사람에게는 눈길도 주지 않고 주근깨 여자에게만 정식으로 인사를 했다. 그녀의 차분한 리더십 덕분에 오늘 밤 모두 여행을 계속하게 되었다고. 가까이서 보니 굉장한 미인이라는 칭찬도 아끼지 않았다. 그녀는 내 말에 기분이 좋아졌는지 손을 내밀어 악수를 청했다. "난 이리스." "난 여홍주." 한참 손을 흔들며 한바탕 웃음을 나눈 뒤, 이리스는 휴대폰 화면을 휘리릭 휘리릭 넘기더니 2년 전의 사진을 보여주었다.

"이혼한 지 2년 만에 몰골이 이렇게 되었지 뭐야."

그녀는 주근깨가 담뿍 쓰인 자신의 얼굴을 가리켰다. 그러고는 사진을 보며 말했다.

"다시 이 모습 되찾게 될까. 하긴 곧 일을 시작할 거니까. 터키 물건 수입해보려고."

그 말에 나도 기운을 북돋아주고 싶었다.

"그럼. 원래가 대단한 미인인데, 뭐. 능력도 있어 보이구. 무슨 일이든 척척 잘해낼 것 같아. 오늘 밤 문제 해결하는 걸 보면."

"겪어보지 않은 사람은 모를 거야. 불행한 결혼이 그렇듯, 이혼이 또 얼마나 사람을 망가뜨리는지. 로테르담에서 엄마랑 여섯 살 난 아들이랑 살고 있어."

'나도 이혼한 거나 다름없어' 하는 말이 목구멍에서 나오는 것을 나는 꾹 참았다. 여자가 다시 나를 쓱 훑어보더니 말을 이었다.

"무슨 일 하는지 모르지만 분위기가 있어 보여. 자기 일에 만족하는 전문직 싱글족, 아니면 결혼은 했어도 자유롭게 사는 개성파 미시족?"

나는 이도 저도 아니라고 말하고 싶었지만 그저 미소만 지어 보였다. 겉으로 어떻게 보일지는 몰라도 나는 그 어떤 쪽에도 속하지 못했다. 가정도 직장도 곧 깨지기 직전인 아슬아슬한 상태에서 출장길에 오른 것이었다. 아무튼 저렇게 솔직하게 나오는 상대에게 계속 속내를 감출 수만은 없을 것 같았다.

"나도 곧 이혼할 거야. 우리는 아마도 둘 다 너무 높은 목소리를 내서 깨지게 되는지도 모르겠어."

"높은 목소리를?"

"응, 싸울 때 목청이 터져라 소리를 지르거든."

이리스의 눈이 휘둥그레지더니 믿기지 않는다는 듯이 말했다.

"이렇게 단아하게 생긴 레이디가? 그럴 리 없어. 아니 잠깐, 목청껏 싸우고 나면 후련해져서 도리어 사이가 더 좋아지지 않아? 우리는 둘 다 너무 교양 있는 척하다가 깨진 것 같은데."

세상일이란 도무지 알 수 없는 것 같았다. 나와는 정반대로 생각하는 사람도 있었다. 이리스는 너무 우리 둘이서만 대화를 나누었다고 생각했던지 옆자리 히잡을 쓴 아랍 여자에게 말을 걸었다.

"어디 먼 데서 오세요? 참 어디로 가신다고 했죠?"

여자는 영어를 알아듣지 못한 듯 그저 고개만 살래살래 흔들었다. 앞머리가 많이 나오게끔 히잡을 쓴 것으로 보아 그녀에게 그것은 의무가 아니라 그저 패션인 것처럼 보였다. 히잡도 땡땡이 무늬가 들어간 얇은 실크 머플러였다. 남편인 듯한 중년 남자가 대신 뭐라고 말을 했다. 아랍어로 하는 대답 중에는 '다마스쿠스'와 '암스테르담'이라는 도시 이름이 들어 있었다. 이리스도 나도 현재 그 도시가 의미하는 바를 잘 알고 있었다. 내전으로 수천 명이 희생되고 수백만 명의 난민이 온 유럽을 떠돌고 있었다. 이 가족은 아마도 암스테르담 근교에 마련된 난민 캠프로 가는지도 알 수 없었다. 며칠 전 '난민 수용 절대 반대'를 외치는 우익단체들의 기사를 암스테르담 신문에서 읽은 기억이 났다.

이리스는 대여섯 살쯤 되어 보이는 그들의 딸에게 "스윗 베이비"라며 말을 걸었다.

"우리 아기, 몇 살?" 아이는 부끄러운지 얼굴을 가리고 아빠 품으로 와락 파고들었다. 남자가 딸에게 밀리면서 옆에 세워둔 기다란 주머니를 건드렸는지 어디선가 두둥, 하는 소리가 났다. 내 눈길은 그 소리에 이끌려 남자의 곁에 세워진 기다란 가죽 주머니에 가서 머물렀다. 남자는 내 궁금증을 풀어주기라도 하려는 듯 가죽 주머니의 지퍼를 열어 보였다. 기타처럼 생긴 악기 모습이 드러났다. 몸통은 조금 큰 만돌린을 닮았고 가운데 원은 화살촉과 아라베스크 문양으로 장식되어 있었다. 아이가 다가가 손가락으로 줄 하나를 튕겨 보였다. 그런 다음 고개를 기울이고는 두 손을 모아 눈을 감고 잠자는 시늉을 했다. 아마도 잠을 청할 때면 아빠가 켜준다는 이야기 같았다. 남자는 여섯 줄의 악기를 꺼내더니 손가락으로 잠시 켜 보였다. 음색이 기타보다는 조금 더 강하게 들렸다. 더 이상 물어볼 것도 없었다. 피난살이 중에도 그것이 필요하다는 데야.

남자는 악기를 들킨 것이 잘되었다는 듯 처음의 어두웠던 표정이 상당히 밝아진 모습이었다. 그의 아내는 가방을 뒤지더니 허연 봉지를 꺼내 이리스 앞으로 내밀었다. 뭐냐고 물어도 답은 하지 않고 씩 웃기만 했다. 그녀의 남편이 말했다. '시가넛'이라고. 이리스는 몇 개만 꺼내고 나머지는 여자에게 돌려주었다. 그때 여자가 어떤 웃음소리를 냈는데, 무어라 표현하기 어려운 신비스러운 소리로 들렸다. 나는 저것이 몸을 꼭꼭 숨긴 아랍 여인의 웃음소리일까 싶었다. 시가넛은 정말 시가 모양으로 만들어진 페이스트리였다. 맛이 새콤, 달콤하고 바삭바삭했다. 영어를 한마디도 할 수 없는 아랍 여인의 소통법은 뜻밖에도 새콤달콤, 바삭바삭했다. 시가넛을 깨물던 이리스가 차창 밖을 내다보며 말했다.

"벌써 앤트워프야."

짐이 없는 나는 이리스의 캐리어 가방을 끌고 이리스는 아랍 부부의 큰 짐 보따리를 들고 끙끙대며 기차에서 내렸다. 이리스는 다른 곳에 앉아 있던 또 다른 아랍 가족들도 가이드를 해야만 되었다.

앤트워프에서 네덜란드 인터시티 열차로 갈아탄 뒤였다. 어디선가 울부짖는 듯한 여자 목소리가 들려왔다. 그녀는 계속 뭔가를 외치고 있었는데 세 개의 단어만 되풀이하는 것처럼 들렸다.

"오디션, 오디션, 렘브란트, 이스케이프……"

이리스에게 무슨 말이냐고 물었더니 잠시 좀더 들어보자고 했다. 여자는 세 단어를 되풀이하다 울다, 를 계속했다. 아직 이십대가 되었을까 말까 싶을 정도로 앳된 목소리였다. 여자의 목소리로 평정이 된 듯 잠시 무거운 침묵이 열차 안을 짓누르는 듯했다. 숨소리 하나 들리지 않았다. 이리스가 일어나 고개를 빼고 소리가 나는 곳을 바라보더니 내게 말했다.

"브뤼셀에서 같이 온 우리 일행인데. 한번 가봐야겠어."

내가 앉은 좌석에서 볼 때 예닐곱 좌석 건너 대각선 방향에서 나는 소리였다. 젊은 여자 옆자리 남자 승객은 민망한지 일어나서 통로 쪽에 서 있었다. 여자는 계속 같은 소리만 했다.

"오디션, 오디션! 렘브란트, 이스케이프."

도무지 알 수 없는 단어의 조합이었다. 화가의 이름과 '탈출'이라는 뜻의 단어가 오디션과 무슨 관계가 있다는 말인지 알 수 없었다. 이리스가 젊은 여자에게 들릴 듯 말 듯 나직한 목소리로 뭐라고 달랬는지 울음소리는 점점 잦아들었다. 다시 자기 자리로 돌아온 이리스가 내 귀에 대고 속삭였다.

"오디션 시간이 지나버렸대. 오늘 밤 이스케이프에서 하기로 했었나봐. 암스테르담 렘브란트 광장에 있는 큰 나이트클럽이야. 거기 들어가려고 브뤼셀에서 3년 동안 댄스를 배웠대. 헝가리에서 와서."

그 얘기를 들으면서 나는 찔끔했다. 오늘 밤 열차의 혼선으로 가장 고통받게 된 사람은 분명 나라고 단정했었는데……

"그래서 뭐라고 달랬기에 울음을 그쳤어?"

그녀는 망연히 창밖을 바라보며 혼잣말을 하듯 중얼거렸다.

"음, 오디션은, 계속된다고."

그 말에서는 뭔가 쓸쓸함이 묻어났고 지금까지 자신이 겪었던 수많은 오디션들이 함축되어 있는 것처럼 들렸다. 헝가리 소녀나 나나 예정된 오디션을 위해 열차를 타고 이 밤을 달리는 중이라는 생각에 가슴이 아려왔다. 내일 아침 바이어를 만나기로 되어 있는 이리스가 통과해야 할 것도, 또 아랍 가족이 난민촌에 들어가는 수속을 밟는 일도 역시 오디션이라면 오디션일 터였다. 모두가 오디션을 겪어야만 살 수 있는 이 세계에서 생의 첫 오디션을 놓쳐버린 그녀에게 나는 아무 도움을 주지 못하는 것이 안타까웠다. 그저 그 예비 댄서가 제발 다음에는 오디션을 놓치지 않기를 바랄 뿐이었다.

로젠달역에서 네덜란드 완행열차인 스프린터로 갈아타고 나자 이리스는 우리가 탄 기차가 야간열차인 것을 못내 아쉬워했다.

"지금이 낮이라면 젖소들이 풀을 뜯는 드넓은 초원과 멋진 풍차와 그 유명한 제방도 볼 수 있을 텐데. 또 봄이면 천상에서 내려와 찍힌 무지개 꽃밭도 즐길 수 있을 테고. 다시 와. 그때도 꼭 완행을 타야만 해. 그래야 천천히 눈에 다 집어넣을 수가 있걸랑."

어릴 때 터키에서 부모를 따라 이민 온 이리스는 이제 자기 나라가 된 홀랜드에 대해 이야기할 거리가 제법 많은 듯했다. 이쯤에서 나도 이 살가운 친구에게 내 얘기를 털어놓아야만 될 것 같았다.

"나 사실은······"

"사실은 뭐야? 혹시 국제적인 거물 스파이란 말씀? 뭐야, 빨리 말해."

농담하는 것으로 보아 그녀는 내 입에서 나올 대답을 몹시도 기대하는 눈치였다. 더 큰 환상을 키우기 전에 깨버려야 할 것 같았다.

"음, 브뤼셀에서 어떤 음악가 만나고 오는 길이야. 비올라 다 감바 연주자. 한국에 초청하려고. 클래식 공연 기획 회사에 다니거든."

이리스는 내 말에 반색을 하며 말했다.

"혹시 쿠이켄 아냐?"

그녀도 비올라 다 감바 소리에 매혹된 것일까.

"어떻게 딱 알아맞히네. 좋아해?"

"그럼! 그분, 음악을 좀 자유롭게 하자는 주의거든. 예를 들면 바이올린을 반드시 턱 밑에 꽉 끼우지 않고 어깨에 턱 걸치고 여유롭게 연주하는 법을 찾아낸다든가."

이리스는 그를 제법 자세히 알고 있었다. 그것은 음악의 생활화를 구상하고 있는 나로서는 펄쩍 뛰며 반길 만한 얘기였다.

"그뿐이 아냐. 비올라에 띠를 달아서 목에 걸고 연주하기도 하는걸. 그걸 무슨 비올라라고 부르는데, 하여간 이름이 있어."

"어떻게 그렇게 줄줄이 꿰고 있지?

"우리 엄마 아빠도 여기 처음 이민 와서 딸 한번 잘 키워보겠다고 바이올린에 피아노에 원 없이 음악을 가르치고 싶어 하셨거든. 공연도 숱하게 데리고 다녔지. 쿠이켄도 음악회에서 여러 번 보았어. 그땐 부모님에게 등 떠밀려 하는 것 같아 중간에 그만뒀는데 지금 생각하면 좀더 해둘걸 싶기도 해."

이 모두가 완행열차를 탄 덕분에 알게 된 것들이었다. 탈리스를 탔다면 아마도 몸은 조금 더 편안했을 것이고 자리에 가만히 앉아 온갖 서비스를 받으며 고즈넉한 분위기에서 기획안을 구상할 수 있었을 것이다. 하지만 암스테르담에서 브뤼셀로 올 때처럼 쌩쌩 찬바람 부는 깔끔한 차림의 전문직 남녀들과 서로 싸늘한 눈길만 주고받았을 뿐 말 한마디 나누지 못했을 것이다. 히잡을 쓴 아랍 여인의 수줍고 신비스러운 웃음소리도, 몇 년을 준비해온 '오디션'을 놓쳤다는 헝가리 여자의 애절한 울부짖음도, 만돌린처럼 생긴 아랍 악기의 소리도 듣지 못했을 것이다. 그뿐이 아니다. 피난 중에도 음악은 필요하다는 사실도 알아내지 못했을 것이고, 혀끝에 와 닿던 새콤달콤, 바삭바삭한 시리아 쿠키의 맛도 보지 못했을 것이다. 무엇보다도 이리스를 만나 저음의 카리스마가 어떤 것인지 알게 되지 못했으리라.

로테르담역에서 내리기 전에 이리스는 몇 번이고 내게 다마스쿠스에서 온 가족과 또 다른 아랍인 가족을 암스테르담까지 잘 부탁한다고 말했다. 나 자신이 보조 가이드에서 정식 가이드로 승격되는 순간이었다. 우리는 군이 서로의 이메일 주소며 전화번호도 묻지 않았다. 다만 이리스는 나와 힘차게 이별의 악수를 나누며 "우리 다시 한 번 더 날자"고 말했다. 열차에서 내린 뒤에도 그녀는 차창을 두드리며 나와 아랍인 가족에게 미소와 손짓으로 마지막 인사하는 것을 잊지 않았다.

도저히 있어서는 안 되는 일이 벌어지고 말았다고 분노했던 것은 나의 성급한 판단이었다. 이런 낭패가 있을 수 없다던 나의 한탄은 이제 오늘 밤 완행열차로 나를 이끈 열차 혼선의 절묘함에 대한 감탄으로 바뀌었다. 열차 시간을 놓치게 만든 비올라 다 감바의 소리에서 내가 진정 듣고자 했던 것은 무엇이었을까. 어쩌면 나는 완행열차에서 이리스를 만나기 위해 그때까지 비올라 다 감바에 붙잡혀 있었던 것은 아니었을까. 이리스의 얼굴 위로 화음악기 비올라 다 감바의 모습이 겹쳐졌다. 한쪽 어깨는 바이올린에 다른 쪽은 첼로에 걸친. 바이올린과 첼로는 진화가 거의 끝났지만 비올라는 아직도 진화가 진행 중이라고 했던가. 높게 내지르고 싶은 욕망을 참아내야만 하는 고통이 깃든 악기. 좀처 만들어내기 어렵고 무어라 한마디로 정의할 수 없는 화음. 그렇다면 이리스는 암스테르담행 완행열차에 내려온 어떤 악기, 아니면 화음 요정이었을까. 하지만 서울 쪽을 생각하면 다시 눈앞이 캄캄해왔다. 서로 팽팽한 대결을 벌이며 평행선을 달리고 있는 회사 측과 노조, 그들은 내게 항상 어느 한쪽에 설 것을 요구했다. 그 사이에 비올라 다 감바나 이리스를 갖다 놓아도 문제가 쉽게 풀릴 수 있을 것 같지 않았다. 내 앞의 아랍인 가족은 모두 곤히 잠들어 어른 아이 할 것 없이 모두 순하고 여린 숨소리만 내고 있었다. 먼 여정을 견뎌내고 있는 그들은 지금 무슨 꿈을 꾸고 있을까. 암스테르담으로 향하는 완행열차 안에서 나는 눈을 감고 브뤼셀의 악기 박물관으로 몸을 옮겼다. 다리 사이에서 낮고도 은은한 비올라 다 감바의 선율이 다시금 되살아나고 있었다.

"손님, 어디 가시죠? 몇 분이세요?"

창구 직원이 물어볼 때에야 나는 암스테르담행 완행열차의 꿈에서 깨어났다. 이제는 무궁화호 열차를 탈 차례였다.

테헤란 신드롬

이 도시가 슬슬 나를 따돌리기 시작한다는 생각이 든 것은 어젯밤 난데없는 전화를 받고서부터였다. 시린이 자기가 읽을 소설이 이해가 되지 않는다며 면담을 요청해온 것이다. 세종학당 학생들의 소설 낭독회를 바로 며칠 앞두고서였다. 낭패였다. 「무진기행」이 내 의지와는 상관없이 낭독 목록에서 빠지게 되었을 때 한쪽 뺨을 세게 얻어맞은 기분이었는데 믿었던 「은어낚시통신」마저 흔들리게 된 거였다. 엎친 데 덮친 격이었다. 순전히 내 불찰이었다. 수강생의 수준을 헤아리지 않고 의욕만 앞세운. 한국어를 배운 지 3년 반이 넘었다기에 내 강연 뒤에 소설의 글맛을 보게 해주고 싶었는데…… 반을 일고여덟 명씩 네 조로 나눈 다음 조마다 각기 다른 소설의 일부를 돌아가며 읽는 식이었다.

앵겔럽 스트리트에 있는 테헤란 대학교 문과대 앞뜰. 우리는 예의 그곳, 페르도시 동상 밑 계단에 나란히 걸터앉았다. 학생들과 약속 장소로 자주 이용하는 곳이었다. 때는 4월 중순, 간밤에 내린 비로 매연이 말끔히 씻긴 테헤란의 하늘은 모처럼 푸르렀고 캠퍼스에는 봄꽃이 흐드러졌다. 아침에 집에서 나올 때 보았더니 북쪽 하늘 아래 아직도 만년설을 잔뜩 뒤집어쓰고 있는 토찰산이 새파란 캔버스를 배경으로 그림처럼 솟아 있었다. 하지만 어쩐 일인지 오늘은 깨끗해진 테헤란이 나를 놀리는 것만 같았다. 이곳에 오고 나서 처음으로 외로움이 가슴을 찌르는 듯했다. 그동안 자욱한 매연 속을 헤치고 다니면서 어렵사리 학교 출입증을 받고 대학에서 강연 기회도 얻어냈다. '무진'이 낭독에서 제외되기 전까지만 해도 가로수에 날로 더해지는 잎새처럼 내 안에서 테헤란이 모락모락 자라나고 있었는데.

"어느 부분이지?"

나는 시린 곁에 다가앉으며 물었다. 아리안족의 특징인 흰 피부에 커다란 눈, 유난히 긴 속눈썹에다 오뚝한 코를 가진 테헤란 여대생. 오늘은 늘 걸치고 다니던 검은 차도르 대신 짙은 자주색 원피스에 밝은 비둘기색 히잡을 둘렀다. 마치 키아로스타미의 영화 「올리브나무 사이로」에 나오는 주인공을 보는 듯했다. 복장 규제를 자기만의 패션으로 만들어내는 감각이 돋보였다. 하지만 나는 이미 간파하고 있었다. 그 해맑고 눈부신 젊음은 그 어떤 검은색 가운 안에다가도 가둘 수가 없다는 것을. 검은 차도르 안에서도 젊음은 이미 폭발하고 있다는 것을.

학당 입학식 때 내게 말을 걸어온 학생이 있었다. 3년째 다니고 있다고 했다.

"꼭 다시 만나고 싶다, 요. 연락처를 좀……"

그 뒤로 그녀는 박물관이며 미술관 가이드를 자청했었다. 시린이 대본에서 이해가 되지 않는다는 부분을 가리켰다.

"여기. '당신도 돌아오기 시작하는 거예요.' 어디로 돌아온다는 거니, 요? 또 '존재의 시원', 이거 무슨 말?"

덜컥 가슴이 내려앉았다. 내가 너무 어려운 소설을 들이댄 것만 같았다. 발음과 뉘앙스는 물론 아직 존칭과 토씨도 제대로 쓸 줄 모르는 초보자에게. 어떻게 쉽게 설명해줄 수 있을까. 모천으로 돌아오는 은어의 회귀에 대하여, 우리 삶의 모습이 원래 있어야 할 곳에서 얼마나 멀리 벗어나 있는지에 대하여.

벽처럼 여겨지는 시린을 보고 있자니 애당초 「무진기행」을 두고 한국인 학당장과 실랑이를 벌이던 악몽이 다시 생생하게 되살아났다.

"여기 이 대화 부분은 빼야겠어요. '도대체 여자들이 성기 하나를 밑천으로 해서 시집가보겠다는 고 배짱들이……'"

주인공의 친구인 껄렁한 세무서장의 말이었다. 그는 원래 그런 캐릭터였다. 다른 말로 바꿔보려다가 작가에 대한 예의도 있고 또 지엽적인 문제라고 생각하고 그냥 둔 거였다. 슬슬 검열이 시작되려나 보았다. 검열을 다룬 어느 이란 소설이 생각났다. 소설가는 검열관이 전혀 눈치 챌 수 없도록 온갖 은유와 상징을 사용한다. 검열관 역시 그에 뒤질세라 뛰어난 상상력을 동원해 소설가가 의도하지 않았던, 성적이거나 퇴폐적인 대목을 발견해 붉은 줄을 좍좍 그어댄다. 검열된 작품을 읽는 독자는 소설가도 미처 생각해내지 못했던 표현을 추리해내어 작품을 재구성한다.

그런 효과를 노린 것은 아니었지만 나는 슬쩍 눈길을 딴 곳으로 돌리면서 동의해주었다. 작가가 안다면 기가 막힐 노릇이었다.

"그러세요. 이 동네 분위기가 그렇다면야."

학당장은 대본을 쑥 훑어보더니 뭔가 또 한 가지 낚았다는 듯 기세등등하게 말했다.

"이런, 이것도요. '방죽 위에서 키스를 했다.'"

정말 어처구니가 없었다. 서로 팽팽하게 시선을 마주치고 있다가 슬그머니 눈길을 돌린 것은 이번에도 내 쪽이었다.

"정 곤란하면 빼세요. 하지만 여기서 끝입니다. 더 이상은 안 돼요."

60년대, 오로지 '잘살아보세'만을 외치며 경제개발을 향해 질주하던 시절. 무엇을 위해 살고 있는지 무진의 안개처럼 앞이 잘 보이지 않았다. 정신적으로 한없이 피폐해져 있을 무렵 터져 나온 새로운 감수성, 그것이 이 소설이었다. 어린 시절의 추억과 아픔, 그리고 사랑하는 여인이 있는 순수하고 아름다운 무진과 부유한 처가 덕에 성공이 보장되어 있는 안락한 대도시 서울. 이 두 공간 사이에서 갈등하는 주인공. 그중에서도 가장 인상적이었던 대목은 주인공이 해변에서 자살한 술집 여인의 시신을 보는 장면이었다.

내가 간밤에 잠을 이루지 못하고 뒤척거리고 있었던 게 이 여자의 임종을 지켜주기 위해서가 아니었을까 하는 생각이 들었다. 통금해제의 사이렌이 불고 이 여자는 약을 먹고 그제야 나는 슬며시 잠이 들었던 것만 같다. 갑자기 나는 이 여자가 나의 일부처럼 느껴졌다. 아프긴 하지만 아끼지 않으면 안 될 내 몸의 일부처럼 느껴졌다.

내 안에서는 새삼 이 작품을 꼭 지켜내야 한다는 의무감이 불끈 솟구쳤다. 그러다 문득 며칠 전에 만난 어느 젊은 택시 기사가 생각났다.

의대생 시인들을 만나러 택시를 타고 시내 북쪽에 있는 멜라트공원으로 가던 중이었다. 젊고 준수한 외모의 기사였다. 에이전시에 전화를 했다 하면 예외 없이 피곤에 전 연로한 기사들이 자신들만큼이나 기진맥진해 있는 자동차를 겨우 추슬러 끌고 느릿느릿 기어오곤 했다.

"웬일로 젊은 미남 기사를 만났네요. 차도 비교적 깨끗하고."

"실은 영화배우인데 아르바이트 중이에요."

"배우 하면 돈 많이 벌지 않아요?"

"초짜라서 아직은요. 빨리 방을 얻어야 돼서요. 애인이 있걸랑요. 여기서는 공원이나 거리에서 포옹이나 키스라도 했다 하면……"

그러고는 두 손을 들어올려 교차시키고는 "언더스탠?" 하더니 나를 돌아보며 껄껄 웃어댔다.

내릴 때는 택시비를 두고 그와 핑퐁 게임을 벌여야만 되었다. 그는 손사래를 치며 말했다. "깊은 비밀을 나눈 친구 사이에 어떻게." 나는 그 젊은 기사를 생각하면서 '무진'에서 몇 문장을 빼기로 한 것에 대해 더 이상 연연해하지 않기로 마음먹었다.

이제 '무진'은 일단락되었구나, 하고 있을 때 학당장이 또 전화를 해왔다.

"아무리 생각해도 이 소설은 부적절한 것 같아요. 학생들에게 읽히기에는. 불륜이 들어 있어서……"

아연했다. 그 소설이 불륜이라니.

"미안하지만 다른 작품으로 바꿔주시는 게……"

나는 매우 담담하게, 그러나 제법 강경한 어조로 말했다.

"그렇게 쉽게 바꾸고 어쩌고 할 수 있는 작품이 아닙니다. 낭독회 자체에 대해 다시 생각해봐야 될 것 같군요."

그러고는 전화를 끊었다. 아무리 다시 보아도 거기서부터 마지막까지가 소설의 하이라이트라는 생각에는 변함이 없었다.

빨리 귀경하라는 아내의 급전에 그는 서울로 올라가기 전 여자에게 편지를 쓴다. "서울에서 준비가 되는 대로, 소식 드리면 당신은 무진을 떠나서, 제게 와주십시오. 우리는 아마 행복할 수 있을 것입니다." 그러고는 편지를 찢어버린다. 무진을 떠나며 그는 심한 부끄러움을 느낀다. 그 부끄러움을 학생들에게 알려주지 못하는 것이 나는 정말이지 부끄러웠다. 그러나 내가 가장 매혹되었던 것은 사건의 전개보다는 그 문장이었다.

아침에 잠자리에서 일어나면 밤사이에 진주해 온 적군들처럼 안개가 무진을 삥 둘러싸고 있는 것이었다.

산들도 안개에 의해 보이지 않는 먼 곳으로 유배당해버리고……

마치 수많은 비단조개 껍데기를 한꺼번에 맞부빌 때 나는 듯한 소리를 듣고 있을 때 나는 그 개구리 울음소리들이 나의 감각 속에서 반짝이고 있는 수없이 많은 별들로 바뀌어져 있는 것을 느끼곤 했었다.

묘사와 표현뿐이 아니었다.

한 번만, 마지막으로 한 번만 이 무진을, 안개를, 외롭게 미쳐가는 것을, 유행가를, 술집 여자의 자살을, 배반을, 무책임을 긍정하기로 하자.

이 문장이 일으키는 음악을 한국어를 배우는 학생들에게 들려주고 싶은 것이 나의 간절한 바람이었는데……

학당에 답도 하지 않고 학교 도서관에서 죽치고 지내던 어느 날이었다. 집에 돌아오는 길에 나도 모르게 발길이 캠퍼스 부근 서점가 뒷골목으로 향했다. 어느 카페 안으로 들어가 오른쪽에 쳐진 커튼을 열면 또 문이 나왔다. 혹시라도 한잔 생각이 나면, 하면서 시린이 알려준 비밀 가게였다. 단, 암호를 대야만 문이 열렸다. 암호는 하이얌의 사행시 한 구절. 진정 시의 공화국에 발을 들일 수 있는 입장권이었다. 유사시를 위해 준비해둔 암호들. "들어라. 우리 모두 흙에서 왔다가 바람 타고 갈 것인즉." "할 수 있을 때 포도주를 마시고 장미를 따라. 지금 그대가 보고 있는 꽃송이, 얼마 안 있어 먼지가 되리니." "태어나지 않은 내일, 죽어버린 어제, 왜 그런 것에 안달하는가. 이토록 달콤한 오늘을 두고."

비밀 카페 문이 열리고 주인은 흡족한 미소를 띠며 술을 건네주었다. 술병이 든 배낭을 책가방인 양 메고 집으로 돌아왔다. 금지된 곳에서 아무도 몰래 혼자 홀짝이는 술은 그야말로 짜릿한 해방구가 아닐 수 없었다. 웬만하면 나도 이 나라 법을 따르려고 했다. 정말 웬만하면. 하지만 '무진'을 내게서 빼앗아가려는 데에야……

며칠째 계속되던 '비밀 파티'의 쾌락이 말 못할 공포로 뒤바뀐 것은 어느 날 밤 10시가 넘어서였다. 저벅저벅 복도를 걸어오는 발소리에 이어 아파트 현관문 두드리는 소리가 났다. 똑똑, 나무문을 두드리는 소리는 고요한 밤 복도를 울리며 더욱 크게 증폭되었다. 누군가가 내 뒤를 밟은 게 틀림없었다. 눈앞에 벌써 선명하게 그려졌다. 태형을 받기 위해 엎드린 자세로 형틀에 묶인 내 모습이. 태형 80대. "나 같은 약골은 살아서 나오지 못하겠다"고 했더니 어느 학생이 날 안심시키려는 듯 말했다.

"아뇨. 한꺼번에 다 안 하고요. 아껴가면서 집행해요. 몇 번에 나누어서."

그건 사람을 더 죽이는 일이었다. 다시 노크 소리. 숨을 죽인
채 소파에 얼어붙었다. 세번째 노크 소리가 났을 때는 두려움에
사로잡혀 거의 제정신이 아니었다. 그때 어떤 목소리가 들렸다.

"Hello! Is anybody home?"

남자였다. 경찰도 내가 외국인임을 아는 거였다. 쿵쿵 내 심
장 뛰는 소리에 나는 초주검이 되어갔다. 그때 들려오던 여자
목소리.

"누구, 안에 있다, 요?"

한국어를 쓰는 이란 여경? 얼음 칼로 뇌수를 긋는 듯한 오싹
함이 느껴졌다. 나는 현관문 옆 테이블에 놓인 하프트신을 노려
보았다. 이란의 설날인 노루즈 때 집주인이 차려놓고 간 새해 상
차림이었다. 페르시아어로 모두 S자로 시작되는 일곱 가지 영험
한 물품들이었다. 재생을 뜻하는 밀의 싹, 약만큼이나 효능이 있
다는 마늘, 사랑을 의미하는 말린 대추, 아름다움과 건강의 상징
인 사과, 인내심을 말하는 식초, 붉은 해돋이를 나타내는 옻나무
열매, 풍요를 가져다준다는 푸딩, 거기에 하페즈 시집까지. 그러
나 그 어떤 것도 나를 옹호하기 위해 발 벗고 나설 것 같지 않았
다. 그러다 우연히 점을 치는 데도 사용된다는 하페즈 시집에 눈
길이 머물렀을 때 홀연 여자의 말투가 귀에 익다는 느낌이 왔다.
존칭 쓰는 법이 헷갈릴 때는 무조건 '요'자를 붙이던. 다시 노크
소리가 나고 여자 목소리.

"소흐랍이랑 시린이다, 요. 찬, 안에 있다, 요?"

나는 거의 울상이 되어 문을 열었다. 아마도 공포와 안도가 교차하는, 내 생애 다시는 짓지 못할 기기묘묘한 표정이었을 것이다. 소흐랍이 내 안색을 살피며 말했다. 한국어가 아직 서툰 그는 영어를 썼다.

"찬, 무슨 일 있어요? 요즘 그 가게에 자주 들른다는 얘길 들어서요. 축제 때 쓸 물건 주문하러 갔었거든요."

소흐랍은 내가 테헤란 대학에서 강의를 하고 난 뒤 맨 먼저 반응을 보인 학생이었다. 그때 나는 시린의 집을 방문했던 이야기로 강의를 시작했었다. 내가 꽃을 사갔더니 그녀의 어머니가 말했다. "호데툰 골리(당신이 꽃이다)." 그러니 꽃은 가져올 필요가 없다는 뜻이라고 시린이 통역해주었다. 나는 그 에피소드를 들려주며 학생들에게 말했다. 세상 어디에도 자기 집에 온 손님을 꽃이라고 부르는 나라는 없을 것이라고. 덕분에 내가 꽃이 되었노라고. 그런 다음 김춘수의 시 「꽃」을 읽어주었다. 그때 반짝이는 눈동자들을 보았다. 며칠 뒤 국제도서전에서 책을 고르고 있을 때였다. 먼발치에서 어떤 청년이 달려오면서 외쳤다. "찬!" 내가 의아해하자 그가 숨을 헐떡이며 말했다.

"우리도 당신에게 가서 '꽃'이 되고 싶다."

그때는 더할 나위 없이 영특해 보였는데. 나는 그를 흘겨보며 볼멘소리를 했다.

"내게 와서 꽃이 되고 싶다더니. 한밤중에 경찰 되어 나타났네."

둘은 웃음을 터트렸다. 소흐랍이 서둘러 포도주 병을 따면서 말했다.

"이런 위험 물질은요, 빨리 몸속에다 부어 삭히는 편이 안전 해요."

안주는 '무진'과 '검열'이었다. 그는 내 불평에 놀라는 기색 없이 태연하게 말했다.

"요즘 테헤란이 좀 그런 곳이에요. 잠시 캄캄한 터널에 갇힌 것 같은 느낌. 하지만 어디선가 가느다란 빛줄기가 새어 나오 는."

그 말을 듣자니 이런 게 흔히 말하는 '테헤란 신드롬'이 아닌가 싶기도 했다. 테헤란과 비즈니스를 할 때 일이 술술 잘 풀려 나가다가도 중간에 이유도 없이 꼬이게 되는 것을 일컫는 말이었다.

이튿날 오후가 되어서야 나는 잠에서 깼다. 이마에 와 닿는 차가운 기운 때문이었다. 눈앞에 어른거리던 두 젊은이의 얼굴. 몸은 펄펄 끓고 머리는 빠개질 듯하고, 속은 울렁거리고 천장은 빙빙 돌아가고, 그때 머리를 스치던 생각. 객지에서의 죽음은 이렇게 불시에 닥치는구나.

야릇한 일이었다. 그런 위급한 상황 속에서도 내 안에서 솟아오르던 어떤 괴이한 것의 정체였다. 얼음주머니 대신 건강하고도 기품 있는 소흐랍의 손이 내 이마에 와서 닿기를 바라는. 저절로 입에서 튀어나올 듯한 말들. '젠장. 미련한 녀석. 열을 내리려면 얼음주머니부터 걷어치워. 너의 그 서늘한 손길이 더 효험이 있다고.' 나는 머리에서 발끝까지 내 몸의 모든 힘줄을 모조리 긁어모아야만 되었다. 그의 손을 덥석 잡아 내 이마에 얹고 싶은 충동을 꽁꽁 동여매기 위하여.

얼마 전의 일을 돌이켜보고 있는 내 마음을 아는지 모르는지 시린은 다소곳이 앉아 내 답변을 기다리고 있었다. 나는 아직도 '은어' 소설을 이해시킬 묘책이 생각나지 않았다. 시간을 벌 요량으로 나는 화제를 딴 데로 돌렸다.

"존재의 시원? 그건 좀 있다 얘기하기로 하고, 우선 이 비석에 새겨진 글귀가 무슨 뜻인지 번역 좀 해줄래요? 늘 궁금했어."

페르시아어는 내게 완전히 암호였다. 어찌 보면 화선지에 쳐 놓은 난 같기도 하고, 또 달리 보면 바람에 한들거리는 작은 풀꽃 같기도 했다. 소리는 그 맵시만큼이나 부드럽고 나긋나긋해서 마치 귓가에 와서 살랑대는 봄바람 같았다.

'시로써 페르시아어의 씨앗을 널리 퍼뜨렸으므로 나는 죽지 않고 살아 있을 것이다.' 그런 뜻이라고 했다.

"무슨 시? 페르도시는 천 년 전의 시인인 줄로 아는데."

"서사시 『샤나메』. 페르시아 왕들의 이야기 그린 책. 아랍에 멸망하기 전까지. 이 시 나오고 나서 페르시아어, 공식 언어 된다, 요."

'페르시아어의 씨앗'이라는 말에 나는 묘한 감회에 빠져들었다. 양고기나 실컷 맛보고, 사막에서 쏟아지는 별을 한껏 안아보고, 카스피해에서 페르시아만까지 여행이나 하다 돌아가려고 했는데. '씨앗' 얘기에 언뜻 어느 시구가 떠오른 거였다. "지금 눈 내리고 매화 향기 홀로 아득하니/내 여기 가난한 노래의 씨앗을 뿌린다"이었는지, "뿌려라"이었는지 기억이 가물가물했다. 항일 투쟁을 하다 투옥되었던 시인. 죄수번호 264는 곧 그의 필명이 되고…… 그는 페르도시처럼 큰소리 치지도 않았다. 지극히 낮은 어조로 읊었을 뿐이었다. 나는 홀로 쓴웃음을 지었다. 테헤란에는 전철역이며 대학, 거리, 공원, 심지어는 카페며 호텔에도 시인들 이름이 붙어 있었다. 이곳 시인들의 위상을 보며 시골 마을에 물러나 있는 육사 생각을 하고 있을 때 그녀가 불쑥 물었다.

"찬, 당신 누구 좋아해. 페르시아 시인?"

'당신'이란 호칭에 깜짝 놀랐다. 하지만 신선하게 들렸다. 구태여 고쳐주고 싶지 않았다. 우린 친구 사이였다.

"오마르 하이얌."

내 대답에 시린은 얼굴이 환해지면서 다시 물었다.

"한 구절 읊어줄 수 있니, 요?"

마침 비밀 카페에서 암호로 대기 위해 외워둔 구절이 있었다. 내가 영어로 읊고 나자 시린이 다시 페르시아어로 읊었다.

세상 속박으로부터 자유롭지 못한 나.

'나'라는 존재에 만족할 수 없네

평생 세속의 충실한 제자로 살아왔더니

아직 내 운명의 주인 되지 못했네.

페르시아 시는 멜로디와 리듬이 풍부하게 살아 있어 음유시인의 노래처럼 들렸다. 시린의 낭송을 듣고 나서 물어보았다.

"어느 구절이 제일 가슴에 와닿았어?"

"아직 내 운명의 주인 되지 못했네."

초롱초롱하던 눈동자가 아련해지더니 한참 말이 없었다. 하이얌 축제 때 그의 고향 네이샤부르에 가서 놀랐었다. 테헤란에서 고속열차로 열 시간이 넘게 걸리는 곳인데도 무덤에는 많은 청년들이 모여 목청이 터지도록 그의 시를 읊어대고 있었다. 무엇이 이들로 하여금 900년 전의 시인을 그토록 목 놓아 부르게 하는 것일까. 그 의문은 나의 뇌리에 박힌 어떤 장면과도 겹쳐졌다. 1차 대전 때 전사한 영국 병사들의 군복 앞주머니에서 발견되었다는 총알 박힌 하이얌의 시집, 시집들.

나는 아직도 시린의 질문에 대한 답을 찾아내지 못해 허둥댔다. 빤히 나를 쳐다보고 있는 그녀를 두고 나는 다시 기억 속을 더듬었다. 테헤란에 와서 만난 작가들에게서 그 답을 찾을 수는 없을까, 하고.

비밀 음주 파티로 한바탕 홍역을 치르느라 며칠 동안 학교에 나가지 못했더니 페르시아 문학과 조교에게서 연락이 왔다. M교수의 주선으로 현재 이란의 대표 작가 두 명과 약속이 잡혔고

한 명에겐 문자 메시지를 남겨놓았다고 했다. 그러잖아도 이 도시에 와서 작가들을 만나지 못하고 간다는 것은 마치 이곳의 정신을 놓치고 가는 것처럼 생각되었다.

샤리아티 거리에 있는 북시티에서 키가 훤칠하고 푸근해 보이는 중년의 여성 작가를 만났다. 여성의 자주적인 삶을 그린 『나의 새(My Bird)』라는 작품으로 세계적인 명성을 얻은 파리바 바피였다. 나는 『이란 단편소설 80년사』를 쓴 평론가 하산 미라베디니에게 들었던 얘기로 말문을 열었다.

"이란에서는 여성 작가들이 인기가 높다고 하던데 비결이 뭐죠?"

"애들 키우고 살림하는 틈틈이 남편 열심히 설득하면서 그저 쓰는 것밖에 다른 비결은 없어요."

"평론가의 말에 따르면 여성 작가들이 사회가 묶어놓은 어떤 금지 구역을 남성 작가들보다 훨씬 더 능숙하게 헤쳐가기 때문이라고 하던데요. 그 대표적인 작가가 바피라고요."

"글쎄요. 그건 잘 모르겠는데요."

그녀는 말을 무척 아끼는 편이었다. 나는 그녀의 대표작 『나의 새』를 읽은 감상을 말해주었다.

"소설 속의 남편은 끊임없이 외국으로 나가려고만 몸부림치고, 아내는 혼자서 가족을 부양하느라 자신이 마치 새장에 갇힌 철새처럼 느끼죠. 남편과 살을 맞대고 있는 순간에도 머릿속에서는 딴생각을 하고요. 전 이 구절이 인상 깊었어요."

나는 메모해온 구절을 읽어주었다.

"'이 남자는 내가 하루에도 백 번씩 자기를 배신하고 있다는 것을 모를 거야. 치를 떨면서 하루에도 백 번씩이나 내가 이 생활에서 떠나고 있다는 것을.' 그런 상황에서 어떻게 자신의 날개를 찾겠다고 결심하는지요."

그녀는 그제야 말문이 터진 듯했다.

"막다른 골목에 몰리게 되자 스스로 돌파구를 찾게 된 거죠."

"페미니즘으로만 읽히진 않는다는 생각도 들던데……"

"그랬다면 다행이군요. 삶에서 해결책은 무작정 이곳을 피해 다른 곳으로 떠나는 데에 있지 않다는 생각을 했어요. 지금 있는 곳에서 스스로 생을 개척해나가겠다는 의지가 필요하지 않을까 하는."

말끝에 잔잔한 미소를 짓는 그녀의 표정이 처음 만났을 때보다 훨씬 밝아 보였다.

두번째로 만난 작가는 많은 여성 독자를 갖고 있다는 무스타파 마스투르였다. 대표작 『돼지 뼈와 문둥이 손(*Pig's bone and Leper's hand*)』은 이미 많은 언어로 번역되었다. 온갖 범죄와 부조리를 안고 있는 거대도시를 한 아파트에 압축시켜놓은 것 같은 그의 소설은 살인 현장에 대한 치밀한 묘사로 시작되고 있었다. 그대로 영화를 찍어도 될 것 같았다. 미니멀리스트로 불리는 그는 레이먼드 카버의 번역자이기도 했다.

"어떻게 해서 여성 독자들에게서 큰 호응을 얻고 계시는지요?"

"남자들의 악행을 낱낱이 까발리니까요. 지금의 세상은 좋든 나쁘든 주로 남자들이 만들어놓은 것이죠."

남성 주도였던 과거의 문명에 비판적인 이 솔직한 작가에게 묻고 싶은 게 있었다.

"문학이 세상을 바꿀 수 있다고 생각하세요?"

그는 나직하지만 확고한 목소리로 잘라 말했다.

"Never."

"그 이유는요?"

"사람들이 책을 읽는 순간에는 공감하지만 행동으로 옮기진 않기 때문이지요."

하지만 그의 진지한 표정에서는 도리어 문학에 대한 염결성과 비장함이 엿보이는 듯했다.

오랫동안 연락이 없던 돌라타바디는 어느 날 북시티 북부 지점에서 열리는 독일 작가 낭독회로 나를 초대했다. 이란에 오기 전부터 꼭 만나보고 싶던 작가였다. 혁명 시기에 체포되어 2년간 감옥 생활을 하게 된 이야기는 하나의 전설이 되어 있었다. 경찰에 체포되자 그가 물었다.

"내가 죄 지은 게 있소?"

그러자 경찰의 대답.

"없소. 단지 요즘 체포된 인사들이 모조리 당신 책을 갖고 있는데 그것만으로도 당신이 반혁명적이라고 볼 수 있소."

백발에다 흰 수염이 날리는 노 작가의 풍모에서는 이제 그 어떤 제도나 규제도 범접하지 못할 듯한 자유로움과 초탈함이 풍겨져 나왔다. 이슬람 혁명기, 해외에서 출간된 『대령(Colonel)』이란 작품으로 이란 현대사의 모든 금기를 깼다는 평가를 받은 작가. 나는 단도직입적으로 물어보았다.

"35년 전에 탈고한 『대령』이 아직도 국내 출판을 허락받지 못했다고 들었는데 혹시 해외로 나가 활동할 계획은 없나요?"

"여러 나라에서 망명 제안을 해왔지만 거절했지요. 아무리 혹독한 상황이라 해도 자기 동포가 살고 있는 조국을 떠나서 글을 쓴다는 것은 상상할 수 없어요."

"구두 수선공에서부터 거리의 흥행사, 배우 등 어릴 때부터 여러 직업을 전전하셨는데 어떻게 해서 작가가 되셨는지요."

"비결이라면 그저 그때그때 내 삶을 열심히 살아온 것뿐이지요. 그러다 여기까지 오게 됐고."

모두 따로따로 만났지만 검열에 대해서는 한목소리로 입을 모았다. 수십 군데 시뻘겋게 칠해진 원고를 돌려받은 경험이 있다고. 아무리 극악한 폭력배라도 '술' 대신 '주스'를 마시도록 써야 하고 남녀의 신체 접촉은 가장 건전한 표현으로 바꾸어야 한다고. 차도르 걸친 여인의 무리를 까마귀 떼에 비유한 시를 게재했다는 이유로 200만 리알의 벌금형을 받은 문예지도 있다고 했다.

작가들을 만나고 나서 나는 쓰린 마음으로 '무진'을 낭독 목록에서 빼는 데 합의했었다. 그런 우여곡절 끝에 성사된 낭독회였다. 그런데도 아직 나는 시린에게 「은어낚시통신」에서 '존재의 시원'이란 말을 설명할 방법을 찾지 못해 끙끙댔다. 어떻게든 그녀 스스로 알아내기를 바라면서 이번에는 시 낭송 얘기로 넘어갔다.

"며칠 전에 친구들이랑 점심 먹고 나서 같이 낭송했던 한국 시 있지? 그중에선 어떤 시가 제일 인상 깊었어?"

그날 나는 카페에서 커피를 주문한 뒤에 기습적으로 말했다.

"이란은 시의 나라여서 모였다 하면 돌아가며 시를 읊는다고 하던데 커피 나오는 동안 한번 들려줄 수 있어요?"

학생들은 조금도 주저하지 않고 차례로 시를 읊어나갔다. 시 창작 모임인 '시인의 사회'가 150여 개나 된다는 도시였다. 모임에 처음 나갔던 날 나를 전율시킨 것은 그 뜨거운 창작열이었다. 자신들에게 닥친 운명을 오직 시로써만이 극복해나갈 수 있다는 듯한. 회원들은 인문대는 물론이고 의대생, 공대생, 법대생이 망라되어 있었고 십대에서 팔십대까지 모든 세대를 아우르고 있었다. '죽은' 시인의 사회가 아닌 '살아 있는' 시인의 사회였다.

카페에서의 시 낭송을 기억에서 불러내고 있을 때 시린이 내 질문에 대답했다.

"국화 옆에서"

"어째서?"

"인생 어떤 건지 말한다, 요."

"그래서, 느낌이 어때?"

시린이 잠시 입술을 가만히 깨물고 있다가 말했다.

"아프지만 가슴이 꽉 찬다, 요."

"와 정말 감상을 잘했네. 그런 걸 가슴이 벅차다고 해."

이쯤에서 나는 현대 소설 얘기를 듣고 싶었다.

"한국어 공부해 번역가가 되겠다고 했는데, 맨 먼저 소개하고 싶은 이란 현대 소설이 있다면?"

"음, 글쎄. 아, 『대령』, 돌라타바디 소설."

"『대령』? 어떤 작품인데?"

나는 이미 그 작가를 만나보았지만 국내에서 출판도 되지 않았는데 시린이 알까 싶어 모르는 척하고 물어보았다.

"은퇴 대령, 혁명 때 자식들 사회운동하다 잡혀가 고문 끝에 차례차례 죽음 당한다. 비 쏟아지는 캄캄한 밤, 막내딸 묻으면서 울부짖는다. '가엾은 내 새끼, 지금 나 땅 파고 있다. 널 묻으려. 하지만 이건 우리 미래 파묻을 무덤 파는 것.'"

그 말을 하고 나서 시린은 입을 꼭 다물고 그저 물끄러미 나를 바라보기만 했다.

우리는 한동안 말없이 서로를 바라만 보았다. 이번에는 내가 침묵을 깼다.

"금서여서 외국에서만 출판됐는데 어떻게 구했어?"

"어둠의 통로."

그 말과 함께 시린은 손가락으로 V자를 그려 보였다. 나는 박수를 치며 말했다.

"와우, 어둠의 통로가 빛의 통로네."

내 말에 시린이 환하게 웃었다.

"난 말이야, 실력이 될지 모르지만 페르시아어를 잘하게 된다면 맨 먼저 번역하고 싶은 소설이 바로 이거야."

나는 시린이 들고 있는 「은어낚시통신」의 낭독 대본을 가리켰다. 한동안 그녀는 아무 말이 없었다. 나도 그녀의 침묵에 동참했다. 포도주도 침묵 속에 익어갈 것이다. 한참 뒤 마침내 내 쪽으로 고개를 돌린 그녀가 나를 똑바로 바라보며 말했다.

"사실 나, 그 '은어' 다 읽었다, 요. 인터넷 뜬다, 요."

"와, 그랬어? 가슴 울린 대목이라도?"

시린이 대본 한쪽에다 메모해둔 문장을 손으로 가리켰다. 내가 읽어보라고 눈짓을 해보이자 그녀가 읽기 시작했다.

"'내 존재가 촛불, 하나의 의미, 도 지니지, 못한 채 옷을, 걸친 또, 하나의 공, 간으로, 공, 중에 떠, 있을 뿐이었다.'"

몸이 근질거려왔다. 그렇게 읽는 게 아니라고 고쳐주고 싶었지만 참았다. 지금 그게 문제가 아니었다.

"그게 어째서?"

"꼭 나 같다, 요. 나, 시치미 뚝 떼고 남들이랑 같은 생각 하는 척한다, 요. 망토 쓰고 가짜 산다. 허수아비. 프리텐딩 천재."

그 순간 느낌이 왔다. 시린이 그 소설에서 어렴풋이나마 뭔가를 찾아냈고 그래서 나를 만나려 했다는. 잠시 후에 시린이 말을 이었다.

"당신도 이런 느낌 느껴본 적 있다, 요? 가짜 사는 듯한."

나는 아픈 곳을 찔린 듯 당황했다. 두 얼굴의 인간이 눈앞에 보였다. 어느 때는 회사 측인 척, 또 다른 때는 노조 측인 척하던 한 비겁한 인간. 먹고살기 위해 두 얼굴로 살아야 하는 나 자신이 혐오스러웠다. 결국은 대기업 간부직을 박차고 나와 작가가 되겠다며 하얗게 밤을 새우던 날들.

"그럼. 그런 적이 있구말구."

"무슨 일 때문에?"

"너는 노 측이냐 사 측이냐."

시린이 고개를 갸우뚱했다.

"이쪽이냐 저쪽이냐, 꼭 선택을 하라고 하거든."

그래도 선뜻 이해가 되지 않은 듯한 그녀의 표정. 어떤 예를 들어보일까 고심하는데 얼핏 생각이 났다. 일찍이 우리 삶의 가면을 간파했던 한 예민한 작가가.

"이런 이란 작가가 있었어. '살아가노라면 인간은 각자가 쓰고 있는 가면 뒤의 본모습을 냉엄하게 드러낸다'고 했던. 심지어는 이런 말도 했지. '어떤 사람은 한 개의 가면만 갖고서 닳도록 쓰는데 어떤 이는 여러 개를 갖고서 끊임없이 바꿔 쓰기도 한다.'"

시린은 모르는 작가라는 듯한 표정을 지었다.

"『눈 먼 부엉이』 몰라?"

"아, 소문만 들었다, 요. 금서여서."

시린은 동료가 생겼다고 생각했던지 굳었던 얼굴이 조금 풀린 듯했다. 하지만 그녀의 엷은 미소에는 말 못할 우수가 배어 있었다. 그 우수는 어쩌면 아득히 먼 옛날 그녀의 조상에게서 대대로 물려받은 유산은 아닐까, 하는 생각도 들었다. 한때 광대하고도 찬란한 제국을 경영했었지만 동서의 길목에 있어 수많은 정복자의 말발굽 아래 놓일 수밖에 없었던 사람들. 불을 숭상하고 선한 생각과 선한 언어, 선한 행동을 삶의 지침으로 삼는 고유의 믿음을 지녔던 이들이 어느 날 들이닥친 정복자들 앞에서 개종을 강요당하던 장면이 내 눈에는 줄줄이 보이는 듯했다. 다른 시대 다른 곳에서 같은 처지에 놓였던 수많은 이들의 모습이. 현대를 사는 시린이나 나도 마찬가지였다. 어떤 위협적인 힘 앞에 프리텐딩의 귀재가 되어야 하는 것은.

시린을 만나고 온 날 마음이 어지러웠다. 그러다 궁금해졌다. 망명 작가들은 뭐라고 할까. 인터넷에서 그들의 근황을 찾다가 늦게 잠이 들었는데 꿈속에서 그들을 만났다. 전에 내가 술을 샀던 그 비밀 바에서였다. 국내에 소개된 작가들은 구면처럼 반가웠다. 술이 웬만큼 거나해지자 나도 테헤란에서 겪은 일을 미주알고주알 털어놓았다.

"하하하, 테헤란에서 술 한잔하려다 혼이 난 모양이군요. 취흥을 즐기려면 번지수를 잘못 찾으셨어요."

아자르 나피시가 말했다. 그녀를 보자 벌과 상을 한꺼번에 받은 작가라는 생각이 들었다. 차도르를 벗어던짐으로써 강단에서 쫓겨난 이 영문학 교수는 외국으로 망명한 뒤 『테헤란에서 롤리

타를 읽다』로 세계적인 베스트셀러 작가가 되었다. 이 당찬 작가의 속내를 알고 싶어 나는 에둘러 물어보았다.

"당신을 보면 리어왕의 막내딸 코델리아를 사랑하는 프랑스왕의 대사가 생각나요. '코델리아, 당신은 이곳을 잃은 대신 더 좋은 곳을 발견하게 될 것이오'라는. 혹시 그런 기분?"

그녀가 내게 하이파이브를 청하며 말했다.

"알아줘서 고마워요. 하지만 아니에요. 저도 돌아가고 싶죠. 조국 페르시아로요. 지금은 나라 전체가 성역이라서…… 모두 프리텐딩의 도사들이 될 수밖에요. 삶에는 어떤 헐렁한 공간이 필요해요. 격식 차리지 않고 자유롭게 행동할 수 있는."

그 말에 『이란의 검열과 사랑 이야기』의 작가 샤리아르 만다니푸르가 거들었다.

"헐렁한 검은색 차도르 걸치고 그 안에서 맘껏 자유롭게 살면 되지요."

이 풍자의 대가에게 그 자신의 작품에 대해 물어보았다.

"소설 속에 하페즈, 오마르 하이얌 같은 옛 시인들의 시를 자주 인용하던데 특별한 이유라도……"

"은유를 지어내기 위해서죠. 검열을 피하려고요. 검열이란 엄청나게 창의적인 제도예요. 작가도 검열관도 독자도 모두가 상상력을 한껏 발휘하게끔 이끄니까요."

그의 능청에 배꼽을 잡고 있는데 『자카란다 나무의 아이들』의 작가 샤하르 들리자니가 끼어들었다.

"테헤란에 가셨다면 술집을 찾을 게 아니라 최고 명물인 제 고향에 가보셔야죠. 에빈 교도소요. 전 부모님이 두 분 다 정치범이어서 그 교도소에서 태어났어요. 하지만 소설에서만은 시를 사랑하고, 정의와 자유라는 꿈을 좇는 사람들을 그리고 싶었어요."

그날 밤 갑작스런 한기에 꿈에서 깨어났다. 아직 새벽이었는데 이불을 끌어와 덮어도 서늘한 기운은 가시지 않았다. 엉뚱하게 외풍만 의심하던 나는 마침내 그것이 내 가슴속에서 불어 나오고 있음을 알아챘다. 꿈자리는 어지러웠고 오랫동안 객지를 떠돌던 나의 정신은 어떤 위로를 절절히 원하고 있었다. 그때 홀연 얼마 전 강의실에서 만난 노 시인의 얼굴이 떠올랐다. 성성한 백발에 강직해 보이는 콧수염, 검은 뿔테 안경 밑으로 보이던 한없이 인자한 눈빛. 샤피이 카드카니. 전화도 이메일도 없이 살아가는 노 시인의 강의를 들으려고 교실 바닥까지 점령하고 있던 학생들과 일반 시민들의 모습. 그 모든 사람들 위로 그의 시구가 흐르는 듯했다. 마치 우리 모두는 그가 덮어주고 토닥여주는 시의 이불 아래서 포근한 잠을 이룰 수 있다는 듯이.

"어디를 그리 급히?"
염소가시풀이 산들바람에게 물었다
"넌 멀리 떠나고 싶지 않아?
이 황야의 모래 구덩이로부터."

"마음이야 굴뚝같지. 하지만
가망이 없어. 난 여기 꽁꽁 묶여 있는걸."

"근데 어딜 그리 급히?"
"어디든 이곳보다는 더 나은 곳으로."

"그럼 잘 살펴 가. 그리고 우리 우정을 생각해서 제발,
이 무시무시한 사막을 무사히 통과하고 나거든
꽃들에게, 비에게 전해줘.
우리의 안부를."

　작가들에게 예방주사를 맞은 건지 그날 이후로 나는 마음이
조금 담담해졌다. 이윽고 다가온 한국 문학 강연회 날, 대사관
로비에는 '작가와 함께 떠나는 한국 소설 여행'이라는 플래카드
가 걸려 있었고, 그 앞으로 테헤란의 젊은이들이 몰려들었다. 나
는 떨리는 가슴을 겨우 진정시키고 입을 열었다. 문학의 일이 시
대의 징후를 잡아내고 새로운 의식을 벼려내는 것이라면 한국
문학은 격동기마다 그 역할을 충실히 해왔다고. 이어서 각 시대
를 대표하는 작품들을 소개했다. 김승옥의 「무진기행」을 얘기
할 때는 작가의 젊은 날의 사진을 PPT로 띄워놓고 말했다. "드
라마 「꽃보다 남자」의 이민호보다 더 잘생기지 않았느냐"고. 학

생들은 까르르 웃음을 터트렸다. 케이팝과 드라마에만 열광하는 그들이 내 말을 알아들었는지 알 수 없었다. 강연이 끝나고 소설 낭독이 시작되었다. 학생들이 더듬거릴 때마다 나는 가슴이 조마조마했다. 단어마다 죄다 첫음절에 강세를 두는 바람에 낭독은 서투르고 어색하기 그지없었다. 시린네 조 차례가 되었다.

"이제 당신도 돌, 아오기 시작, 하는 거예요. 당신은 지, 금까지 너무 먼, 곳에, 가, 있었던 거예요."

"정말 나는, 지금까지 내, 가 있어야, 할 장소가 아닌, 아주 낯선 곳, 에서 존재하, 고 있었다는 생각이, 차츰, 들기 시작했다."

"이를테면 삶의, 사막에서, 존재의 외, 곽에 서 촛불, 속에서, 그녀의 얼굴, 이 수초처럼, 잠깐흔, 들렸다."

"허위와, 속임수, 와 껍데기 뿐, 인 욕망과, 이 불, 면의 나이를, 벗, 어버릴 거야."

여기까지 듣던 나는 흠칫했다. 객석에 이상한 고요가 흘렀다. 그들도 나도 저 앞에 내어 걸린 것을 함께 보고 있는 듯했다. "촛불 하나의 의미도, 지니지 못한 채, 옷을 걸친, 또 하나의 공간으로 공중에 떠 있을 뿐인 우리의 존재가."

나 자신도 이 대목을 이렇게 뼛속이 시리도록 느껴본 적이 없었다. 아마도 학생들의 어눌한 낭독으로 소통이 조금씩 지연됨으로써 소설은 듣는 이의 가슴에 더욱 깊이 새겨지고 새로운 의미를 띠게 된 듯했다. 한 자 한 자 또박또박 읽어갈 수밖에 없는 그 서투름으로 말미암아 문장과 단어는 도리어 한 톨 한 톨 영근 씨앗이 되어 테헤란 하늘 아래 흩뿌려지고 있었다.

꿈인지 생시인지 도무지 분간이 되지 않았다. 천상의 것처럼 수려한 페르시아의 꽃과 시, 도저히 거부할 수 없는 천일야화의 향기, 매일 밤 들려오던 시민들의 시 낭송 소리, 어눌한 강의를 찰떡같이 알아듣는 학생들, 하나를 부탁하면 열을 알아서 챙겨 주는 교직원들, 그러나 다른 한쪽에서 일렁이는 으스스한 검열의 그림자, 스릴 넘치는 비밀 바와 태형 80대의 아찔한 공포. 달콤함과 쓰디쓴 것들이 마구 뒤섞인 듯한, 알 수 없는 테헤란의 대기 속에서 뜻하지 않게 찾아낸 서툰 노래의 씨앗. 나는 낭독 소리에 귀를 기울이며 속으로 중얼거렸다. '아아 테헤란 신드롬의 끝은 어디일까.'

재의 축제

시내는 삼거리에서 차를 멈추고 주춤거렸다. 언덕을 오르자 목적지인 오포공원묘원을 앞두고 길이 세 갈래로 갈라져 있는 거였다. 그제야 조금 전에 이정표를 그냥 지나친 사실이 생각났다. 누런 물이 뚝뚝 듣는 듯한 가로수 잎에 살짝 가려진 채 걸려 있던 표지판. 모든 게 조수석에 앉은 사람의 수다 때문이었다. 환기도 할 겸 창문을 열어 고개를 빼고 주위를 둘러보았지만 다른 표지판은 보이지 않았다. 차창으로 서늘한 바람이 쏟아져 들어왔다. 바람은 오래전부터 알고 지냈지만 결코 친하다고는 할 수 없는 어떤 남자와 느닷없이 차 안에 갇힌 답답함을 조금은 가셔주었다. 그는 고속버스 터미널에서 시내의 차에 올라탄 뒤부터 계속 자신과 시내 남편과의 추억을 풀어놓기 바빴다. 시내로서는 들어도 그만 듣지 않아도 그만인 다분히 객기 어린 젊은 시절의 이런저런 일화들을. 시내가 하는 반응이라고는 고개를 끄덕이거나 그저 오, 그랬어요? 와 정말 못 말리는 친구들이에요, 아니면 그렇게 기고만장했었어요, 하고 핀잔을 주는 정도에 불과했다. 끊임없이 젊은 날의 이야기보따리를 풀어놓는 것은 공짜로 차를 얻어 탄 것에 대한 예의였을까. 하지만 시내는 아무리 그래도 좀 지나치다는 생각을 하며 그의 옆얼굴을 노려보았다.

문득 아까 고속터미널 주차장 풍경이 떠올랐다. 차 옆에 다가온 그와 운전석에 앉은 채로 얼떨결에 악수를 나누던 자신의 모습. "어서 타세요", 그 말만 하고는 계속 빵빵거리는 뒤차 때문에 차를 빼느라 미처 그의 얼굴을 눈여겨볼 시간이 없었다. 때마침 서쪽 하늘에 지는 해가 앞 유리창을 통해 조수석에 앉은 그의 얼굴을 비추었다. 석양빛에 물들어 이상하게도 낯설게 느껴지는 현우의 옆모습. 전과 다름없는 쌍꺼풀진 큰 눈에 우뚝한 코, 하지만 이제는 해외 근무를 떠나기 전의 그 시골티 나던 분위기를 완전히 벗어버린 듯한 왕년의 클래스메이트였다. 오랫동안 유럽에서 살다 온 탓인지 더 하얗고 약간 발그스름해진 피부색은 노을빛을 받아 어쩐지 비현실적으로 보였다. 하지만 설사 그리스 신화 속의 미남자가 되어 돌아왔다고 해도 시내는 그가 자신의 관심 밖 인물이라고 짐짓 단정하고 싶었다. 그래도 뭔가 싱숭생숭한 마음. 악수를 나눌 때 자세히 살펴보지 않았던 것이 조금은 아쉬운.

시내는 얼마 전 친구의 묘원을 찾기 위해 멀리 남쪽 지방에서부터 올라오겠다는 그의 전화를 좀 떨떠름하게 받은 기억이 났다. 이미 5년이나 지났으니 그럴 거 없다고 했지만 막무가내로 우겨대던 그였다. 해외 근무를 하느라 장례에 오지 못했으니 한국에 온 이상 꼭 먼저 간 친구를 찾아 정식으로 예를 갖추는 게 친구 된 도리라고. 그날이 하필이면 토요일인 오늘이 된 거였다. 어제 갑자기 심근경색으로 세상을 떠난 K의 문상을 가야만 하는 날. 정말이지 누구보다도 먼저 달려가고 싶은 그의 빈소인데…… 부음을 들은 그 순간부터 그녀의 눈앞에서 떠나지 않던 그의 얼굴. 어떤 절박하거나 숨 막히게 긴장된 상태에서도 자신을 무장 해제시키고 스르르 가슴의 응어리를 풀어주던, 삶의 안식처 같은 사람. 학과는 서로 달랐지만 동아리방에서 처음 만나 사귀게 된 사이였다. 어떻게 일이 꼬여 결국은 이루어지지 못했지만 남편과 결혼생활을 하는 중에도 그는 여전히 그녀의 의식 속에 첫사랑으로 굳건히 자리 잡고 있었다. 둘 다 결혼을 하고 나서 몇 년 뒤 어느 날 우연히 길에서 다시 만났을 때 그가 했던 말은 아직도 시내의 머릿속에 또렷이 남아 있었다. "세상일이란 참 묘하게 돌아가지?" 그는 허탈하게 웃었고 시내도 가벼운 미소를 머금고 말없이 고개를 끄덕였다. 그러고는 결혼에 충실하면서도 둘은 자주 만나곤 했었다. 현실의 옷을 입지 않아 전혀 다치지 않았던 둘의 사랑은 아련하게 약간의 거리를 둔 채 여태껏 계속돼왔다.

오후 3시, 팀원들과 신상품 생수프 기획회의를 마친 다음 장례식장이 있는 고대 구로병원으로 떠날 채비를 하는데 현우로부터 전화가 왔다. 이제 막 고속터미널에 도착했다는 거였다. 곧 오겠다고는 했지만 하필이면 이날 올라올 줄은 미처 예상하지 못했었다. 시내는 이래저래 세 갈래 길에 있었다. 5년 전 세상을 떠난 남편—일주기 이후로는 다시 찾지 않은—과 그에게 늦은 애도라도 표하겠다는 그의 친구 현우 그리고 어제 세상을 떠난 첫사랑 K. 마음을 어디에 온전히 쏟아야 할지 그녀는 갈팡질팡이었다.

오늘처럼 일이 꼬이고 난감한 적은 그리 흔치 않은 일이라는 생각에 시내는 계속 마음이 불편했다. 한창 단풍놀이를 떠나는 가을철에다 황금연휴가 낀 주말이어서 터미널에서 분당까지 오는 데도 두 시간 반이나 걸렸다. 이러다가는 오밤중에 문상을 가야 할 판이었다. 요즘 장례식장은 유족들의 휴식을 위해 심야에는 방문객을 받지 않는 곳도 많다는데 낭패였다. 게다가 자정이 다 된 시각에 다른 문상객도 없는데 혼자서 헐레벌떡 달려가 K의 영정 앞에 선다는 것은 누가 보기에도 자연스럽지 않은 일이었다. 발인은 내일 새벽이었다. 시내는 어디까지나 다른 동창들 틈에 끼어 속으로 자기 나름의 이별 의식을 행하고 싶었다. 하지만 현우의 등장으로 오늘은 그것이 힘들게 되리라는 생각에 점점 더 마음이 조급해져갔다. 그녀는 무작정 산이 보이는 오른쪽으로 방향을 틀어 내처 달렸다. 고개 위에 서서 보자니 트인 서쪽 하늘에 걸린 해가 오른쪽의 산들을 환하게 비추고 있었다. 석양빛을 듬뿍 받고 있는 저 산속 어딘가에 공원묘원이 있을 터였다. 시내가 헤매고 있다는 것을 눈치챈 현우가 한마디 했다.

"천천히 찾아봐요. 몇 달 만에 한 번씩 오니 아직 머리에 입력이 잘 안 되죠? 나도 고향에 있는 아버지 산소에 갈 때 늘 길을 잃고 헤매곤 해요."

"실은 일주기 때 오고는 오늘이 처음이에요. 가다가 아니면 돌아오죠, 뭐."

시내는 솔직하게 말해버렸다. 솔직하지 않을 이유가 없었다. 남편이 여기저기 남겨놓은 빚을 갚아가면서 혼자 아이들을 키워야 하는 마당에 멀리 산속에 있는 그의 묘소에까지 관심을 쏟을 수는 없었다. 게다가 시내는 오늘 갑자기 들이닥친 현우와 어떤 말 못할 진실의 순간을 공유하고 있었다. 아직도 그가 기억하고 있는지는 모르지만. 만약에 그게 진실이었다면 기억하지 못할 리가 없었다. 결혼한 지 얼마 되지 않은 시점에 일어난 그 일을. 남편 생일에 집들이 겸 친구들을 초대했었다. 저녁을 먹은 뒤 남자 여자 친구들이 둘러앉아 포커 판을 벌이고 있을 때였다. 한 판을 빠지고 담배 한 대 피우고 오겠다며 베란다로 나갔던 현우가 다시 포커 팀으로 돌아오면서 오징어를 구워 술상을 봐주고 막 돌아서 나오는 시내와 마주쳤다. 그가 수놓인 앞치마를 두른 그녀를 야릇한 눈으로 바라보며 팔을 올려 문 앞을 가로막았다. 아직 초저녁이어서 벌써 취했다고는 결코 말할 수 없었다. 남편과 다른 친구들은 서로 좋은 패를 가진 척 기싸움을 하느라 바빠 밖을 돌아볼 여유가 없었다. 그는 분명 시내 부부와 클래스메이트였지만 그 순간만은 그 모든 관계를 떠나 한 사람의 남자일 뿐이었다. 그것을 느낀 시내는 얼른 그의 눈길을 피해 거실로 나왔다. 그가 자신을 친구의 아내가 아닌 한 사람의 여자로 보았던 것일까. 시내는 의아했다. 아니면 자신이 그를 남편의 친구가 아닌 다른 남자로 보았던 것일까. 도무지 알 수 없는 일이었다. 어쨌든 비록 찰나라 해도 둘 사이에 잠시 어색함과 당혹감이 감돈 것은 사실이었다.

그런 일이 있고 나서 시내는 그와 단둘이 만난 적은 없었다. 언제나 친구들 사이에 끼어 아무 일도 없었던 것처럼 지냈다. 그러나 시내는 그때 일을 잊지 않고 있었다. 아니 잊을 수가 없었다. 어쩌면 한때의 충동이었든 치기였든 그것이 자신들도 모르는 어떤 생명의 부름일지도 모른다는 생각 때문이었다. 그 부름은 세월의 흐름에 떠내려가버리고 없는 듯했지만 그를 만나자마자 다시 시내의 기억 속에서 되살아나고 있었다.

이런저런 생각에 빠져 얼마를 달렸는지도 모르게 되었을 때 시내는 확실히 길을 잘못 들었다는 것을 알게 되었다. 구름과 학 그림이 함께 그려져 있는 오포공원묘원 표지판은 어디에서도 찾을 수가 없었다. 태제 고개만 넘으면 뻔한 길이다 싶어 내비를 켜지 않고 출발한 게 잘못이었다. 다시 내비를 켜자 유턴을 하라는 여자의 지시가 떨어졌다. 내비 여자의 도움을 받고서도 이리저리 산길을 헤매 다니다 겨우 공원묘원에 도착했을 때는 이미 해가 서산을 넘어가려 하고 있었다. 시내는 트렁크에서 꺼낸 듯

자리를 깔고 회사 앞 편의점에서 산 소주와 종이컵을 봉투에서 꺼냈다. 현우는 소주를 종이컵에 부어 들고는 봉안담 세번째 칸에 붙어 있는 친구의 사진을 향해 섰다. 일주기 때까지만 해도 괜찮았었는데 코팅한 사진이 누렇게 변색되어 5년 전이 아닌 50년 전에 세상을 떠난 사람처럼 보였다.

"어이 승희, 나야, 나 현우. 자 한잔 받으라구. 파리 지사에 근무하느라 장례식에도 참석 못해 미안해. 승희야, 니가 정말 떠난 거냐? 믿어지지가 않아. 하지만 뭐 먼저 간 너한텐 민망한 얘기지만 어째 사는 게 너무 팍팍해서인지 요즘 들어 먼저 간 너나 이렇게 아직 이승에서 버둥대고 있는 나나 별 차 없는 듯해. 사는 게 사는 게 아냐. 자 쭉 들이켜라. 이제 니가 그토록 좋아하던 담배도 한 대 물려줄게."

그는 술잔을 봉안담 사이 잔디밭에 휙휙 뿌리고는 담배에 불을 붙여 친구의 납골함 뚜껑에 붙은 사진에 대고 말했다.

"자 한 대 쭉 빨아 당겨. 한껏 연기를 들이켰다 뿜어내봐. 너는 담배 피우는 모습이 볼 만했지. 친구들 중에 제일 호기가 넘쳤어. 담배를 검지와 중지 사이에 끼우고 연기를 흠뻑 빨아들여 속으로 깊이 삼켰다가 코로 훅 내뿜는 모습이 배우처럼 멋졌는데."

그는 보이지 않는 친구가 물었던 담배가 한참 타서 재가 길어지도록 두었다가 자기 입에 물고는 뻐끔담배를 피워댔다. 그것이 그가 원했던 애도의 한 방식인지는 알 수 없었다. 시내는 유족들을 위해 만들어둔 네모난 대리석 의자에 앉아 있었다. 나른

한 오후에 몇 시간을 운전해 온 터여서 피곤이 몰려와 눈을 잠시 감았다. 현우더러 혼자서 실컷 이별 의식을 치르라고 맡겨놓고 좀 쉬자 싶었다. 문득 낮에 들었던 음악이 다시 머릿속에서 재생되었다. 점심을 먹고 나서 잠시 휴게실 소파에 기대앉아 눈을 감고 있을 때였다. FM 라디오에서 음악이 흘러나오는 동안 시내는 어쩌면 반수면 상태였는지도 모른다. 오후에 K의 문상을 가기로 예정돼 있어서였을까. 아니면 음악이든 그 무언가에 촉발되었는지 시내는 가슴속에서 어떤 사무치는 그리움을 느끼면서 잠에서 깼다. 그리고 그 사무침이라는 것이 누군가의 살갗에 가닿기를 간절히 바라는 어떤 날것의 감정이라는 것을 강하게 느끼고는 소스라치게 놀랐다. 그것은 그녀로서는 결코 잊을 수 없는, 반드시 가슴에 새겨야만 될, 자신에 대한 진정 새로운 발견이었다. 곧 진행자의 목소리가 들려왔다. 브람스의 첼로소나타 1번 작품 38번이라고 했다. 연주자는 첼리스트 자크린 뒤 프레와 뉴 런던 심포니 오케스트라. 처음 듣는 곡은 아니었다. 오늘따라 다르게 들린 것뿐이었다. 과묵하면서도 부드러운 자크린의 첼로를 통해 몸부림치는 듯한 작곡가의 열정이 역력하게 드러난 낭만적인 곡이라고 진행자는 덧붙였다. 요절한 천재 첼리스트의 연주라서 더욱 절절하게 느껴진 것일까. 그러잖아도 브람스라고 하면 스승의 아내인 클라라에 대한 연정을 품고서 말도 하지 못한 채 속으로만 애를 태웠던 작곡가였다는 것을 시내는 익히 알고 있었다. 시내로서는 그의 작품 속에 억눌린 충동과 그 감정이 마치 오늘 실제 음악을 듣는 자신의 몸을 통해 증명이라도 되는 것만 같았다. 그렇다면 그녀가 그토록 안타까워하는 K의 죽음에 대해 갖는 이 특별한 감정도 어쩌면 낮에 음악을 들을 때 자신의 몸 안에서 일어났던 어떤 느낌과 비슷한 것이었을까. 그건 그녀 자신도 모를 일이었다.

담뱃불을 끈 현우가 주머니에서 하모니카를 꺼내더니 불기 시작했다. 전주를 부는데 처음에는 무슨 곡인지 잘 몰랐다. 한참 선율을 따라가다 보니 가사가 대충 생각이 났다. '내 사랑 그대 내 곁에 있어줘/이 세상 하나뿐인 오직 그대만이/힘겨운 날에 너마저 떠나면/비틀거릴 내가 안길 곳은 어디에.'

"비틀거릴 내가 안길 곳은 어디에"라는 대목 덕분에 앞의 가사가 기억이 난 거였다. 음정은 조금 들쑥날쑥했지만 시내는 어쩐지 그 연주가 이 산중에서 갖는 무게를 무시할 수 없다는 생각이 들었다. 나지막한 하모니카 연주는 그곳에 잠들어 있는 모든 이들에게 바치는 노래처럼 멀리 깊게 울려 퍼져나갔다. 음악 소리에 사위가 고즈넉해지고 모처럼 따뜻한 위로를 받아 온기를 띠는 것처럼 여겨졌다. 그녀는 남편이 살아 있던 시절은커녕 죽은 뒤에라도 그에게 어떤 노래를 흥얼거려줄 생각이라고는 한 번도 해본 적이 없었다. 장례식장에서 문상객을 맞을 때도 심지어는 시신을 염할 때도 시내는 앞으로 아이들과 살아갈 걱정과 제 서러움에만 빠져 있었다. 연주를 마친 현우가 손수건을 꺼내 악기를 닦아 주머니에 넣고 나서 말없는 친구를 향해 말했다.

"승희야, 내 연주가 기별이나 갔는지 모르겠구나. 노래는 니가 불러야 하는 건데. 니가 기타 치면서 김현식의 「사랑했어요」를 부르면 친구들이 주눅 들어서 다시는 노래 부를 엄두를 내지 못했었지."

시내는 고개를 갸우뚱했다. 그이가 노래를 잘했다고? 더구나 내가 그토록 좋아하는 김현식의 노래를 기타까지 치면서? 그러고 보니 결혼한 뒤에는 별로 남편의 노래를 들은 적이 없는 것만 같았다. 처음 듣는 얘기였다. 입에서 저절로 노래가 흘러나올 그런 결혼생활은 결코 아니었으니. 현우는 연이어 말들을 쏟아냈다.

"인마, 내가 돌아올 때까지 조금만 더 기다리지. 돌아와 멋지게 술판 한번 벌이려고 했는데. 내가 얼마나 큰 신세를 졌니, 너한테. 밴드 활동에 빠져 있느라 그만 영시 시험을 놓쳐 권총을 차게 돼 있었어. 그런데 나도 모르게 니가 친구들 여럿을 이끌고 며칠 동안 교수님 집 앞에 무릎 꿇고 앉아 읍소한 덕에 겨우 리포트로 대체할 수 있게 되었지. 그 깐깐하기로 소문난 교수님도 니들 우정에 그만 손을 드신 거였어. 그 덕에 ROTC에서 제적을 면해 취직할 때 혜택도 받을 수 있었지. 인마 넌 그런 놈이었어. 그런데 왜, 왜 뭐가 그리 급했냐."

자기 앞 닦기 말고는 옆도 돌아볼 줄 몰랐던 시내 같은 개인주의자로서는 상상도 할 수 없는 이야기였다. 같이 몰려다니면서 수업 빼먹고 당구장에서 살던 껄렁한 패거리들에게 저런 면이 있었나 싶었다. 하지만 그래서 지금 와 그런 넋두리를 해봤자 무슨 소용이야. 시내는 뾰로통해져서 고개를 다른 곳으로 돌렸다. 그는 계속 친구에게 뭔가를 고해댔지만 시내는 더 이상 귀를 기울이지 않았다. 솔직히 그 넋두리를 하나하나 다 들어주고 싶지가 않았다. 차라리 자신만의 상념에 빠지고 싶었다. K와는 결국 이렇게 헤어지게 되는 것인가. 내가 세상 어디에 내팽개쳐진다 해도 그만 이 세상에 있다면 살아갈 힘을 얻을 수 있을 것 같았는데.

혼자만의 의식 속에서 K 생각에 젖어 있던 그녀가 다시 현우에게로 시선을 돌린 것은 그가 짝짝하고 박수를 쳤을 때였다. 그는 이제 완전히 생뚱한 이야기를 하기 시작했다.

"내가 왜 박수 쳤는지 알아? 아무도 몰라줬던 니 당구 실력을 인정해주는 뜻에서 박수를 친 거야. 니가 조금만 더 오래 살아 계속 당구를 쳤더라면 뭔가 굉장한 포켓볼의 기하학을 발견할 수 있었을 거야. 기말고사 공부도 제쳐두고 학교 앞 당구장에서 도표를 그려가며 파이브 앤 하프 시스템에 몰두해 있을 때 너야말로 정말 살아 있는 아이라는 생각을 했었거든. 요즘 말이야, 십대에 접어든 우리 아이들이 친구들과 놀이터나 운동장에서 노는 모습을 점점 더 보기 드물게 되었는데. 아주 가끔 또래 친구들과 축구나 야구, 농구 게임을 하는 아이들 모습을 보면 그 시간만큼은 인생에 아무런 목적도 책략도 없이 진정 살아 있다는 느낌이 들어. 그때 당구장의 니가 바로 그랬어. 그때까지도 넌 살아 있었다고."

시내는 가소로운 생각만 들었다. 이건 또 무슨 궤변이람. 당구장에다 등록금을 다 갖다 바치던 당구돌이를 미화하는 말이라니. 더구나 이제 그녀도 현우도 중년을 넘어 쉰을 바라보는 나이였다. 시내는 슬슬 불쾌한 생각이 들기 시작했다. 현우는 계속해서 '수구', '앵글 라인', '쓰리 쿠션'과 같은 말을 써가면서 죽은 친구에게 다시 큐라도 잡으라는 듯 선동질을 하고 있었다.

"니가 일본어로 된 용어를 모조리 우리말로 바꾸어 당구 사전을 만들겠다고 했었지. 그때 괜히 헛일에 용을 쓴다고 우리가 놀렸는데 그게 아니었어. 지금은 큐스포츠로 각광을 받고 있잖아. 자세를 공 높이로 바짝 낮추고 큐를 잡고서 공을 노려보던 네 모습은 당구의 신으로 등극하기 직전이었다고."

당구 이야기까지 거슬러 올라간 그의 이별 의식은 도무지 끝날 기미가 보이지 않았다. 시내는 인내심이 한계에 달했다는 생각이 들었다. 하지만 짜증 나는 것을 억지로 누르면서 완곡어법으로 말했다.

"너무 오랜만이어서 밀린 얘기가 많겠죠. 하지만 한꺼번에 다 풀어놓기보다는 다음번에 또 와서 마저 푸는 게 어떨까요. 그이도 아마 그걸 더 좋아할걸요. 터미널까지 가려면 시간이 제법 걸릴 거예요. 밤 10시 차라고 했나요?"

그는 어둠이 점점 짙어오는데도 아랑곳하지 않았다. 이야기를 하지 않으면 마치 죽은 친구에게 큰 결례라도 되는 것처럼 작정

하고 떠벌려댔다.

"우린 취직을 한답시고 토익 책이랑 마케팅 원리, 회계학 따위 책들을 끼고 다니기 시작하면서부터 이미 죽은 몸이었어. 너 아니? 취직 시험공부를 한답시고 당구장에 발 끊고 나서 니 얼굴이 시커먼 흙빛으로 변해가기 시작했다는 것을. 생각 같아서는 지금이라도 유골함을 니가 자주 다니던 당구장에 갖다 둬야 할 것 같아."

이제 시내는 더 이상 참을 수가 없을 정도가 되었다. 말도 안 되는 소리를 지껄여대는 현우 때문에 오늘 밤 마땅히 가야 할 문상을 하지 못하게 될까 봐 가슴속에 쌓이고 있는 분노의 강도는 점점 더 높아져갔다. '이제 그만!' 하고 큰 소리로 외치고 싶었다. 남자는 어른이 되어도 철부지 어린애라더니 그 말이 맞는다는 생각이 들었다. 그 사실을 너무나 잘 알았기에 존 레논도 그런 가사를 썼겠지, 싶었다. "여자여, 그대는 남자 안의 어린아이를 이해해주는 사람, 기억해줘요. 내 생명은 그대 손에 달려 있음을." 시내는 또다시 당신이야 친구에게 작별 인사를 하든 말든 맘대로 하라는 듯이 그녀 혼자만의 시간을 갖는 도리밖에 없었다. 이 개념 없는 남자는 또 무슨 말을 하려는지 이번에는 시내를 향해 돌아서더니 조금 전의 청산유수가 갑자기 더듬거리는 말투로 변했다.

"시, 시내 씨, 내, 내가 고, 고백할 게 있어요."

시내는 그 말을 듣는 순간 적이 당황했다. 그의 시선을 피하려고 고개를 산 쪽으로 돌렸다. 단둘이 있는 이 산속, 더구나 죽은 남편이 묻힌 이 자리에서 무슨 볼썽사나운 소리라도 듣게 될까 싶어 오금이 저려왔다. 정말이지 피할 수만 있다면 이 자리를 박차고 나가고 싶었다. 귀를 막고서 그가 무슨 소리를 하든 듣고 싶지 않았다. 하지만 상대는 어쨌든 손님이라는 생각에 다시 고개를 현우 쪽으로 돌리자 이번에는 현우가 고개를 들어 하늘을 보면서 말했다. 그도 역시 애써 시내와 눈을 맞추려 하지 않는 듯했다.

"우리 1학년 때 과에서 대성리로 엠티 갔을 때, 밤에 누군가 여학생 텐트에 들어가 잠자고 있는 시내 씨 손에 피라미를 쥐여준 사건 기억나요?"

시내는 기억이 날 듯 말 듯해서 그저 심드렁하게 대답했다.

"글쎄, 그런 일이 있었던가, 그런데요?"

"그때 피라미를 잡아다 잠든 시내 씨 손에 쥐여준 범인은……"

거기까지 말하고 현우는 입을 다물었다. 잠시 뜸을 들인 그가 고개를 떨어뜨리고는 다시 입을 열었다.

"그건 바로 나였어요. 이제 와 무얼 숨기겠어요. 정말 미안해요."

시내는 기억에도 남아 있지 않은 일을 새삼 꺼내는 그가 도리어 숙맥처럼 여겨졌다.

"20여 년이나 지난 일이잖아요. 철없던 어린 시절에 한 장난인데."

하지만 그에게는 몹시도 중요한 일이었나 보았다. 아마도 시내가 비명을 질러대는 바람에 잠자던 친구들이 모조리 잠에서 깨어 큰 소란이 벌어졌을 테니까. 하지만 시내는 별일도 아니라는 듯이 말했다.

"그때 잠시 놀랐을 뿐이에요. 그런 걸 뭐 여태 기억해두고 그러세요."

그래도 그는 그게 아닌 모양이었다. 고개를 숙인 채 오른발로 돗자리 위에 뭔가를 그려가면서 말했다.

"아니죠. 그 즉석에서 자백하지 못한 것이 평생 마음에 걸린 걸요. 정말 미안해요. 하지만 이것만은 알아줬음 좋겠어요. 그 순간 시내에게 단지 그 꼼지락거리는 물고기의 느낌을 느끼게 해주고 싶었다는 것을. 피라미는 맑은 시내에서 살아가는 거잖아요."

시내는 그제야 물고기가 자기 손에 놓이게 된 이유가 자신의 이름 때문이었음을 알게 되었다. 그러자 픽 웃음이 나왔다. 하지만 그것은 시내의 기억 속에 전혀 남아 있지 않았다. 그가 굳이 말을 꺼내지 않았다면 까마득히 잊고 있었을 그저 한때의 유치한 해프닝에 불과했다. 그런데 현우는 큰 죄라도 지은 것처럼 시내에게 사과를 하는 거였다. 그때 언뜻 어떤 생각이 그녀의 머리를 스쳤다. 만약에 지금이라도 문제가 될 게 있다면 아마도 신혼 때 집들이하던 날 있었던 그의 수상한 행동일 것이라고. 남편의 친구가 아닌 어떤 외간 남자의 눈빛으로 자신을 바라보던. 그는 정말 그 일을 까맣게 잊고 있는 것일까. 그러고는 그보다 더 앞서 있었던 신입생 때의 천진난만한 물고기 사건을 끄집어내어 사과를 하고 있다니. 보다 중한 것을 덮기 위해 일부러 아무것도 아닌 것을 꺼내 호들갑을 떠는 것은 아닐까, 하는 생각마저 들었다. 아니면 그녀 자신만 짐들이 때 일을 아직도 꼬깃꼬깃 기억의 갈피 속에 감춰두고 있는 것일까. 그렇다면 그건 혹시 그 사건이 그녀 쪽의 어떤 진실을 말하고 있는 것은 아닌가 싶기도 했다. 시내가 속으로 이런 생각을 하고 있는 동안 그가 또다시 친구를 향해 뭔가를 소곤거리기 시작했다.

"승희야, 거기서 혹시 지루하거나 심심하거든 2학년 때 어느 가을밤을 생각해봐. 인문대 앞에서 교문까지 은행나무 길을 한밤중에 스트리킹 했던 일 말야. 그 이벤트는 니가 제안한 거였어. 그때 정말 짜릿했지. 세상을 다 가진 것처럼."

정말 더는 귀를 빌려주기 싫었는데 스트리킹이란 말에 시내는 그만 또다시 낚이고 말았다. 한밤중에 교정에서 스트리킹이라니. 시내는 점점 더 남자들의 세계를 이해할 수 없을 것만 같았다. 자신은 그런 것도 해보지 못한 채 졸업을 했다는 게 조금 아쉽기도 했다. 하지만 그녀는 더 이상 어떤 쇼킹한 얘기가 나온다 해도 그에게 귀를 기울일 마음이 아니었다. 아예 그에게선 관심을 끄고 물건들을 챙겨 돌아갈 준비를 하기 시작했다. 남자와 단둘이 산속에 있다는 것도 점점 더 으스스하게 여겨졌다. 자꾸만 어떤 어두운 그림자가 그들 주변을 서성거리고 있는 듯했다. 시내 머릿속의 더듬이가 예상치 못한 어떤 움직임을 포착한 것은 바로 그때였다. 그가 뭔가를 계속 고백하고 읊조림으로 해서 주위의 사물들이 이상하게 생기를 되찾는 듯했다. 봉안담 사이사이에 서 있는 단풍나무도 노을빛을 받아서인지 더 새뜻하고 붉어 보였다. 산바람이 공원묘원의 술렁이는 기운을 실어다 시내의 가슴에 안겨주었다. 그러면서 전혀 짐작하지 못했던 무슨 소리가 들려오는 것만 같았다. 어느 시인의 말대로 "대지 밑 죽은 자들이 웅얼거리"고 "죽은 자들의 손톱과 머리칼이 소리 없이 자라"는 듯한. 평소 의무감으로 왔다가 정해진 절차에 따라 술을 올리고 절을 하고 제단을 말끔히 닦고 떠나는 그런 형식적인 절차에서는 결코 느낄 수 없는 어떤 현상이었다. 순간 시내는 재들이 꿈틀대는 듯한 느낌을 받았다. 저들대로의 축제를 벌이려고 하는 것 같았다.

무척이나 당황스러운 일이었다. 학창 시절에는 주책없어 보이기만 하던 현우가 남편의 묘소에 와서는 여전히 수다스럽긴 해도 조금은 다른 모습을 보이면서 시내를 묘한 곳으로 이끌고 있었다. 시내는 눈을 감았다. 묘소는 어느새 학교 앞 당구장으로 변했다. 재 항아리 속에서 나온 승희는 자장면을 시켜놓고 현우와 당구 게임을 시작했다. 당구대에는 하양과 빨강, 노랑 세 개의 공이 올라 있었다. 왼손잡이인 그는 당구대에 키를 맞추고 오른손으로 큐대 끝을 잡고 손잡이를 잡은 왼손을 한껏 뒤로 빼서는 매의 눈으로 공을 노려보고 있었다. 하양으로 바로 앞의 빨강

을 쳤는데 하양은 왼쪽 벽면을 치고 힘차게 굴러가 반대쪽 벽면
앞에 놓인 노랑을 맞췄고, 잠시 후 처음 하양에 맞았던 빨강도
뱅글뱅글 돌며 굴러가 노랑을 맞췄다. 시내는 그 공들의 매끄러
운 질감이 손에 만져지는 것만 같아 온몸이 짜릿해왔다. 현우는
두 손을 번쩍 들어올려 항복하는 제스처를 취했고 승희는 회심
의 미소를 지었다. 그럴 때의 승희는 보이지 않는 당구공의 기하
학을 머릿속에서 명쾌하게 풀어내고 있는 듯했다. 그 방정식 풀
이는 물리학자들의 오랜 숙원이라고 했다. 그것을 풀어낸 승희
는 그 어느 때보다도 유쾌해 보였다. 시내는 하마터면 손을 내밀
어 그와 하이파이브를 할 뻔했다. 페르 라세즈라는 프랑스의 공
동묘지가 생각난 것도 그때였다. 파리 유학을 다녀온 친구는 공
동묘지가 죽은 자와 산 자가 교류하는 소통의 공간이라고 말하
곤 했다. 논문이 잘 풀리지 않을 때나 향수병에 걸려 외로울 때
면 파리 근교의 그 묘지에 들러 거기 묻힌 시인, 소설가, 음악가
들과 대화를 나누곤 했다고. 아무리 부유한 자든 에디뜨 피아프,
이브 몽땅, 쇼팽, 프루스트 같은 유명 인사든 누구에게나 똑같은
규모의 작은 공간밖에는 주어지지 않는 곳. 그러나 수백 년 된
아름드리나무와 항상 꽃으로 뒤덮인 정원 같은 분위기에 시민들
이 휴식 삼아 자주 찾는 명소가 되었다고 했다. 쇼팽과 이브 몽
땅과 프루스트 등등 죽은 자의 재가 되살아나 방문객에게 말이
라도 걸어온다는 말일까.

죽은 자의 재가 살아나 축제를 벌이는 그 괴이쩍은 활기는 아

마도 소설 『티파니에서 아침을』의 작가 트루먼 커포티에게서 하나의 경지를 찾을 수 있을 터였다. 그의 유골은 친구와 평생의 파트너가 반씩 나누어 갖고 있다가 삼십여 년 후 양쪽이 다 죽고 나자 얼마 전 경매에서 고가에 낙찰되었다는 뉴스가 있었다. 유골을 두고 경매라니 불경스럽고 너무 상업적인 게 아니냐고 걱정하는 사람들도 있었다. 그러나 그의 지인들은 이렇게 말했다고 전해진다. '트루는 결코 자신의 유골함이 선반 위에 방치된 채 잠자고 있는 것을 원치 않았을 것'이라고. 시내는 경매에서 호가가 오가는 장면이 그려지자 묘하게 웃음이 나올 것만 같았다. 그것은 경매가 아니라 그를 추억하는, 아니 되살리는 한판 재의 축제였다. 그 뉴스를 들으면서 시내의 눈앞에는 경매장에서 커포티가 자신의 유골함을 박차고 나와 가면 쓴 얼굴로 미소 지으며 춤추는 모습이 보이는 듯했다. 생전에도 재기발랄함을 맘껏 발휘하며 살았고 어딜 가나 바람을 일으키고 싶어 하던 그였으니까.

커포티의 다시 뜨거워진 재 생각을 하던 중에 시내의 머릿속에서는 문득 몇 년 전 성남 화장장에서 받아들었던 남편 유골함의 미지근한 느낌이 되살아났다. 그랬다. 미지근. 그것은 아마도 시내 가슴의 온도였을 것이다. 그 미지근한 느낌마저도 친척과 그의 친구들이 기다리고 있는 장지로 빨리 가져가야 한다는 조바심으로 금세 잊고 말았던 것 같다. 서랍처럼 되어 있는 봉안담에다 유골함을 넣고 뚜껑을 닫고 스님의 독경 소리를 들으면서 두 번 절을 하고 봉안식은 아주 간단하게 끝났다. 시내는 그 절차를 좀더 느리게 진행하면서, 마지막으로 유골함을 애정 어린 손길로 어루만져본다든가 그윽하게 눈길을 준다든가 하는, 어떤 몸짓도 하지 않았다. 시내에게 유골함은 그저 재 항아리였고 묘원은 단지 죽은 자들의 재가 들어와 있는 단순한 물리적인 공간에 지나지 않았다. 그랬던 곳이 별로 탐탁지 않았던 남편 친구의 등장으로 말미암아 점점 재의 축제장으로 변해가고 있었다. 솔직히 말하자면 시내에게는 그 모든 것이 '재의 복수'처럼 여겨졌다. '재의 수요일'도 아닌 멀쩡한 토요일에 벌어진 일이었다.

당구로 실력을 입증해 보이고 나서 커포티의 것처럼 달아오른 승희의 재는 곧 시내에게 또 다른 축제를 보여줄 작정인 것 같았다. 갑자기 옷을 훌훌 벗어 던지고 알몸이 된 그는 가운뎃다리를 덜렁대며 슬슬 몸을 풀고 있었다. 왕년의 스트리킹을 재현하려는 것 같았다. 시내는 차마 그것까지는 보지 못하겠다는 듯 감았던 눈을 떠버렸다. 현우는 여전히 친구의 재에게 무슨 말인지 속삭이고 있었다. 그녀는 제단에 올렸던 술병을 거두어 비닐 주머니에 담고 돗자리도 걷어버렸다. 거칠게 돗자리를 걷느라 찬바람이 풀썩이는데도 그는 계속 친구에게 뭔가를 중얼대고 있었다.

"먼저 차에 가 있을게요. 작별 인사하고 나오세요."

그 말을 한 다음 시내는 조금 야박하다 싶게 몸을 획 돌려 성큼성큼 주차장으로 갔다. 현우는 30분이 지나도 나올 기미가 없어 보였다. 시내는 하는 수 없이 현우가 있는 곳으로 다시 걸어

들어갔다. 남편의 봉안담이 있는 소나무 구역으로 막 들어서는데 양손을 바지 주머니에 찌른 그가 휘적휘적 걸어 나오는 모습이 보였다. 시내는 다행이다 싶어 그 자리에 서서 그가 나오기를 기다렸다. 그는 시내가 서 있는 줄 뻔히 알면서도 모르는 체하며 그녀 곁을 비켜서 휙 지나갔다. 너무 오래 끌어 미안하다는 말한마디도 없었다. 아직 사람을 몰라볼 만큼 날이 어두워지진 않았는데. 마치 신혼 시절 집들이 때 자기 앞을 가로막고 서 있던 그에게 시내가 그랬던 것처럼, 휙, 은밀하고도 단호하게. 그러고 나서 현우는 차 안에 들어가 조수석에 털썩 앉았다. 시내는 기분이 묘했다. 현우가 뭔가 오해를 하고 있는 걸까. 오늘 내가 혹시 자기에게 무슨 다른 마음을 품고 있다고. 아무렴, 그럴 리가. 조금만 더 참자고 시내는 자신을 다독였다. 그러나 그는 다시 수다를 떨기 시작했다.

"승희가 시내 씨를 얼마나 아꼈는지 알기나 해요? 승희는 아버지처럼 평생 사업에만 미친 그런 사람은 되지 않겠다고 결심했어요. 가족은 내팽개치고 말이죠. 그러면서 자신은 가정의 행복을 최우선으로 삼고 살겠다고 했어요. 그래서 작은 가게를 시작한 건데 그게 여의치 않아 시내 씨 고생만 시켰죠. 하지만 늘 시내 씨한테 미안해했어요."

시내는 만약 그의 입에 마이크가 달려 있다면 확 떼어내 꺼버리고 싶었다. 지금 와서 누가 그런 얘길 듣고 싶댔나. 느닷없이 빗소리가 요란하게 차창을 두드려대기 시작했다. 그러지 않아

도 늦었는데 낭패였다. 분당 쪽에서 서울로 들어오는 도시고속
도로도 차가 많아 양재 인터체인지까지 오는 데 한 시간이 걸렸
다. 여기서부터 체증은 더욱 극심할 터였다. 고속터미널을 코앞
에 두고 30분이나 한자리에 서 있었다. 그도 사태의 심각성을 알
았던지 한참 입을 다물고 있다가 한마디 내뱉었다.

"서울은 정말 교통이 고통이군요."

시내는 이제 어떤 말로도 위로가 되지 않았다. 도리어 현우에
게 오늘은 당신이 고통의 진원지라고 말하고 싶었다. 땅바닥을
기다시피 해서 그를 겨우 고속터미널에 내려주었다. 시내는 드
디어 골칫덩어리를 내려놓은 듯 기분이 홀가분해졌다. 내비를
다시 작동시키고 교통방송을 켰다. 올림픽대로에 교통량이 폭주
해 차가 꼼짝도 하지 못한다며 남부순환도로나 현충로 코스를
추천했다. 어디로 갈지 마음을 정하지 못한 채 시내는 또다시 세
갈래 길 앞에 서 있었다.

차가 덜 막힐 법한 경로를 생각하다가도 시내는 어느새 조금
전 터미널에 내려준 현우 생각을 하고 있었다. 옆에 앉아 있을
때는 완전히 짐 덩어리였는데 그가 뭔가를 자신에게 툭 던져놓
고 간 것만 같았다. 게다가 그는 재의 축제를 도발한 장본인이었
다. 마지막에 묘원에서 부러 자기를 외면하고 비켜 지나간 것도
마음에 걸렸다. 시내는 모든 걸 무시해버리자 싶었다. 그래서 뭐
가 어쨌다는 거야. 그런데도 머릿속에서는 뭔가가 생각날 듯 말
듯 감질나는 상태가 계속되었다. 그러다 마침내 시내는 자기 삶

에 뭔가가 늘 찜찜했었다는 생각을 하기에 이르렀다. 뭔지는 몰라도 그 때문에 삶이 온통 의심스러운 것처럼 여겨졌었다. 오늘도 마찬가지였다. 한참을 끙끙대던 끝에 뭔가가 머릿속에 떠올랐다. 그녀가 한 번도 제대로 행하지 않은, 현우가 하루 종일을 내어 실천에 옮긴 그것. 바로 '애도'라는 행위였다. 그렇게 함으로써 현우는 남편이 어린 소년처럼 철없이 그러나 정말 한 생명이 사는 것처럼 살았던 시간들을 증언해주었다. 그것이 승회가 벌인 오늘 재의 축제였나 보았다. 홀연 의문이 들었다. 그렇다면 자신과 함께 사는 동안 승회는 죽은 목숨이었던 것일까.

실제로 오늘 현우가 말해주었던 그의 인간됨이나 버릇, 정말 좋아했던 일 같은 것에 대해 시내는 아무것도 몰랐다. 담배 피는 버릇이며 노래방 18번에다 포켓볼의 기하학이며 교정의 스트리킹 같은 얘기는 전혀 상상도 못했었다. 그와 시내는 클래스메이트로 시작된 사이였지만 결혼을 하고 나서부터는 어느새 서로의 얼굴에다 책임과 의무라는 말만 각인해놓았었다. 그러고는 그의 어설픈 가장 역할에 핀잔을 주며 구시렁댔을 뿐이었다. 이제 생각해보니 아내였던 그녀 자신보다는 친구인 현우가 아마도 그를 더 잘 아는 것 같았다. 그가 생명을 받은 이 땅에서 어떻게 삶을 이어갔어야 했는지. 시내는 승회의 재의 축제를 마저 보지 않고 내려온 것이 조금 후회되기 시작했다. 어쩌면 그것은 평생 떨칠 수 없도록 두고두고 시내의 눈앞에 언제든지 재연될 것만 같았다. 지금이라도 현우의 말대로 그의 유골함을 당구장에 갖다 둬야 할지도 모르겠다는 생각이 들었다. 결국 애지중지 떠받들고 되살려야 하는 것은 비단 커포티의 재항아리뿐이 아니었다.

아무튼 시내는 오늘 현우가 한 것과 같은 그런 애도를 누구에게든 해본 적이 없었다. 어머니 장례 때도 그랬다. 어려운 수술 뒤 몇 달 동안의 입원 치료 끝에 한 손으로 안아올려도 될 만큼 가벼워진 그 몸을 그녀는 알고 있었다. 하지만 장례 절차에 따라 그저 울고 절하고 했을 뿐 그 가벼워진 몸의 의미를 한 번도 깊이 헤아려보지 못했었다. 열아홉 앳된 나이에 팔남매의 맏이와 결혼해 손마디가 시리도록 자신을 혹사하다가 어떻게 허리가 굽어갔는지. 그 허깨비처럼 가벼워졌던 어머니를 한 번이라도 자기 품에 덥석 안아준 적이 없었다.

'애도'라는 말에서 시내는 지금 막 문상을 가려고 하는 K 생각도 해보았다. 차창 위에 그의 얼굴이 비쳤다. 이렇게 어두운 밤이면 그의 얼굴은 시내의 눈에 거의 이십대 학창 시절의 모습으로 나타났다. 그와 함께 있으면 시내는 영원히 늙지 않을 것만 같았다. 시내는 도무지 알 수가 없었다. 무엇이 그를 이토록 빨리 데려갔는지. 얼마 전 건강한 모습으로 베를린 필 공연을 함께 본 것이 마지막이었다. 맛있는 저녁을 먹고 공연을 본 뒤 차를 마시는 저녁 시간 내내 둘이는 서로 행복한 미소를 나누었다. 그를 만나는 것은 언제나 시내에게 가슴 뛰는 일이었다. 왜 그럴까, 하고 생각해보았는데 얼핏 머리를 스치는 게 있었다. 그와는 같이 수렁에 빠져 허우적댔던 쓰라린 기억을 공유하지 않았다는 사실이었다. 어두운 그늘도 아무런 구김살도 없는 데서 오는 상큼한 설렘과 흥분도 나쁘지 않았다. 기분 좋은 장소에서 서로가 좋아하는 것을 함께 누리고는 각자 자기 자리로 돌아가는 것. 단지 한 가지 걸리는 것이 있긴 했다. 공연을 보러 콘서트홀 로비에서 만날 때면 그는 언제나 일부러 조금 멀리서 다가오면서 미리 팔을 길게 내뻗어 시내에게 악수를 청하고는 했다. 혹시 그것이 사람들과 만날 때 늘 하는, 몸에 밴 사교상의 습관인지도 알수 없었다. 하지만 시내가 보기에는 마치 두 사람이 일상의 공간에 함께 있는 사이는 아니라는 것을 주위에 환기시키려는 몸짓으로 보였다. 그 사실이 언제나 그녀의 가슴에 조금은 쓰라린 허전함을 안겨주었다. 하지만 무엇을 더 바라겠는가. 그것은 둘의 관계가 끊어지지 않고 이어지기 위해 시내가 감수해야 할 어떤 조건이었는지도 모를 일이었다. 와이퍼를 빠르게 작동시켜도 차창 위로 쏟아져 내리는 빗줄기를 어쩔 도리가 없었다. 차가 막히는 게 도리어 다행이었다. 그때 시내의 가슴속에서 뭔가 의문이 일었다. 여태껏 자신이 삶을 거꾸로 산 것은 아닌가 하는. 그 뒤집혀짐은 마치 폭우로 갑자기 불어난 강물처럼 시내 앞에 들이닥쳤다. 그녀가 팽개쳤던 그 지질해 보이던 일상의 매 순간순간들이 자기에게 복수를 하는 듯했다. 타인의 삶을 그토록 염려한 나머지 인스턴트식품을 집에서 갓 조리한 듯 풍미 있고 신선하게 만드는 것을 삶의 모토로 삼았던 여자, 하지만 정작 자신의 삶은 한낱 허방일 뿐이었다.

시내의 눈앞에 남편과의 결혼생활이 스치듯 지나가고 있었다. 단둘이 마주앉아 호젓하게 차를 마신 시간은 연애할 때 빼고는 없었던 냉랭하고 무감한 나날들. 그의 소박한 미소와 한숨, 첫아이를 낳아 함께 목욕시킬 때 그가 내뿜던 탄성 "아유 보드라워". 어떤 소리보다 더 귀한 음악이었던 그의 숨결 하나하나. 시내는 자신이 전혀 알지 못했던 무엇을 이제 어렴풋이 느끼고 있었다. 삶이란 일상과 따로 뚝 떨어져서 뭔가 대단한 한 방을 위해 남겨둔 공간이 아님을. 한 사람의 실패와 좌절, 쓰러짐, 그 모든 것을 곁에서 지켜봐주기, 좋은 음악에 흠뻑 빠져드는 호젓한 시간, 햇볕의 온기에 몸의 세포 하나하나가 소록소록 부풀어 오르는 듯하던 그 찰나, 시내는 그 모든 순간들을 다 날려 보냈다. 그녀는 목청 높여 억울함을 호소하고 싶었다. 생계를 위해 어쩔 수 없었노라고. 왜 난들 어느 휴일 남편과 함께 당구장에서 자장면을 시켜놓고 한 큐 치고 한 젓가락 먹고 도란도란 얘기 나누며 한 게임 하고 싶지 않았겠느냐고. 하지만 아무리 변명해도 소용없었다. 이미 알알이 공중으로 흩어져버린 석류 알들이었다. 시내는 이 혼란을 어떻게 해야 할지 알 수 없었다. 현우의 일을 비롯해 세상은 정말이지 알 수 없는 일투성이였다. 비는 여전히 차창을 세차게 내리치고 있었다. 꽉 막힌 세 갈래 길 앞에 멈춰 서서 시내는 눈을 감았다. 몸풀기를 끝낸 알몸의 승희가 친구들과 함께 교정의 은행나무 길 앞에 나란히 섰다. 재의 축제가 다시 시작되려 하고 있었다.

달팽이가 되려 한 사나이

그 집 앞에서 서성대고 있은 지가 벌써 한 시간이 넘었다. 아직도 노크하기에는 뭔가 부족했다. 어떤 확신이라 할 만한 게 없었다. 일이 이렇게 돌아가자 나도 나 자신을 이해할 수가 없었다. 월차까지 내면서 왜 또다시 미제 실종 사건에 매달리고 있는지. 부동산 중개사처럼 하릴없이 동네 집들만 눈으로 훑고 다니는 꼴이었다. 웬만한 가정에서는 가정부와 베이비시터는 물론이고 변호사와 의사, 펀드 매니저 일까지 모조리 AI 로봇을 부리는 첨단 과학 시대에도 변두리 주민들의 삶은 여전히 꼬질꼬질했다. 동네 안쪽 쌈지공원에는 '북한산을 세계의 공원으로'라는 플래카드가 걸려 있었다. 주민들은 담장을 헐어 거기에 화답했다. 처음부터 다닥다닥 붙여 지은 탓에 담장을 허물어도 돗자리만 한 마당밖에는 나오지 않았다. 그래도 담장 대신 놓인 금잔화, 제라늄, 시크라멘 같은 올망졸망한 화분들은 우중충한 동네

분위기를 확 날려버리고도 남음이 있었다. 하지만 그 남은 화사
함으로도 내 마음의 불편함은 털어낼 수가 없는 듯했다. 서울 하
늘 아래 드물게 담장을 헐어버린 사람들이 사는 곳. K도 얼마 전
까지 이곳에서 그들과 함께 숨 쉬었다.

처음 누군가의 SG가 발견되었다는 신고가 들어온 것은 어느
일요일 새벽 한창 잠에 곯아떨어져 있을 때였다. J와 간밤에 진
을 뺄 만큼 격렬한 잠자리를 가진 뒤여서 내 몸은 거의 녹초가
되어 있었다. 하지만 새벽의 고요를 깨는 전화벨 소리에 나는 본
능적으로 머리맡의 SG를 얼른 눈에 썼다. 숙직실은 없어졌지만
재택근무 당직은 정해져 있었다. 언제 피곤했었느냐는 듯 나는
다시 팔팔한 형사로 돌아왔다. SG에 달린 원격 감시 카메라에
겁에 질린 어린 여학생의 모습이 떴다.

"저 이, 이 SG 열어보지 않았어요. 스, 스마트 글라스요. 어,
어떤 아저씨가 두고 간 것 같아요. 이 베, 벤치에 오래 앉아 계셨
는데."

"이 시간에 거긴 어떻게……"

"우, 운동하러 나왔어요. 하, 한 달 뒤에 화, 화성으로 여행 가
는데 시, 심폐기능 강화 운동을 해야 돼서요."

"가족 여행이에요?"

"아뇨. 키 크고 싶어 하는 치, 친구들이랑 같이요. 며, 몇 센티
더 커서 도, 돌아온다고 해서요."

화성으로의 여행. 그것도 키를 키우기 위한. 소녀는 알고 있을

까. 중력이 있는 지구로 귀환하면 다시 제 키로 돌아온다는 걸. 아무튼 때는 2040년대, 바야흐로 우주여행 시대였다. 추진 로켓을 회수해 재활용할 수 있게 되면서 여행 경비가 크게 줄어든 덕분이었다. 여고생의 말투는 더듬거렸고 목소리는 덜덜 떨렸다. 호기심에 손을 댔다가 눈앞에 뜨는 문자를 보고 기겁을 한 모양이었다. '타인의 SG 조작 시 개인정보보호법으로 처벌.'

전화 소리에 잠에서 깬 J는 침대 머리에 기대앉아 투덜거렸다.

"역시 형사와의 데이트는 불편한 게 많군. 아무리 급해도 그렇지. 새벽 애프터는 끝내고 나가야 할 거 아냐? 허니는 그게 일품인데."

J가 더 끈적거리는 멘트로 유혹을 했어도 나는 자리를 털고 일어났을 것이다. 나를 부양할 사람은 나 자신밖에 없었으므로 일은 내게 생존본능이 되어 있었다. 7년 전 이혼을 하고 처음 만난 J와는 결혼에 대한 강박 없이 그저 친구처럼 지내고 있었다. 이미 한 번 이혼을 겪은 나는 남자라는 책을 다 읽어버린 것만 같았다. 결혼을 하고 나서 두 사람이 지금보다 더 나은 관계를 유지하리라는 보장이 없다는 생각에 우린 둘 다 동의했다. 나는 여학생이 말하는 곳으로 곧장 달려갔다. 북한산 바로 밑 우이동 쌈지공원에 있는 어느 벤치였다.

일단 SG를 접수한 뒤 등록센터에서 알아낸 연락처로 전화를 했다. 받은 사람은 K의 아내인 듯했다.

"나랑은 상관없는 일이에요. 집 나간 지 벌써 몇 달이나 됐으니까. 아, 빨리 찾아나 주세요. 이혼 수속이나 진행하게."

"아, 아니 여태 실종 신고도……"

여자는 내 말이 채 끝나기도 전에 전화를 툭 끊어버렸다. 등록 센터에서 알아낸 것은 보험 설계사라는 직업과 생년월일 정도. 회사에서도 사진과 학력 그리고 인터넷 아이디밖에는 건네주지 않았다. 어렵사리 만난 그의 대학 친구에게서 얻어낸 것도 두어 가지뿐이었다. 그가 여덟 살 아래의 여자와 결혼했으며 몇 달 전 우이동 단독주택에서 아파트로 이사했다는 것. 직장 동료라는 사람도 건성으로 한마디 거들 뿐이었다. '잠시 어디 쉬러 갔나 보죠. 설계사는 고객 스트레스가 장난 아니니까.' 심지어는 여섯 살 아래인 그의 동생도 마찬가지였다.

"흥, 그거 없이 한번 살아보라죠. 얼마 안 돼 깨갱 하고 돌아올걸요. 하긴 받아줄 사람도 없긴 하지만."

그의 동생 말에 따르면 K는 나와 똑같이 홀어머니 밑에서 자랐다. 거기에다 나와 동갑내기였다. 그까짓 공통점이 무슨 대수랴. 실종 또한 그만의 일이 아니었다. 사람들은 흔히 여기저기서 종적도 없이 사라지곤 했다. 그런데 미제 사건으로 처리해놓고도 문득문득 의문이 일었다. 그는 왜 SG를 벗어던졌을까. 우리 시대 필수품 1호로 꼽히는 소중하고도 값비싼 웨어러블 기기를. 그것도 하필이면 그곳에. 그런 의문에 떠밀려 이곳을 찾은 지가 벌써 몇 달째인지 알 수 없었다.

처음 K의 SG가 발견되었던 쌈지공원 벤치에 가서 앉았다. SG

대 끝을 톡 건드려 폴더에 저장된 그의 사진을 불러냈다. 허공에 저절로 화면이 생기고 사진이 떴다. 윤곽이 뚜렷하고 수수해 보이는 삼십대 회사원. 한때 500명이 넘는 고객을 관리하던 유능한 보험 설계사. 이 세상 모든 사람들의 SG가 그렇듯 그의 것에도 온갖 개인 정보가 다 담겨 있을 터였다. 자신의 이력과 금융 거래 내역에서부터 친구와 고객들의 정보, 심박수와 간과 당뇨 수치며 걷다가 넘어진 횟수까지. 겉모양은 보통 안경과 다를 바 없지만 이제까지의 모든 스마트 기기를 한데 그러모은 웨어러블 '원 머신'이었다.

K와 나는 아직은 본격적인 스마트 기기의 시대가 열리지 않은 2000년대 초반 태생, 아날로그와 디지털 양쪽에 다리를 걸친, 낀 세대였다. 하지만 그로부터 오륙 년 뒤에 태어난 나의 엑스나 지금의 J 그리고 K의 아내와 동생은 우리와는 많이 달랐다. 숟가락질을 배우기도 전에 스마트폰과 스마트 워치를 토닥이다가 커서는 SG를 제2의 눈꺼풀처럼 달고 살아온 아이들이었다.

태어난 시대에 따라 이렇게 사고방식에 차이가 나는구나, 생각하고 있을 무렵 SG에 띠리릭 소리가 나더니 눈앞에 문자가 떴다. 동료 형사가 보낸 거였다.

'어제에 이어 또 십대 청소년 흉기 난동 사건 발생. 심리 전담반에서 맡아야 할 듯.'

내가 모처럼 월차를 낸 걸 모르나. 나는 안경대 끝에 달린 음성 메시지 버튼을 눌러 곧장 답을 보냈다. 음성은 곧 동료의 SG

에 가서 문자로 뜰 것이다.

'오늘은 집에서 좀 쉬어야겠음. 내일 인계받을 테니, 초동 수사나 철저히 해주삼.'

내가 이 동네에 와 있는 줄 안다면 동료들은 아마도 북한산 둘레길이라도 걷는 줄로 알 것이다. 형사가 되고 나서 인수봉이나 백운대를 올라본 게 언제인지, 무엇이 그리 바빠 등산 한번 못하고 사는지 알 수가 없었다. 하긴 북한산을 오르는 방법도 이젠 크게 변했다. 성격이 급한 신세대 젊은이들은 4·19 묘지 입구에 있는 쾌속등산용품점에서 값비싼 제트 슈트를 빌려 타고 순식간에 새처럼 날아 사뿐히 정상에 올랐다. 느긋하게 경치를 보고 싶은 이들은 제트 슈트보다는 훨씬 싼 케이블카를 탔다. 하지만 내 세대 이전 사람들은 아직도 한 발 한 발 땅을 딛고 오르는 것을 진정한 등반으로 여겼다. 산자락에는 하루가 멀다 하고 새로운 고층 빌딩들이 들어서고 있었다. 뒤늦게 북한산을 한국의 구엘 공원으로 만들겠다며 여러 명의 자칭 가우디들이 뛰어들었지만 산이 상처투성이 괴물이 될지 구엘 공원 같은 동화 속 나라가 될지는 알 수 없었다.

벤치 등받이에 몸을 기대고 큰 숨을 내쉬었다. 동네를 몇 번 뱅뱅 돌고 났더니 기운이 빠지는 것 같았다. 그나마 아침에 영양충전소를 미리 들른 게 다행이었다. 아침에 일어나 SG를 켰더니 초기 화면에 문자가 떴다. '단백질과 철분, 비타민D 보충 요망.' 센서가 눈동자를 스캔해 부족한 영양소는 물론 의심되는 질병까지 분석해냈다. 집 근처 영양충전소에 들렀다. 영양충전기 뉴트리셔스는 몇 년 전, 네덜란드 과학자가 고안한 금세기 최고의 발명품이었다. 피부를 통해 영양이 곧바로 혈관과 장기에 스며들게 할 수 있는 기계였다. 원래는 독거노인을 위한 시설이었지만 식사를 제때 챙기지 못하는 젊은 싱글들도 애용했다. 육체는 이렇게 국가의 관리로 최소한으로나마 유지, 관리되고 있었지만 정신은 그렇지가 못한 듯했다. 무엇이 잘못된 것인지 알 수 없었다. 골치 아픈 생각일랑 그만 접어두고 봄 패션이나 눈요기 해볼까, 하고 안경대 중간에 달린 터치 패드를 가볍게 눌러 인터넷 창을 열려고 할 때였다. 눈앞이 환해지면서 SG에 홀로그램 전화가 왔다. 친구의 모습이 실물 크기로 눈앞에 떴다.

"얘, 너 구하늬 형사 맞아? 2040년대 새로운 여형사 콘셉트인가."

월차를 낸 줄 모르는 친구는 내 차림새에 놀란 눈치였다. 나는 흰 블라우스 위에다 은하수 무늬가 사선으로 들어간 푸른색의 조끼 원피스를 입고 있었다. 가슴 부분에는 우주복의 에어컨 연결 호스 자리처럼 구멍이 세 개 뚫려 있었다. 허리에는 단정하게 벨트를 매었고 원피스 옷깃과 스커트 단에는 갈색의 가죽 띠로 된 바이어스가 돌려졌다. 하이킹을 해도 좋을 만큼 발이 편하면서도 다리가 늘씬해 보이는 푸른색 통굽 샌들을 신고, 손잡이 있는 핸드백 대신 클러치 백을 들었다. 머리는 올백을 해서 이마를 시원하게 드러내고 긴 파마머리는 뒤에서 묶었다. 화장은 눈꼬

리만 살짝 올리고 피부는 거의 쌩얼로 보이게끔 투명하게 처리
했다. 나는 친구의 홀로그램과 하이파이브를 하며 맞장구쳤다.

"원래 형사의 변신은 무죄랬어. 실은 실종 사건 때문에 탐문
조사 나온 거야."

"오 그랬구나. 사복 경찰이시군."

3차원 입체영상인데 아까웠다. 애인이었다면 실감나게 키스를
할 수도 있었을 텐데. 나는 친구의 표정을 살피면서 물어보았다.

"어때, 지난번 만난 그 친구랑은 잘돼가?"

"음, 그럭저럭. 근데 언제 키워서 신랑 삼지?"

"그래도 그 남자랑 있을 때가 제일 행복하다며?"

"그건 그래. 자상하고 재미있으니까. 하지만 몰라. 다른 여자
들한테도 똑같이 그럴지도. 흘러가는 대로 두는 거지 뭐. 어린애
들처럼 큐피드를 쓸 수도 없고."

큐피드는 젊은이들이 애용하는 맞춤형 데이트 코치 어플이었
다. 동영상으로 제공되는 유료 앱. 양쪽의 생체 리듬과 성격, 연
애의 진도를 입력하면 개개인에 맞춰 조언이 나왔다. 이를테면,
'내게 관심 없는 상대의 마음을 사로잡는 쿨한 몸짓과 화술' '양
다리 걸친 상대를 한 방에 내 쪽으로 끌어당기는 비법' 같은 것
들이었다. 나는 친구에게 자신감을 심어주고 싶었다.

"걱정 마. 그딴 거 없이도 넌 잘할 수 있어. 아무리 머리 좋은
AI도 인간관계를 맺을 줄은 몰라요. 직관이나 공감 능력이 없으
니까."

"넌 요즘 J하고 어때? 잘돼가지? 지난번에 같이 만났을 때 보니까 너한테 푹 빠져 있는 표정이던걸."

J가 그날 그렇게 보였나? 나는 있는 그대로 말해주었다.

"아냐, 아직 몰라. 변덕이 죽 끓듯해서. 툭하면 형사랑 데이트하는 건 심히 불안하대나. 사건이 터졌다 하면 잠자리 중에도 뛰쳐나갈까 봐서."

"그래도 매주 만나는 거 보면 다른 여자한테는 관심 없다는 얘기 아냐?"

친구가 묻지 않아도 나는 J를 고자질하고 싶어 입이 근질근질했다.

"어제는 뭐랬는지 아니? 기가 막혀서. 형사란 직업이 딱 한 가지 좋은 점은 있댄다."

"뭔데?"

"스트레스가 워낙 많다 보니 그걸 상쇄시키려고 섹스도 그만큼 강하대나 뭐래나."

"애교가 있네. 귀엽다 애."

친구는 배꼽을 잡으며 깔깔댔지만 나는 좀 서글퍼졌다. J가 내게 기대하는 것이 오로지 그것뿐일까 하는 의구심이 들어서였다. 하기야 그런 것만으로도 유지되는 관계도 있을 것이다. 다들 자기밖에 몰라 서로 맞춰 사는 건 힘든 세상이니까. 나는 검지 위로 중지를 겹쳐 보이며 친구의 행운을 빌어주었다.

친구와 전화를 끊고 눈으로 동네를 훑어보다가 슬며시 우이

(牛耳)라는 동네 이름에 의문이 갔다. 옛사람들이 만경봉과 백운대, 인수봉의 모습을 어째서 소의 귀로 보았을까 싶어서였다. 산은 보는 방향에 따라 그 모양이 달리 보일 수도 있을 텐데.

벤치에 앉아 이 생각 저 생각을 하고 있자니 때마침 불어온 봄바람이 원피스 가슴 부분에 나 있는 구멍으로 술술 스며들었다. 속살을 간질이는 감미로운 바람에 가슴골이 짜릿해왔다. 바람의 손길이 가슴에 느껴지자 얼마 전 행인들에게 흉기를 휘둘렀던 고교생 생각이 났다. 그러고도 아무런 느낌이 없다고 하던 아이. 소년은 울먹이면서 말했다. "아무것도 느낄 수 없어요. SG가 없으면요. 날씨 변화조차도요." 이런 사건이 벌써 몇 번째인지 모른다. 무슨 이유에서인지 정신과 의사와 상담심리사의 수요가 폭발적으로 증가하고 있었다. 더욱 걱정스러운 것은 십대 청소년들의 잔혹행위가 늘어나고 있다는 점이었다. 사실 조짐은 이미 30년 전부터 있어왔다. 패를 지어 한 친구에게 몰매를 가해 피투성이로 만들고 사진을 찍어 소셜 네트워크에 올린 여중생들이며 순전히 사체의 맛을 보고 싶다며 초등생을 꾀어 살인을 저지르게 한 십대도 있었다. 하지만 그것이 요즘 청소년 잔혹행위의 시초였음을 직감한 사람은 많지 않은 듯했다.

아침에 사냥 나가기 전 손가락 끝에 침을 묻히고 들판에 서서 날씨를 예측했었다는 인디언 생각이 났다. 우리는 무엇을 얼마나 잃어버린 것일까. "외로운가요, 하지만 당신은 행복한 사람/ 아직도 바람결 느낄 수 있는 그렇게 아름다운 그 마음 있으니"라던 어느 가수의 노래를 이 세대는 깡그리 잊어버린 것일까.

그 소년에 대한 기억은 곧 며칠 전에 겪었던 나의 낭패감으로
이어졌다. 화장대 서랍에서 나온 낯선 두 줄짜리 사파이어 팔찌.
우주게임 '마션 앤 파이터'의 아이템인 마법의 팔찌였다. 아무
리 생각해도 어디서 난 것인지 알 수 없었다. 상자 밑을 보았더
니 반으로 접힌 작은 쪽지가 깔려 있었다. '스물아홉, 너의 생일
에, 엄마가.' 그런데 어머니 모습이 머리에 떠오르지 않는 거였
다. 어머니가 가엾어 가슴 저미던 일도 이젠 기억에 없었다. 아
버지의 바람 때문이었던가. 집을 가로채 달아난 엄마의 두번째
남편 때문이었던가. 세상을 뜬 지 몇 년도 되지 않았는데. 허둥
지둥 책장 쪽으로 다가가 액자 사진을 꺼내 보고서야 안도의 한
숨을 쉬었다. 아, 울 엄마 이렇게 생겼었지. 하지만 그때뿐 다음
번에는 아무리 용을 써도 어머니 얼굴이 다시 기억나지 않았다.
심하게 마려운데도 나오지 않아 괴로운 오줌 마려움증처럼 몹시
보고 싶기는 한데 끝내 떠오르지 않는 '그리움 마려움증'이었다.
어떤 말이 혀끝에서 뱅뱅 도는데도 기억이 나지 않는 설단 현상
과 비슷했다.

'그리움'이라는 단어는 곧장 나의 엑스에 대한 기억으로 이어
졌다. 내가 야근이나 출장으로 집을 비우게 되는 날이면 득달같
이 걸려오던 그의 전화벨 소리. 묵음으로 해뒀거나 바빠서 미처
받지 못하면 1분이 멀다 하고 울리던 문자 오는 소리. '기다림'이
나 '그리움'이라는 개념조차 없는 그에게 나는 만사 제쳐놓고 달

려가야만 했다. 그와의 결혼생활 3년은 나의 인내를 시험하는 시간이었다. 이제 우리 세대가 지나가면 얼마 안 있어 사전에서는 아마도 '그리움'이라는 단어가 사라지고 없을 것만 같았다.

서랍에서 사파이어 팔찌를 발견했던 그날 나는 머리를 빗다 말고 넋을 잃고 한참을 앉아 있었다. 그러다간 지각을 할 것 같았다. 서둘러 나오면서 SG를 눈으로 가져가다가 혹시나 하고 째려보았다. 매일같이 수많은 홀로그램이 눈앞에 어른대다 보니 사람의 형상 자체에 넌덜머리가 난 것은 아닐까 싶기도 했다. 새로운 디지털 신에 대한 피로? 하지만 모두가 SG에 찬탄하고 있는 마당에 감히 그 말을 입 밖에 낼 수 없어 나는 혼자서만 끙끙 앓았다.

문득 30년 전의 지하철 풍속도가 생각났다. 모두들 새로 받은 네모판 장난감에 넋이 팔려 거기에 코를 박고 있는 어린아이 모습이었다. 요즘은 네모판보다 더 세련된 안경이 족족 눈에 채워진 채 귀에 무선 이어폰을 꽂고 나란히 앉아 있는 광경이 마치 주술사에게 끌려다니는 좀비들의 행렬 같았다. 이제 곧 SG가 손톱만 한 칩으로 대체되어 귀 뒤에 심어지게 될 거라고 했다. 30년 전만 해도 우리 뇌 속의 기억이 컴퓨터 속의 데이터와 서로 정보를 주고받는다는 건 상상하기 어려웠다. 그런데 컴퓨터에 저장된 데이터를 뇌 신경세포의 전기신호로 바꿀 수 있는 신경 연결 기술이 개발되면서 정보의 공유가 가능해진 것이다. 새로운 소재의 개발로 이젠 컴퓨터 칩이 뇌에 이식되어도 뇌세포가 죽거나 장애를 일으키는 부작용이 깨끗이 사라지게 된 것이다. 벌써부터 칩의 명령이 들려오는 듯했다. '뭐든 애써 생각할 필요 없어. 내가 시키는 대로 하기만 하면 돼.' 하긴 이미 자동차 내비의 여자에게 목이 매여 끌려다니는 무뇌 인간이 된 지 오래였다. 그때 왜 불현듯 정육점에 내걸린 고깃덩어리 같은 프랜시스 베이컨의 그림이 떠오르는지 알 수 없었다. 뒤틀리고 망가져 그저 숨만 쌕쌕거리고 있는 살덩어리들.

동네 한가운데에 있는 쌈지공원을 벗어나 다시 거리로 나왔다. 답답한 마음에 발길은 곧장 북한산 둘레길로 향했다. 평일이어서 묵은 낙엽이 뒹구는 둘레길은 한적했다. 산비탈에는 수많은 등산객의 발길에 금세라도 무너져 내릴 듯한 돌계단이 듬성듬성 겨우 박혀 있었다. 나는 돌계단 하나하나마다 코를 킁킁거렸다. 어느 귀퉁이에 그의 체취가 남아 있을까, 하고. 한참을 걷다가 지친 나는 어디든 푹 무지르고 앉아 쉬고 싶었다. 내려오다보니 색다른 이름의 간판이 눈에 띄었다. '나무와 바람과 비.' 어떤 시의 제목을 패러디한 듯했다.

등받이가 높고 푹신한 소파에 몸을 파묻고 앉아 과테말라산 커피를 마셨다. 쌉싸름한 가운데 깊은 향이 느껴졌다. 저절로 스르르 긴장이 풀리는 듯했다. 하지만 머리엔 온통 그 생각뿐이었다. K는 어떤 사람이었을까. 별안간 나도 모르게 SG를 건드려 인터넷 창을 열었다. 눈앞의 허공에 창이 뜨고 검색창이 클로즈업 되었다.

검색창에 대고 그의 아이디를 조용히 속삭였다. SG에서는 아무리 작은 소리로 말해도 인식이 되었다. escargot24. '일치하는 결과 없음'이라는 답이 자막으로 떴다. 500명의 고객을 관리할 정도라면 어딘가에 아이디가 노출되었을 법도 한데. 번역을 해서 다시 말했다. 달팽이24. 역시 실패. 음역을 해서 알파벳을 한 자 한 자 또박또박 읽어주었다. d, a, l, p, a, e, n, g, i, 24. 그래도 마찬가지였다. 마지막으로 그의 아이디에 @을 붙여 말했다. escargot24에서부터 24-1, 24-2, 24-3, 24-4 등등 비슷한 달팽이 아이디가 수도 없이 떴다. 나는 손가락으로 맨 앞의 것을 선택했다. 짠, 하고 뭔가가 떴다. 어느 블로거의 사이트였는데 다행히도 어디선가 퍼온 글에 그 아이디가 달려 있었다. 제목은 '기억의 원류를 찾아서'. 나는 커피가 식는 줄도 모르고 글을 읽어 내려가기 시작했다.

내 감각과 기억에 이상이 생겼다는 느낌이 든 것은 이미 오래전부터였다.

첫 대목부터 나를 확 끌어당겼다. 나와 비슷한 증세였다.

여덟 살 때 대전에 있는 외갓집에 얹혀 지낼 때였다. 행상을 하며 나를 키우던 어머니가 어느 날 꿈에 나타났다. 평소와는 다른 색깔의 옷을 입고 뭔가가 가득 담겨 찰랑거리는 양동이를 들고 나를 향해 걸어오는 꿈이었다. 나는 선명한 대비를 이루는 옷과 액체의 색깔에 소스라치게 놀라 잠에서 깼다. 캄캄한 밤중이었는데 외삼촌이 거실에서 전화 받는 소리가 들렸다. 무슨 말이었는지 지금은 전혀 기억에 없다. 그저 짐작만 할 뿐이다. '누님이요? 어디서 떨어져요? 어느 병원이죠?' 꿈은 현실이 되어 있었다. 어머니가 대구와 대전을 오가며 무슨 장사를 하던 시절이었을 것이다. 품목은 아마도 사과였으리라. 대구와 대전을 오갔으니까. 기차 삯을 아끼려고 어머니는 열차 화물칸에 실린 사과 상자 위에 올라타고는 한밤중에 꾸벅꾸벅 졸았을지도 모른다. 어쩌다 열차 문이 열려 있었나 보았다. 그때는 그런 시절이었다. 그러다 하필이면 침목에 거꾸로 박힌 예리한 쇠말뚝에 떨어졌다. 대수술을 받고서야 목숨을 건질 수 있었으리라. 그때 꿈속에서 보았던 어머니의 예사롭지 않은 옷과 양동이에 담긴 액체의 색깔은 내 마음 깊은 곳에 선연하게 새겨졌었다. 어머니와 그때보다 더 가깝게 느껴진 적은 평생 단 한 번도 없었다. 그것은 모든 것을 포기하고 싶을 만큼 힘들 때마다 남몰래 꺼내보곤 하던 내 삶의 파르마콘 같은 것이었다.

아직 K의 글이 맞는지 확신이 서지 않았다. 그의 블로그를 찾아야 했다. 방문한 이웃 리스트를 훑어보았다. '체리처럼 앙증맞게', '화성 아줌마 우주병법', '소행성에서 살아남기', '화성에 간 달팽이', '탱글탱글 달팽이' 등 이웃 블로거들의 아이디 중에서 '탱글탱글 달팽이'를 클릭했다. 그저 생동하는 듯한 발음에 끌려서였다. 그의 블로그가 떴다. 생애 주기별 설계사, 2003년생. 그가 올린 많은 포스트 중에서 먼저 '나는 왜?'라는 제목을 골라

보았다.

저 고대의 바다에 생겨난 아메바에서부터 시작된 진화의 결과가 인간이라면 그 흔적은 우리 몸에 그대로 축적되어 있을 것이다. 감각이나 기억 역시 그것의 일부가 아닐까. 어머니와 나도 한때는 한몸이었다. 세포의 미세한 인자에서부터 우리는 서로 연결되어 있었다. 그러기에 서로 떨어져 있다 해도 한쪽에 가해지는 물리적 자극은 다른 쪽에 그대로 전달될 수 있었을 것이다. 그 원초적인 감지 능력을 나는 어쩌다 잃게 된 것일까.

'원초적 감지 능력.' 나 역시 그것을 잃은 것 같았다. 그다음에 내 구미를 당긴 것은 '차라리 달팽이가 되려오'라는 글이었다.

얼마 전 둘레길 산책을 나갔다가 풀숲에서 마실 나온 달팽이를 만났다. 집에 데려가 키우고 싶어졌다. 어릴 때 달팽이를 키우겠다고 떼를 썼던 기억이 나서였다. 그때 어머니가 걱정스레 말했다. "먹이 주고 씻겨주고 손이 많이 갈 텐데, 할 수 있겠니?" 나는 자신 있게 고개를 끄덕였다. 오는 길에 어머니가 말해주었다. "이거 아니? 벌써 오래전에 인공지능이 사람을 이겨낸 걸. '알파고'라는 인공지능이 세계 최고의 프로 기사들을 줄줄이 꺾은 거야. 그때 다들 알았지. 계산하는 일에서는 인공지능과 경쟁해서 인간이 이길 수 없을 거라는 걸. 이제 어쩌면 머리도 없는 듯 이렇게 느릿느릿 살아가는 달팽이에게서 뭔가를 배워야 할지도 몰라."

어머니 생각을 하면서 한편으로는 아내의 눈치를 보면서 달팽이를 키웠다. 달팽이는 앵두를 먹으면 붉은 똥을, 상추를 먹으면 파란 똥을, 배꽃을 먹으면 하얀 똥을 눴다. 똥조차 솔직했다. 영양분만 소화 흡수하고 색소는 소화하지 못하기 때문이었다. 아내는 달팽이 똥에 질색을 했다. 달팽이가 요상한 벌레를 낳았다고 난리 법석을 떨었다. 그러자 달팽이는 나와 아이들이 주는 먹이는 받아먹어도 아내가 주는 먹이는 결코 받아먹지 않았다. 거의 '무뇌'로 알려진 달팽이가 무엇을 느낀다는 말일까.

달팽이가 똥을 누고 나자 나는 목욕을 시키고 싶었다. 물을 가득 담은 플라스틱 대야에다 부엌에서 가져온 기다란 튀김용 젓가락 두 개를 걸쳐 놓고 그 위에 달팽이를 올려주었다. 녀석은 동글동글한 집에서 몸을 길게 쭉 빼내더니 물을 휙휙 튀기며 목욕을 했다. 작은 몸집에서 나는 소리치고는 꽤나 시원스러웠다. 저녁을 짓던 아내가 마루로 나와 소리쳤다. "어쨌어? 내 튀김 젓가락." 나는 날벼락이 떨어질까 무서워 냉큼 자백했다. "잠시 빌렸어. 나중에 사다줄게." 아내는 달려나와 달팽이 목욕 대야를 땅에 팽개쳐버렸다. 자기가 아끼는 일제 튀김 젓가락의 또 다른 용도를 도저히 받아들일 수 없다는 듯이. 아내는 알지 못했다. 6억5천만 년 전 바다 산호초와 함께 세상에 태어났다는 이 친구가 어떻게 세상을 걷는지를. 심호흡을 하는 가운데 몸을 움츠렸다 뻗었다. 파스칼 키냐르의 말대로 "달 아래서 마치 대양처럼 걷는 것을."

같은 날 쓴 또 다른 글에서는 어머니에 대한 지극한 그리움이 느껴졌다.

내가 훤히 꿰고 있던 고객의 수가 500명에서 300명, 200명으로 줄어들더니 이제는 2, 30명도 채 되지 않는다. 꿈속에서 보았던 어머니의 옷과 양동이 속 액체의 색깔에 대한 기억을 잃고 나서부터였다. 나는 마치 뿌리 뽑힌 식물처럼 곧 말라비틀어져서 훅 날아가버릴 것만 같다. 혹시 SG 때문일까. 하기는 퍽 오래된 듯하다. 매일 이 안경을 통해 폭탄처럼 쏟아져 들어오는 고객들의 홀로그램과 쉬지 않고 띠리릭 울리는 신호음들에 신경과 감각이 마비되어버린 것이. 다 벗어던지고 맨몸으로 세상과 만난다면…… 꿈속에서 어머니가 입었던 옷과 양동이에서 찰랑거리던 액체의 색깔을 다시 기억해낼 수 있을까. 어머니 몸의 파동을 내 몸이 다시 감지할 수 있을까. 그렇지 못할 바엔 차라리 손가락 마디만 한 몸을 펼쳐내어 세상을 기고 재고 느끼는 한 마리 달팽이가 되었으면……

가슴이 찌르르 해왔다. 마지막 게시물은 아파트로 이사하기 직전에 쓴 글인 듯했다.

보일러실에 자주 들어오던 길고양이가 오늘도 아내에게 쫓겨났다. 밤새 눈이 오고 기온이 뚝 떨어진다는 일기예보에 찜찜한 마음으로 잠자리에 들었다. 잠들기 전 잠시, 녀석이 처음 보일러실에 들어왔을 때가 생각났다. 추위와 허기에 지쳐 금세라도 폭삭 주저앉을 것처럼 보였다. 따뜻한 미역국에 밥을 말아 먹이고 담요를 덮어주자 눈을 감고 소르르 잠에 빠져들었다. 얼마 지나자 다시 살아나서 바닥을 어정거리며 돌아다녔다. 보시시 일어난 털의 모양과 따스한 감촉이 일러주던 한 생명체의 재생. 그 모든 장면이 한꺼번에 스쳐 지나가면서 어느덧 잠이 들었다.

새벽녘이었던가. 갑자기 뭔가가 내 몸통을 확 뚫고 지나갔다. 통증도 없었다. 단지 그것이 내 몸을 뚫고 지나갈 때 가슴팍에 포근포근한 털의 촉감이 살짝 남아 있었다. 괴이쩍은 느낌에 뒤척이다 잠을 깼다. 아내의 빈자리에 눈길이 갔을 때 밖에서 비명 소리가 들렸다. 거실 창문을 열고 내다보았더니 아내가 보일러실 앞에서 내는 소리였다. 보일러실로 달려가자 초록색 페인트가 칠해진 선반에 녀석이 점잖게 앉아 있었다. 간밤에 아내가 유리창이며 문을 꼭꼭 잠그는 것을 보았는데. 녀석은 내 몸을 창문으로 삼고 보일러실로 들어온 것일까. 놈은 나를 보자 꾹꾹이를 해댔다. 기분 좋을 때 앞발로 번갈아가며 바닥을 꾹꾹 누르는 몸짓이었다. 나는 재깍 '도담도담'이라는 말이 생각났다. '탈 없이 소담스럽게 모락모락 잘 자라고 잘 노는 어린것의 모양'을 가리키는 말이었다.

여기까지 읽은 나는 눈을 감고 한동안 가만히 앉아 있었다. 잠시 눈을 감았을 뿐인데 피곤했던지 설핏 잠이 들었다. 어찌된 셈인지 꿈속에서 나는 조용한 음악이 흐르는 어느 집 거실 소파에 앉아 있었다. 마음을 편안하게 해주는 음악 소리에 나는 모든 것을 내려놓고 공중에 무중력 상태로 떠 있는 기분이었다. 혼자이지만 아무것도 더 필요하지 않고 충만한 상태. 음악은 이제 현악기의 활들이 모조리 동원되어 가장 낮은 음조로 짧게 현을 뜯는 소리로 바뀌었다. 그것은 마치 뭔가가 아주 미세한 터치로 내 살갗을 켜는 소리처럼 들렸다. 몸의 세포들이 서서히 열릴 준비를 했다. 뒤이어 들리는 장중한 트럼펫과 큰북 소리. 둥둥, 북소리와 함께 어디서 날아왔는지 뭔가가 내 몸을 훅 뚫고 지나갔다. 자세히 살펴보자 K였다. 오른팔에는 고양이를 안고, 왼손에는 주먹만 한 달팽이를 들고 있는. 그는 나를 살포시 껴안으며 천연덕스럽게 말했다.

"우리 팽이랑 양이 밥 줘야지. 냉장고에 우리 아가들 좋아하는 게 뭐 있나 어디 볼까."

그가 냉장고 문을 살짝 터치하자 내용물이 훤히 보였다. 신선실에는 고등어와 꽁치가 아직 두 마리, 그리고 야채 칸에는 싱싱한 꽃상추가 보였다. 그는 자신의 '아기'들에게 밥을 준 뒤에 내게 말했다.

"여보, 우리도 빨리 저녁 해 먹고 일찍 자자."

그 말끝에 덧붙였다.

"오늘 저녁은 내가 지을게. 먼저 양이 목욕부터 시키고. 파리 출장 간 김에 양이 전용 샴푸 사 왔어."

그는 나를 '여보'라고 불렀다. 정말 오랜만에 풍성한 식탁 앞에 앉았다. 어디서 배워 왔는지 그는 치즈 향이 물씬 풍기는 양파 수프를 끓여놓았다. 작은 바구니에는 버터를 발라 노릇노릇하게 구운 마늘 바게트가 놓여 있었다. 수프에서 살짝 풍기는 브랜디 향에 입에 군침이 돌았다. 사실 난 수사센터 구내식당의 셰프 로봇이 공산품처럼 찍어내는 음식에 넌덜머리가 난 지 오래였다. 내 접시에 수프를 부어주며 그가 말했다.

"이번 파리 여행에서 배워 온 프랑스식 야채수프야. 역시 미식가의 나라더군. 파리에는 셰프 로봇 말고 아직도 인간 요리사를 쓰는 식당이 여러 군데 있더라고."

식사가 끝나자 K는 자기가 설거지를 할 테니 빨리 샤워를 하고 오라고 채근했다. 나는 짜릿한 잠자리에 대한 기대감으로 가슴이 설레었다. 욕조에 앉아 있는데 K의 콧노래 소리가 들려왔다. "아아 아아아 아아 아 아아아 아 아아 아아아아……" 허밍 소리는 물속에 앉아 있는 내게 마치 기억의 바다 기슭을 건드리는 아련한 파도 소리처럼 들렸다. 허밍이 가사 있는 곡보다 부르기 더 어렵다던데, 저이가 화성에서 생방송하는 「우주가왕」에라도 나온 적이 있었나 싶었다.

가운을 걸치고 욕실을 나왔다. 이제 나이트캡만 준비하면 되었다. 와인을 꺼내려고 냉장고 문을 여는데 느닷없이 뒤에서 누군가가 내 두 팔을 꺾었다. 뒤이어 무슨 소리가 들려왔다. 지적이고 냉철한 남자 목소리였다.

"당신, 왜 세상의 신비를 좇으려 하지? 구하늬 형사, 초능력을 개발해 중뿔나게 세상을 '구한 이'가 되겠다는 건가?"

나는 손사래를 치며 외쳐댔다.

"원하는 거 없어. 단지 소박한 감각과 기억을 되찾겠다는 거야. 평범한 인간이 본능적으로 갖고 있었던."

이번에는 사내가 자못 위협적인 투로 말했다.

"당신, 쓸데없이 우리 일에 참견하지 말아. 당신들이 지금처럼 영특하고 기품 있는 존재가 된 것이 누구 덕인데 그래. 그 보잘것없는 감각과 의식을 한껏 확장시켜줬더니, 벌써 잊었나? 나노 로봇 닥터로 온갖 질병을 다 예방해주고 자율주행 플라잉 카로 교통 체증도 없애주고 로켓으로 화성 여행까지 시켜주었더니."

그러고 보니 언제부터인가 우리는 사고만 당하지 않으면 굳이 병원에 갈 필요가 없어져 너무 오래 살까 봐 걱정되는 세상을 살고 있었다. 또 차를 몰고 가다 길이 막히면 공중으로 올라가 날아다닐 수 있는 자동차며 자전거를 사용했다.

"그렇지만, 아직⋯⋯"

반박하려는데 어떤 손이 와서 목 앞뒤로 뭔가를 붙였다. 차가운 금속성이었다. "굶는 사람이 수두룩한데, 화성은 무슨 개뿔" 하고 소리를 냅다 질렀는데 말소리는 밖으로 나오지 않았다. 음성소거기인 듯했다. 내가 크게 소리칠 때마다 자석과 연결된 미니 램프에 제법 환한 불이 켜졌다. 또 다른 전선 끝에는 붓이 매달려 있었는데 그것이 앞에 놓인 캔버스를 지지면서 그림을 그려나갔다. 지렁이 지나간 자국 같은 꾸불꾸불한 선들이 화폭에 그려졌다. 소리를 마이크로 흡수해 전기 에너지로 바꿀 수 있다더니 사실이었다. 특수 금속관에다 소리를 공명시켜 진동을 일으키고 그것의 파장을 이용해 전기를 일으킨다던가. 남자의 목소리는 조금 부드러운 어조로 바뀌었다.

"당신, 변신을 좋아한다고 했지. 두고 봐. 설사 큰 사고를 만나 신체 일부만 남는다 해도 걱정할 거 없어. 전보다 더 강한 여전사로 만들어줄 테니까. 아니 어쩌면 영—원히 살게 될지도 몰라."

사내는 '영'자를 길게 끌었다. 그 말은 또 다른 선언으로 들렸다. '우린 애완동물인 너희에게서 마지막 한 방울의 피와 진액까지 짜내어 우리의 예술을 완성할 것이다.'

나는 단호하게 큰 소리로 외쳤다.

"죽으면 죽었지 컴퓨터 명령이나 받는 로보캅 따위로는 살고 싶지 않아."

아무리 크게 외쳐대도 소리는 입 밖으로 나오지 않았다. 사내만 내 목소리를 들을 수 있는 모양이었다.

"사이보그 로보캅? 그건 옛날 얘기지. 당신 뇌는 뇌사자의 몸에 이식돼 완전한 인간으로 다시 태어나는 거야. 미래인간심사위에서 민완 형사로 선택받은 덕분이지. 만약 뇌사자의 장기가 시원치 않다면 생명공학회사에다 주문하면 돼. 심장은 슈퍼카디악사(社), 신장은 오케이키드니사, 간은 퓨어리버사, 사지는 스트롱림스사 것으로. 단 한 가지 은밀하게 일러둘 게 있다. 당신의 몸 중에서 Y존(zone)만은 제발 테러를 당할 때에도 다치지 않게 조심하도록. 에이전트의 강력한 추천으로 그 부분은 그대로 가져갈 거니까."

에이전트라니, J가 저들의 정보원이었다고? 지금 그걸 따질 때가 아니다. 역습의 틈새를 찾아야 한다. 나는 잠시 순종하는 척하다가 기습적으로 왼발을 들어올려 뒤후리기를 시도했다. 올림픽에서 한국 선수가 키 2미터의 상대를 제압한 회전축 발차기, 동료들도 인정하는 나의 특기였다. 720도 회전한 발끝이 누군가의 얼굴에 가 꽂혔고, 곧이어 쿵 하고 나동그라지는 소리가 들렸다. 그러나 3초 동안의 승리. 곧 철그렁, 하고 보이지 않는 철제 사슬이 내 몸에 둘러졌다.

눈앞에 베이컨의 그림이 다시 나타났다. 온통 일그러진 얼굴로 절규하는 인간. 푸줏간에 매달린 한 덩이의 고기. 나는 사력을 다해 몸부림쳤다. 철제 사슬에 쓸려 온몸에 생채기가 나고 피가 흐르는 것이 느껴졌다. 아프기도 했지만 후련한 느낌도 있었다. 바로 그때, K가 꿈에서 봤다는 그의 어머니의 옷과 양동이 속 액체의 색깔이 내 머릿속에서 언뜻언뜻 되살아나는 듯하다가 사라졌다. 그 꿈이 내 머릿속에 그토록 강렬하게 각인되었던 것일까. K 대신 내가 뭔가와 싸우고 있다니. 어쨌든 그 찰나의 시간에 뼛속이 뻐근하도록 어떤 느낌이 왔다. 그 기억을 돌이킬 수 있는 것은 아무것도 없다고. 살이 찢기고 몸이 뭉개지든 말든 다시 한 번 죽을힘을 다해 저들에 맞서 싸우는 것 말고는.

더 나빠져봤자 죽기밖에 더하랴, 하고 다시 한 번 불끈 몸에 힘을 주는 순간 그만 꿈에서 깨고 말았다. 열린 냉장고에서 뿜어져 나오는 냉기에 코가 시려서였나, 끝까지 버텼어야 하는 건데. 이젠 망설이고 말고 할 것도 없었다. 내 발길은 재빨리 K가 전에 살던 집으로 향했다.

K가 전에 살았던 동네는 골목이 괴상하게도 달팽이집 무늬처럼 나선형으로 나 있었고 한 바퀴쯤 돌아간 곳에 그의 집이 있었다. 집 앞에 딸린 잔디밭을 서너 발자국만 디디면 현관이었다. 초인종을 누르자 내 또래 젊은 여주인이 문을 열고 의아한 눈빛으로 나를 바라보았다. 신분증을 보여주자 여자는 "아, 네에" 하고 경계심을 풀었다. 며칠 전 미리 협조를 구해놓은 터였다.

　여자가 집 오른쪽에 붙은 보일러실 문을 열었을 때 나는 하마터면 악, 하고 소리를 지를 뻔했다. 그가 포스트에서 썼던 대로 예의 그 초록색 선반 위에 연갈색 줄무늬 고양이가 떡하니 앉아 앞발을 꾹꾹 눌러대고 있었다. 그야말로 '도담도담'이었다. 꿈속에서 K와 함께 내 몸을 타고 내려왔던 그 녀석이었다. 나를 향해 쏘는 듯한 그 형형한 눈빛에 나는 흠칫, 걸음을 멈추었다. 내 숨소리에 놀란 주인 여자도 뒤를 돌아보았다. 나는 눈을 비비고 다시 둘러보았다. 고양이는 거기 없었다. 내가 헛것을 본 듯했다.

　보일러실에서 나온 나는 찬찬히 마당을 살펴보았다. 돗자리만 한 잔디밭 한쪽 귀퉁이에는 키 작은 배나무와 앵두나무가 한 그루씩 서 있었다. 그 옆에 놓인 삼단짜리 나무 화분대에는 바이올렛 분이 몇 개 얹혀 있었다. 거무스레하게 삭은 화분대 위에 달팽이 상자를 놓아두고 상추며 계란 껍질 가루를 넣어주는 K의 모습이 그려졌다.

　"이 화분대도 전……"

　내 말이 끝나기도 전에 여자가 고개를 끄덕였다. 희끄무레한 얼룩은 달팽이의 점액이 흐른 자국처럼 보였다. K는 이 집이 그리운 나머지 꿈속에서 내 몸을 타고 내려온 것일까.

나선형의 골목을 돌아 나오는데 숲속에서 저녁 보금자리를 찾는 새들의 울음소리가 들려오다 그치기를 반복했다. 발걸음을 멈추고 한동안 그 소리를 들었다. 그 사이가 왠지 길고 웅숭깊게 여겨졌다. 홀연 머릿속에서 어떤 의문이 스쳤다. 소리와 소리 사이, 아무것도 들리지 않는 그 침묵의 순간에 이 우주 속 뭇 생명들의 신호가 발산되고 있는 것은 아닐까, 하는. 그것은 우리 귀에는 들리지 않지만 엄연히 존재하는 소리였다. K 어머니의 생명의 신호가 그를 부르던 소리. 그의 생명이 거기 반응하던 소리. 우리는 어쩌다 그 신호를 보내고 받던 능력을 잃어버린 것일까.

그사이를 참지 못하고 띠리릭 문자 신호음이 끼어들었다. '긴급 사건 발생. 급히 연락 바람.' 거기에 뒤질세라 파고드는 J의 메시지. '지난번 미처 못한 애프터 오늘 밤 마저 끝내줄 거야?' 나는 두 개 모두 씹어버렸다. SG를 벗어서 백 속에 넣어버렸다. 안경만 벗었는데도 가슴이 벅차왔다. 이런 것을 '자유'라고 했던가. 너무 생소한 느낌이어서 감이 잘 오지 않았다. 하지만 처음으로 느꼈다. 폐 깊숙이 스며드는 숲의 공기가 이토록 싱그럽다는 것을. 그러다 주위를 둘러보며 아차, 싶었다. 그 집을 나와 나도 모르게 산 쪽을 향해 걷고 있었던 거였다.

어스름 무렵, 나는 산자락을 걸어 내려오기 시작했다. K는 어디론가 가서 정말 달팽이가 되어버린 것일까. 그러다 왠지 뒤통

수가 선뜩해서 뒤를 돌아보았다. 신음인지 한숨인지 모를, 어떤 소리가 들려오는 듯했다. 거대한 가슴을 들먹이면서 산이 내는 소리였다. 나는 곧 그 자리에 얼어붙었다. 만경봉, 백운대, 인수봉 세 개의 봉우리를 품은 산은 소의 귀가 아니었다. 그것은 북쪽으로 다리를 뻗고 누운 사람의 형상이었고, 도톰한 이마와 오뚝한 코, 미끈한 턱선까지 누군가의 모습을 그대로 닮아 있었다.

계속 삐리릭 울려대는 문자에 답을 하지 않자 이윽고 클러치 백 속의 SG에서 비상호출 음성이 들렸다. 동료 김 형사였다.

"여기는 센터, 구 형사, 구하늬 형사 나오라. 1급 긴급사태 발생, 집에서 쉰다더니 산에서 뭘 하고 있나. 즉시 복귀하라, 오버."

형사들의 SG에 달린 특수 원격 감시 카메라는 클러치 백 같은 가죽 재질쯤은 너끈히 뚫을 수 있다는 것을 미처 생각하지 못했다. 동영상 탐지기 바이브라이미지(VI)는 내 표정까지도 생생하게 비출 수 있었다. 분노한 지금의 내 표정으로는 어쩌면 테러리스트로 분류될지도 모른다. 김 형사가 그동안 나를 감시했었다고? 아냐, 형사끼리는 그 기능을 꺼놓기로 되어 있어. 한참 머릿속을 헤집다 용케 생각이 났다. IoT, 사물인터넷. 그의 SG가 내 것과 네트워크로 연결돼 있어 스스로 정보를 찾아낸 거였다. 이런 세상에 계속 적응을 해가며 살아야만 될까. 끝까지 호출에 응하지 않을 경우를 상상해보았다. 삼십대 후반에 실업자가 된 대책 없는 여자가 거기 보였다. 응답을 하는 경우도 가정해보았다.

SG의 진화와 더불어 한 발 한 발 어딘가를 향해 나아가는 한 여형사가 보였다. 마침내는 테러 진압 도중 폭발 사고를 만나 뇌만 겨우 살아남는다. 다행히 민완 경찰로 인정받아 그녀의 뇌는 뇌사자의 몸에 심어져 제2의 구하늬로 재탄생한다.

그렇게만 된다면 다행일지도 모른다. 그러나 일은 불행히도 거기까지 이르지 못한다. 그녀의 뇌를 스캔해 뇌사자의 몸에 이식하려던 병원이 해킹을 당한다. 해커들은 스캔한 그녀의 뇌를 하나의 프로그램 파일로 바꾼다. 파일명 Guhanui03F24. 2003년생, 구하늬란 이름으로는 전 세계에서 24번째 여자. 누구나 그녀의 뇌 파일을 인터넷에서 불러내 마음대로 편집, 조작해 다른 사람이나 인공지능의 뇌에 심을 수 있게 된다. 네트워크상에 떠서 영원히 살게 된 파일. 어쩌면 나를 협박하던 사내가 말한 저들 최후의 예술품인지도 모른다. 그 파일은 자신의 처지에 격분한 나머지 평정심을 잃고 광포하게 날뛸지도 알 수 없었다. 하지만 그건 파일의 기분에 맡길 수밖에. 단지 한 가지 아쉬운 점이라면 그녀를 위해 가장 천진스러운 질문을 던질 이가 없다는 사실이었다.

"젠장, 당신들 대체 나의 하늬에게 무슨 짓을 한 거야?"

북남시집 오케스트라

갑자기 쿵, 하고 포성이 들린 것은 음악이 막 4악장으로 접어들었을 때였다. 조금 멀리서 들려오는 둔중한 소리였지만 장소가 장소니만큼 듣자마자 포성이라는 느낌이 왔다. 현악기의 화려한 선율이 부드러운 프렌치 호른으로 막 넘어간 순간이어서 그 소리는 내 귀에 더욱 크게 들려왔다. 나는 숨을 죽이고 외부의 소리에 귀를 기울였다. 작곡자가 교향곡 사상 처음으로 편성했다는 트롬본 소리가 날 무렵 또다시 포성이 울렸다. 분명 대포 소리였다. 하지만 무대에서도 객석에서도 전혀 동요가 없었다. 아무도 그 소리를 듣지 못한 것처럼 보였다. 웅장한 트롬본 소리에 묻혔는지도 모른다. 하지만 나는 덜컥 가슴이 무너져 내렸다. 혼자만 아는 비밀인 것 같아 공포감은 더 컸다. 쿵덕쿵덕 심장이 마구 뛰고 손발이 차가워지면서 이마에 식은땀이 바짝 났다. 온몸에서 아드레날린이 마구 분비되고 있는 게 느껴졌다. 오케스트라 단원들과 청중들의 안위가 내 책임이라는 생각에 나는 공황상태로 빠져들었다. 콘서트를 굳이 언제 포격이 있을지 모르는 위험한 서해 최북단의 섬에서 열어야 하느냐고 입도를 뜯어말리던 주위 사람들의 얼굴이 떠올랐다. 연주를 멈춰야 하나 말아야 하나. 조금 더 견뎌보고 결정해? 하지만 머뭇거릴 여유도 주지 않고 다시 포성이 울렸다. 이번에는 제법 가까이에서 들려온 것 같았다. 다른 사람들이 눈치챌세라 나는 이를 악물고 태연한 척해야만 되었다. 이번에는 더 큰 포성. 대포 소리는 바로 코앞에서 들리는 듯했다. 더는 견딜 수가 없었다. 대체 내가 무슨 일을 한 거지? 어쩌다 여기까지 온 거야? 더 이상 생각할 겨를도 없이 나는 그만 정신을 잃었다. 자기방어용이었을까. 혼절한 상태에서도 내 머릿속에서는 조금 전까지도 평화로웠던 오늘의 콘서트가 첫 장면부터 생생하게 리플레이 되고 있었다.

오케스트라 중앙에 있는 수석 오보에가 A음을 길게 분다. 퍼스트 바이올린이 이 떨림 없는 안정된 소리를 기준으로 자신의 바이올린 음을 맞춘다. 맑고 단아한 소리. 그 소리에 맞춰 현악기들이 고음에서 저음으로 차례차례 조율을 해나간다. 이어서 목관, 금관악기 순으로. 단원들은 삼각형과 사각형, 그리고 원이 끊이지 않고 하나로 이어진 도형 그림을 배경으로 무대 위에 앉아 있었다. 어떤 형태든 모두가 하나로 이어진다는 뜻의 유네스코 무형문화유산의 상징 로고다. 장소는 북방한계선 바로 밑 서해 최북단에 자리한 작은 섬의 초등학교 강당, 단원들은 남과 북에서 선발된 스무 살 안팎, 칠십 명의 청소년들. 김창호, 리재명, 정순모, 류가희, 이지원…… 모두 다 자신의 소속은 잊은 채 오로지 오늘의 연주를 위해 온정신을 집중하고 있는 모습들이다. 베토벤의 교향곡 5번 C단조, 작품 67 「운명」을 위하여. 이들이 앉은 곳은 몇 년 전 바로 10미터 앞까지 포탄이 날아왔던 곳이다. 또다시 포탄이 날아온다 해도 모두들 이 시각 이곳에서 이 곡을 연주할 운명임을 확신하고 있는 듯한 표정들. 검은색 단복이 아닌 자유로운 복장에서부터 느껴지는 색채의 조화로움. 야무진 입매를 하고 품에 안은 악기를 조율하고 있는 모습에서는 예인의 품격이 풍겨져 나온다. 200여 석쯤 되는 객석은 섬 주민들과 해병대원들, 그리고 내외신 기자들로 대부분 차 있다. 원래는 개성공단 인근 잔디광장에서 열릴 예정이었지만 느닷없는 핵실험 여파로 공단이 폐쇄되는 바람에 결국 이곳으로 오게 된 것이다. 툭하면 전운이 감도는 서해 최북단의 섬. 연주가 곧 시작되려는 순간, 내 눈길은 바로 옆의 빈자리에 가서 머문다. 당신이 앉아야 할 자리.

　비어 있는 그 자리에 잠시 드보르작의 피아노 트리오 「둠키」가 흐른다. 선율은 10여 년 전 뉴욕에서 열린 피아노 트리오의 밤을 불러온다. 피아노를 연주하면서 경력이 그리 많지 않은 나와 첼리스트가 신경이 쓰였던지 자꾸만 곁눈질을 하던 당신의 모습을. 팔레스타인 어린이 돕기 자선음악회였다. 그때까지도 잘 알려지지 않은 것이 있었다. 당신이 영문학자에 문명비평가인 동시에 뛰어난 피아니스트라는 사실이었다. 바이올린과 첼로와 어우러져 당신의 절제된 피아노는 꿈결인 듯 우수에 젖었다가도 명랑함을 잃지 않으면서 슬라브의 정서를 노래하고 있었다. 서로의 악기 소리가 겹쳐질 때마다 내 손에 와 닿는 듯하던 당신의 크고 듬직한 손. 모든 것은 그 두 손의 맞닿음에서부터 싹트기 시작했는지도 모른다.

서로 적국인 아랍과 이스라엘의 청소년들을 모아 바렌보임과 함께 교향악단을 만들던 당신의 상기된 모습이 보인다. 가슴 벅차하면서도 뭔가 착잡해하던. 지금 내 얼굴에서 당신이 보고 있을 바로 그 표정이다. 수년에 걸쳐 유네스코와 남북을 수도 없이 드나들었던 그 지난한 역정이 바로 어제 일처럼 머리를 스쳐 지나간다. 당신을 옆자리에 앉히고 싶은 마음은 결코 응석이 아니었다. 당신에게 무언가를 알려주기 위해서였다. 내가 이 오케스트라를 만든 것은 어느 날 당신과 나누었던 대화에서부터 비롯되었다는 것을. 당신의 오리엔탈리즘 강의가 전 세계에 유명해져서, 음악도인 내 귀에까지도 들려왔을 때였다.

처음 당신의 강의를 듣던 날 내 온 삶이 내려앉는 듯하던 충격은 아직도 기억에 생생하다.

"그런 책을 쓴 건 혹시 무의식 속에 들어 있는 당신의 아랍 정체성이 발동되어서가 아닐까요?"

동양인으로서는 큰 키에 깊은 눈빛을 지닌 젊은 교수에게 나는 어쩌면 무례할 수도 있는 질문을 던졌다. 특강이 끝나고 난 뒤 잔디밭에서 가진 뒤풀이에서였다. 당신은 내 질문에 빙그레 웃음을 짓고는 무엇이 계면쩍은지 고개를 돌려 먼 산에다 대고 말했다.

"정체성 얘기를 묻지만 당신은 모를 거요. 불행하게도 내겐 고정된 게 없다는 것을. 한 줄기 흐름, 그게 내 정체성이라오. 그것이 내 안에서 끊임없이 흐르고 있어. 마치 내 삶의 주제곡처럼."

숨이 멎을 것만 같던 순간이었다. '한 줄기 흐름. 그것이 내 정체성'이라는 말. 그 말을 듣고 불안해하던 내 모습을 당신은 기억하는지. 그 그릇이 행여나 깨어질까, 깨어져 그 귀한 액체를 다 흘려버릴까 걱정하던. 우리 모두가 그토록 소중하게 여기는 자아라는 것, 정체성이라는 것이 단단히 고정된 것이 아니라 한 줄기 흐름이라는. 그것도 끊임없이 흐르는.

그보다 조금 전 강의가 끝나고 밖으로 나올 때 내 머릿속에서는 강의 내용이 정리되고 있었다.

'그들이 말하는 '동양'이란 결국 서구인의 편견으로 그려진 왜곡된 허상일 뿐. 영화 「인도로 가는 길」도 「아라비아의 로렌스」도. 신비주의와 관능적인 그 무엇으로만 겨우 존재하던.'

그때 나는 당신의 명저 『오리엔탈리즘』의 표지를 떠올리며 잔디밭으로 나왔다. 거기엔 알몸으로 구렁이를 휘감고 있는, 뱀 부리는 소년의 모습이 담겨 있었다. 그러고는 어쩌다 가까이에 서 있던 당신에게 감히 말을 걸었던 거였다.

사실 나는 당신이 정체성 얘기를 하는 순간 나를 똑바로 쳐다

보지 못한 이유를 알고 있었다. 눈앞이 흐려져 딴 곳을 바라본다는 것을. 순간 회색 플란넬 바지와 갈색 재킷, 청색 줄무늬 셔츠에 노타이 차림인 당신을 향해 거의 뻗으려 하던 두 팔이 있었다. 하지만 곁에 있는 당신 약혼녀를 의식해 멈칫하던. 그 마음을 아는지 모르는지 당신은 잠시 침묵을 지키다가 다시 밝은 표정을 지으면서 말했다.

"하지만 지금 이대로가 좋아. 비록 내 정체성이 고정된 것이 아니고 내 속에서 흐르는 액체일지라도."

멍한 나머지 그저 먼 산에 지는 해만 바라보던 나. 눈길을 잔디 위로 내리깐 채 한참 침묵을 지키던 당신. 명랑한 담소 가운데에서 유난히 튀어 보이던 우리 둘의 침묵. 하지만 당신은 침묵으로 말하고 있었다. 동양도 서양도 없고 오직 하나의 세계만 있을 뿐이라고. 그러므로 당신은 서양인도 아랍인도 아니고 오직 인간일 뿐이라고.

석양빛은 캠퍼스 잔디 위를 누렇게 물들이고 당신 약혼녀와 나, 두 그림자 사이에 유난히 길게 쭉 뻗어 있었던 당신의 그림자. 그 물컹물컹한 자아의 촉감을 느끼고 싶어 그림자라도 얼싸안고 싶었던 순간. 지금 생각해보면 신체적인 접촉이 없어도 상관없었다. 그대로 땅거미가 진다면 그저 지긋이 바라보는 것만으로도 저녁 어스름 속에 당신의 그 물컹한 자아는 나의 그것과 한데 얽혀 하나가 될 수 있었을 테니까. 한참 동안 서로를 응시하기만 하면 결혼이 이루어진다는 퀘이커 교도의 혼례식처럼.

아니면 성(性)을 넘어 사랑의 시선으로 서로를 응시하는 연인들은 테라코타의 상징이 그러하듯 서로 덜컥 맞붙는다는 키냐르의 시처럼. 하지만 결코 내 눈을 똑바로 쳐다보지 않던 당신.

역시 표정을 들키지 않으려고 얼른 커피를 사 오겠다며 그 자리를 피하던 내 모습이 보인다. 어쩌면 물컹한 당신의 그것은 곧 세계를 떠돌며 살고 있는 나의 자아였는지도 모른다. 커피숍을 향해 걸어가면서 처음 당신의 이름을 들었을 때 받았던 야릇한 느낌을 기억해냈다. 성과 이름의 낯선 조합이었다. 영국령 팔레스타인이었던 예루살렘에서 태어나 영국 이름인 에드워드와 아랍 성(姓)인 사이드를 얻게 된 소년. 어느 날 당신이 고백하듯 들려주었던 이야기가 다시 귓가에 들려왔다. 카이로와 레바논에서 아랍 출신 성공회 신자로 자라난 소년이 미국으로 건너와 영문학 교수가 되기까지 겪어야 했던 그 길고도 험난했던 삶의 역정이.

한때 문제아로 낙인 찍혀 쫓겨나야 했던 카이로의 영국계 초등학교 시절, 유난히 엄격한 부모 밑에서 숨죽이고 살아가면서 아랍인도 서구인도 아닌 묘한 정체성으로 친구들의 놀림을 받던 소년 시절. 그 도정을 머릿속에서 그려보자 그 옆에 닮은꼴로 나란히 놓인 것이 보였다. 아버지의 직업 때문에 도쿄에서 태어나 서울과 런던, 모스크바와 평양을 거쳐 뉴욕에 와서 살고 있는 국적 불명인 여자의 자취가. 나는 그저 속으로만 당신에게 속삭였다.

'저도 같은 이방인이에요. 함경도 출신인 아버지 대부터 아무 데도 뿌리내리지 못하고 떠도는. 어느 나라 말로 꿈을 꿔야 할지

모르는.'

　그때까지도 미처 알지 못했다. 세계의 도시들을 전전할 때마다 느끼는 그 현기증의 근원이 내 속에 흐르는 물컹물컹한 액체에 있다는 것을. 하지만 그 진하고 끈적끈적한 액체가 있어 부러진 두 몸을 다시 단단하게 붙여줄 수 있음을. 마치 강력 접착제처럼.

　검은 연미복 대신 회색의 캐주얼 복장을 한 지휘자가 무대에 오르고 지휘대에 섰다. 줄리아드 음대 출신으로 고향이 경남 산청인 이민 3세, 현세 NS. 오디션을 위해 함께 평양에 갔을 때였다. 유경호텔 커피숍에서 예명 뒤에 붙은 NS는 무엇이냐는 나의 질문에 찻잔을 내려놓으며 답하던 그였다. 북과 남을 가리키는 영어의 이니셜이라고. 자신은 어느 한쪽이 아닌 남과 북의 자식이라고. 그러고는 아무렇지도 않은 듯 얘기를 다른 곳으로 돌렸다. 150여 명의 지원자 중에서 35명밖에 뽑을 수 없는 현실이 안타깝다고.

　"이토록 음악에 목매는 청소년들이 있다는 게 얼마나 미더운지요. 이들과 함께라면 어떤 벽이라도 너끈히 넘을 수 있을 것 같아요."

　평양 중구역 영광거리에 있는 윤이상 음악당에서 있었던 오디션도 잊을 수 없다. 잠시 쉴 때면 바이올린이든 플루트든 제 몸처럼 애지중지하며 광이 나도록 닦고 조이고 다독거리던 어린 음악가들. 말하지 않아도 알 수 있었다. 그들에게 음악이 무엇인지.

남녀 구분 없이 실력 위주로 뽑았는데도 남쪽과 달리 압도적으로 수가 많았던 북쪽의 남자 단원들. 안타까운 일은 그밖에도 또 있었다. 북쪽 교향악단에만 있는 국악기인 단소, 저대(대금), 장새납(태평소)과 같은 죽관악기와 개량가야금은 이번에는 활용할 수가 없다는 아쉬움. 그렇지만 가슴 뭉클한 순간도 있었다. 서울에서 진행된 한 달여에 걸친 리허설 기간 동안 레슨 강사의 말을 한마디라도 놓칠세라 노트를 하고 몸으로 옮기려 애쓰던 그쪽 단원들의 맑고 정기 어린 눈망울들. 이제 단원들이 모두 지휘자에게 눈을 맞추고 이윽고 지휘봉이 움직이기 시작했다.

따따따 딴, 따따따 딴……

음울하고도 결의에 찬 첫 네 음절. 에너지와 갈등이 팽팽히 들어차고 폭풍우 사이에서도 희망이 스멀대는 듯한 첫 악장. 기존의 모든 교향곡의 원칙을 확 바꾸어놓은 이 도발적인 도입부는 우리를 충격과 동시에 쾌감 속으로 몰아넣는다. 단순 간결하면서도 엄격한 소리. 전 악장을 통일시키는 강력한 모티프. 제한된 단원 수와 악기 편성으로 해서 음색이 베를린 필과 같은 전문 교향악단에는 미치지 못하지만 2관 편성으로 이루어진 북남시집 오케스트라는 1악장의 서두를 알레그로 콘 브리오라는 말뜻 그대로 '빠르고 생기 넘치도록' 암팡지게 치고 나간다. 오늘의 지휘자는 검은 연미복에 은발을 휘날리며 눈을 지그시 감는 모습의 카라얀이 아니라 서동시집 오케스트라의 열정적인 바렌보임을 닮은 듯하다. 눈을 크게 부릅뜨고 지휘봉으로 큰 동작을 그리며 온몸으로 밀어붙인다. 지휘봉이 현악기 파트를 가리키자 약동하는 활들. 그 뒤를 짱짱하게 받치고 나서는 목관악기와 금관악기들. 무어라 말할 수 없는 긴박함과 불길함을 담은 소리. 그것은 전쟁 때 당신의 가슴을 천둥처럼 강타했던 소리가 아니었을까. 너의 운명은 무엇이냐고. 이 참혹한 전쟁을 중지시킬 수 있는 게 무엇이냐고. 그 전쟁 이후로 다시는 아버지의 고향 예루살렘으로, 어머니의 고향 나사렛으로 돌아갈 수 없었던 당신. 전쟁이 끝난 뒤에는 아버지의 고향 함흥으로 다시는 돌아갈 수 없었던 나처럼.

그 소리는 내 가슴을 두드리는 소리이기도 하다. 저 먼 곳으로 표류하고 있던 나 자신을 다시 불러오는 소리. '나는 세계시민이다. 조국이니 고향이니 하는 말은 잊어도 좋다'고 생각하던 나를. 노크 소리를 듣는 사이 연주는 벌써 2악장으로 접어들었다. 안단테 콘모토, 안단테보다 조금 빠르게 그러나 활기 있게. 2악장은 상당히 여성적이고 서정적인 선율로 시작되지만 결국은 1악장의 주제를 이어받는다. 결코 부드럽게만 흐르지 않고 도중에 자꾸만 중단되고 뒷걸음질 치고, 듣는 이에게 묘한 불안감을 안겨주는 선율. 지휘자는 낮은 음률로 숨 막힐 듯한 고요를 만들어낸다. 고요가 있다 해도 폭풍의 눈 안에 들어와 있을 때에만 느낄 수 있는 기이한 정적. 이 불안한 선율은 마치 지금 이 섬의 처지를 그대로 말해주는 듯하다. 겉으로는 평온해 보이지만 언제 또다시 포격이 시작될지 알 수 없는 상황. 신변의 안전을 위해 뭍으로 나가 임시 거처에 묵고 있는 섬 주민들의 마음처럼 어리둥절하고 심란한 분위기. 그것은 또한 오늘 창단 연주를 하기까지 북남시집 오케스트라가 겪었던 우여곡절을 상징적으로 그려 보인다. 거센 바람을 거스르는 격한 숨결, 오랜 풍랑을 겪은 끝에 마침내 목적지에 가까이 다가온 듯한 기쁨. 하지만 아직은 세찬 파도 위에 놓여 있어 언제 엎어질지 몰라 불안한.

이루어질 듯 말 듯 도무지 예측을 할 수 없는 안개 속의 나날들이었다. 머뭇거리고 툭 끊기고 뒷걸음질 치기만 하던. 지원을 받아내기까지 뉴욕 지부는 물론이고 파리에 있는 Y자형 유네스코 본부를 문턱이 닳도록 찾아다니던 시절. 사전 선정이란 전례가 없다며 무참하게 거절당하기를 십여 차례, 그 문턱을 몇 년에 걸쳐 밟은 뒤에야 드디어 미래의 가치를 인정받아 유네스코 무형문화유산으로 가선정된 북남시집 오케스트라. 나의 노심초사를 아는지 모르는지 「운명」의 연주에만 골똘하고 있는 어린 단원들. 머릿속에는 오직 작곡가와 현재의 자신들 사이에 놓인 간극을 메우는 작업 말고는 아무런 잡념도 끼어들 여지가 없는 듯한. 김창호, 리재명, 정순모, 류가희, 이지원…… 오로지 음악밖에 모르는 순정한 얼굴들. 나는 모른다. 그들이 남북 어느 쪽에서 왔는지.

리허설을 하는 동안 그들의 여린 손을 잡고 활을 잡는 법과 왼손의 비브라토, 오른손의 스타카토, 소티에, 리코셰 등 기본기를 다시 한 번 교정해주던 기억. 악기를 사이에 두고 손과 손이 닿을 때 전해오던 투명하고 따사로웠던 체온. 바짝 얼어 있는 마음을 풀어주기 위해 나는 평소 잘할 줄 모르는 우스갯소리도 했었다.

"있지, 한가운데 앉은 플루트랑 오보에 수석주자. 두 사람은 흔히 부부 사이라고 해. 여성적인 고음의 플루트를 부드러운 오보에가 감싸주니까."

각각 남과 북에서 온 두 연주자는 얼굴이 새빨개지고, 단원들 사이에서는 까르르 웃음이 터지고……

"타악기는 뒷자리에 배치됐다고 서운해하지 마. 요즘에는 리듬과 비트만으로도 멋진 음악회가 자주 열리고 있거든. 난타 공연처럼."

그 말에 더욱 흥이 나서 팀파니와 심벌즈, 스네어 드럼을 두드려대던 아이들. 한 가지, 먼저 당신에게 양해를 구해야 할 것이 있다. '북남시집'이라는 접두어는 당신의 '서동시집 오케스트라'에서 영감을 얻은 것임을. 설마 표절이라고는 하지 않겠지. 당신은 그 악단의 창단 초기에 내게 단원들의 바이올린 레슨을 부탁하며 말했다.

"레슨비는 나한테 달아둬. 앞으로 분쟁 지역마다 오케스트라를 만들 건데 그때도 와서 도와줘야 돼. 모아뒀다가 왕창 크게 갚을 거니까."

그 말에 내 속에서 은밀하게 꿈틀대던 '왕창' 칭찬받고 싶은 욕구.

"'서동시집 디반'이란 이름은 어디서 나온 거죠?"

무식의 폭로가 될 줄도 모르고 거리낌 없이 당신에게 묻던 나. 행여나 '서정시집'을 잘못 쓴 건 아닐까, 의심하면서. 부끄럽게도 그제야 알게 되었다. 그것이 괴테의 시집 제목(『*West-eastern divan*』)이며 '디반'은 또 페르시아 시인 하페즈의 시집 제목에서 따왔다는 것을. 한 손으로는 시집을 들고 다른 손으로는 제스처를 쓰며 하페즈의 시를 낭송하던 당신의 모습. 마치 피아노를 치듯 섬세하고 기품 있게 돌아가던 당신의 기다란 손가락.

장미는 어떻게 그 심장을 열어
저의 모든 아름다움을 세상에 내주었을까?
그것은 자신의 존재를 비추는 빛의 격려 때문
그렇지 않았다면, 우리 모두는 언제까지나
두려움에 떨고 있을 뿐.

하페즈의 시를 읽어주고 나서 당신이 하던 말.

"괴테가 아니었으면 페르시아에 이런 연시가 있는 줄 몰랐을 거야. 이 시에 응답하듯 쓴 것이 괴테의 『서동시집』이지. 한 구절만 읽어보면."

북과 서와 남이 쪼개진다 왕좌들이 파열하고
제국들이 흔들린다 그대 순수한 동방으로 피하라
거기서 족장의 공기를 맛보라

사랑과 포도주와 노래가 그대를 기다리니.

두 시인의 시를 듣고 나서 머릿속에서 떠오르던 그림. 동서양의 향기와 무늬가 서로 조화롭게 짜인 풍요로운 양탄자. 당신이 덧붙인 재미있는 일화도 거기 한 가닥 실로 엮여 있었다. 일흔 살의 괴테가 하페즈의 시를 암호처럼 사용해 친지의 약혼녀인 마리안네와 사랑의 편지를 주고받았다는 이야기. 내 눈에는 그 위에 또 하나 외롭게 떠도는 실 가닥이 있었다. '둔감함'이라는 당신 마음의 무늬. 괴테와 하페즈의 교감에는 그토록 예민하게 반응하면서 자기 앞에 서 있는 여자의 가슴에서 타오르는 불꽃은 전혀 눈치채지 못하던.

그때 우리에게는 서동시집에 견줄 만한 북남시집이라는 게 없어 난감해하던 내 모습이 보인다. 뉴욕에서 만난 한국 친구들에게 남북의 애송시를 모아 출간하자고 수선을 떨던. 그러나 낸다 한들 그것은 괴테와 하페즈의 경우처럼 남북의 시인들이 시를 통해 서정을 나눈 그런 시집이 아니었다. 나는 당신의 경우와 달리 역순을 따르기로 했다. 무에서 유를 만들어내기로. 그때 내 눈앞에 떠오르던, 어쩌다 북으로 가게 된 시인들의 얼굴. 정지용, 김기림, 백석, 임화, 오장환, 설정식, 이용악, 조벽암…… 88 올림픽을 앞두고 해금되기 전까지는 이름의 가운데 글자는 X자로 표시되고 있던 시인들. 그중에서도 "눈은 푹푹 나리고, 당나귀도 응앙응앙 울을 것"이라는 백석 시의 음악에 꽂혀 내 머릿속에서 금세라도 주르륵 나올 것만 같던 「당나귀 칸타타」.

내 마음의 초대에 당신이 응답한 것일까. 어느새 당신은 내 옆자리에 와 앉아 있다. 자연스런 곱슬머리 밑으로 훤히 드러난 시원스런 이마와 유난히도 파르스름한 코밑과 턱의 수염 깎은 흔적만으로도 나는 당신임을 대뜸 알아낸다. 그리고 당신에게 무척이나 잘 어울리던 예의 그 회색 플란넬 바지와 브라운 재킷, 그 밑에 받쳐 입은 청색 줄무늬 셔츠와 격식을 차릴 때면 자주 매곤 하던 잔잔한 꽃무늬의 갈색 넥타이도. 반갑고 놀라운 마음에 그 모습을 찬찬히 확인하고 있는 내게 당신이 조용히 묻는다.

"악단 이름이 왜 남북시집이 아니고 북남시집이지요?"

"별 이유는 없어요. 그동안 남북이라는 말은 하도 자주 들어 익숙하지만 북남이라는 말은 낯설어 좀더 신선하기 때문이라는 것밖에는."

나의 대답에 조용히 웃는 당신. 나는 조금 더 덧붙인다.

"언젠가 그날이 오면 남과 북의 젊은이들이 서로의 패션을 따라 하게 될지도 몰라요. 옷차림이며 헤어스타일도요. 그러다 누가 알아요? 서로의 생소한 말투와 억양에 반해 입안의 혀를 바꾸게 될지도. 벌써 한국 드라마 때문에 북한 연인들의 말투도 달라졌다잖아요? '순애 동지', '영철 동지'에서 '자기'와 '오빠'로요."

조금은 불안한 2악장의 선율에 몸을 맡기자 어느 날 당신의 몸에서 배어 나오던 쓰라린 외로움에 젖어들게 된다. 미국에 온 뒤에도 아랍에 대한 편견으로 언제나 외로움을 느꼈던 십대 시절의 당신. 서구인들의 오만함을 예리하게 지적해 쉴 새 없이 언론과 보수주의자들의 공격을 받아야만 했던 학자로서의 당신. 한때 몸담았던 팔레스타인 민족회의에서 지도부의 부패를 목격하고는 아라파트와도 결별했던 지도자로서의 당신. 스스로 자주 회상했듯이 어디에 있든 항상 제자리에서 벗어난 어긋난 인생. 누이와 둘이 뛰놀던 예루살렘의 고향집을 잃은 뒤로는 돌아갈 곳 없는 망명객. 그리하여 당신은 더욱 간절하게 찾았다. 돌아갈 곳 없는 자의 영원한 고향을.

나는 당신이 배신감으로 잠 못 이루던 그날 밤을 기억한다. 이스라엘과 아랍 연맹 간의 3차 중동전쟁이 막 끝났을 때였다. 공존의 꿈이 힘의 논리 앞에 물거품이 되는 것을 목격하던 날, 자신의 무력함을 탓하던 당신. 그러고 나서 오랜 고민 끝에 당신은 하나의 우회로 앞에 섰다. 바렌보임과 의기투합해 만든 서동시집 오케스트라. 그 유업은 당신이 가고 난 뒤에도 계속되고 있다. 악단은 얼마 전 바렌보임의 지휘로 팔레스타인 라말라에서 연주회를 열었다. 그때도 베토벤의「운명」교향곡이었고 무장군인들에게 둘러싸인 채였다. 지금 이 섬에도 해병대원들이 초등학교 주위를 둘러싸고 있다. 언제 또다시 포격 소리가 들려올지 알 수 없는 곳.

2악장은 플루트와 클라리넷의 부드러운 선율이 계속되다가도 속도가 느려지면서 명상에 잠기는 듯한 분위기로 이어진다. 그러다 자꾸만 무엇엔가 걸리는 듯한 소리를 들으면서 나는 또 당신이 그 시절 겪었던 가장 개인적인 아픔을 떠올리지 않을 수 없다. 둘이만 있었던 자리에서 나온 결혼생활에 관한 충격적인 발언. "우린 서로 아무런 공통점이 없어." '우리'의 당사자 중 한 명은 바로 유럽 출신 여교수인 당신의 아내, 나의 오랜 친구이자 뛰어난 문학 교수였다. 고즈넉한 카페에서 한두 잔씩 홀짝거리다 둘은 어느덧 취한 상태가 되고. 밤이 깊어 그만 일어나자는 내 말에 달리 갈 데가 없다고 하던 당신. 무엇이 부부 사이를 가로막고 있는지 궁금했지만 나는 더 이상 당신의 사생활 영역으로 들어가고 싶지 않았다.

그때 문득 머리에 떠오르던 당신의 말. 전쟁을 목격하면서 자신 속에 깊이 들어 있던 아랍인의 자아가 들고일어나 몹시 괴롭다던. 아버지가 아무리 "아랍인과는 가까이 지내지 말라"고 당부해도 자신은 그럴 수 없다고. 그런 상태에서 유럽 출신 아내와 뭔가 삐끗하기라도 했던 것일까.

일은 그날 오후 '문화와 제국주의' 수업이 끝난 뒤에 벌어졌다. 수업이 끝난 뒤에도 강의실을 떠나지 않고 노타이에 하늘색 와이셔츠 차림으로 화이트보드 앞에 가만히 서 있던 당신. 그때 당신은 셔츠가 팽팽하게 느껴질 정도로 탄탄하고 다부진 몸매의 젊은 교수였고 나는 아직 레슨을 하러 갈 때가 되지 않아 강의실에 멍하니 앉아 시간을 죽이고 있던 대학원생이었다. 때로 눈길을 내리깔았다가 옆으로 돌렸다 하면서 무심한 척 보이려고 무던히도 애를 쓰던. 그러던 내가 어쩌다 레슨도 빼먹고 그날 오후와 밤을 당신과 함께 지내게 되었는지, 지금도 의문이다. 밤중에 덩치 큰 당신을 부축해 어떻게 내 아파트까지 올라왔는지도. 술에 취해 인사불성이 된 채 내 침대에서 곯아떨어진 당신을 바라보며 올리던 소박한 나의 기도. 저이가 빨리 외로움을 이겨내고 전과 다름없이 유쾌한 신사가 되게 해주세요. 유쾌한 신사, 그렇다. 내가 끌렸던 사람은 대단한 석학이나 성적인 매력을 풍기는 남성이 아니었다. 그저 다정한 친구였다. 분위기를 돋우기 위해 피아노를 두드릴 줄 알고 아픈 친구 소식에 금세라도 달려갈 줄 아는.

이튿날 새벽, 빼꼼히 열린 문틈으로 보이던 단정하게 정돈된 빈 침대. 그 뒤 며칠간 앓아누웠던 내 모습이 보인다. 당신의 폭탄선언을 듣고 난 뒤 내 친구를 어떻게 대해야 할지 판단이 서지 않아 밤새 몸을 뒤척이던. 사흘째 머리 싸매고 누워 있을 때 똑똑 아파트 현관문을 울리던 노크 소리. 누구냐는 물음에 들려오던 목소리. "나 에드워드요. 감기 몸살에 걸렸다며?" 당신이 가져온 보온병 속에 들어 있던 홈무스 수프. 깨소금과 마늘, 소금으로 간을 맞춘 다음 방금 사 온 갓 구운 식빵을 수프에 찍어 내입에 갖다 대던 기다란 피아니스트의 손.

"목감기에 특효약이야. 어릴 때 어머니가 아침마다 병아리콩을 갈아 끓여주셨어. 내가 감기를 달고 살았거든."

"혹시 이거" 하면서 당신의 눈치를 살피는 내게 아내와는 이미 식사도 같이하지 않는 사이가 되었다는 듯 담담하게 말하던 당신.

"이거, 내가 직접 끓였다면 믿어줄까."

그 말에 조금도 반가움을 내색하지 않았던 나. 도리어 속으로 나 자신을 단속하던 모습. '단지 우정의 표시라고만 생각해. 조금도, 조금도 오버해서는 안 돼. 넌 이 남자를 너무나 잘 알잖아.'

나는 기억하고 있었다. 당신이 결혼하기 전 다른 여자와 사귈 때도 곧잘 내게 와서 속마음을 털어놓고는 했던 것을. 나이가 한참 아래인 내가 누이동생처럼 편하게 여겨진 것일까. 당신의 데이트 이야기를 들으면서 두 사람의 불같은 사랑이 잠시 타오르다가 곧 끝날 것만 같아 늘 조마조마했었다. 아니나 다를까. 그녀와의 성적인 환상에 흠뻑 젖어 있노라고 솔직히 인정하던 당신. 하지만 그 환상은 끊임없이 고조되었다가는 이상하게도 금세 시들어버린다고 하던. 그러면서도 그녀의 몸에서 풍기는 낭만적인 분위기와 사랑을 나눌 때의 말 못할 쾌감에 완전히 압도된다고. 언제 거부당할지 모른다는 불안감에 시달리면서도 그녀를 도저히 놓을 수가 없다고 당신은 말했다. 그때 내게 전해오던 어떤 느낌. 그녀는 거부할 수 없는 매력을 풍기고는 있지만 영원히 도달할 길 없는 달의 여신 디아나와 같은 존재라는.

북남시집 오케스트라의 창단연주회가 진행되는 동안 아직은 포탄이 떨어졌다거나 이쪽에서 응사를 했다는 소식은 들어오지 않는다. 2악장이 끝나고 3악장이 시작될 때까지 짧은 휴식 시간,

단원들은 잠시 악기에서 손을 놓고 어깨를 편다. 지휘자는 손수
건으로 이마의 땀을 닦고, 객석에서는 참았던 기침 소리가 들린
다. 잠시 후 이윽고 3악장으로 접어든다.

첼로와 더블베이스가 부드러운 저음으로 신비로움을 그려가
면 바이올린이 그것을 이어받는다. 하지만 그 선율은 곧이어 1악
장의 주제를 연주하는 힘찬 프렌치 호른에 묻혀버린다. 중간의
트리오 부분에서 빠른 첼로와 베이스로 해서 분위기가 점차 밝
아진다. 이어서 관악기가 힘찬 리듬을 연주하다가 현악기의 피
치카토로 넘어간다. 제법 긴 시간 이어지는 피치카토 때문에 베
를리오즈가 '코끼리 춤'이라고 부른 악장. 스케르초라는 별명대
로 선율에서 풍기는 해학의 기운.

지휘자는 베토벤 교향곡의 역동성에서 나오는 힘을 손바닥으
로 지그시 눌렀다가 다시 손을 들어올려 살렸다가를 되풀이한
다. 춤추는 듯 빠른 템포의 악장인데도 경쾌하게 들리지 않고 도
리어 반대로 느껴지는 조금은 비통한 절규. 당신 내면의 소리가
들리는 것만 같다. 어느 날 밤 내게 무심코 말을 꺼냈다 미간을
찌푸리며 멈추고 말았던.

"선희, 어찌하면 좋을까. 문화의 차이를 다양성으로 보지 않
고……"

당신이 끝내지 못한 말을 속으로 마무리 짓던 나. '……우열
의 문제로 보는 이들을.' 말을 하다가 가슴이 미어질 때면 곧잘
나직하게 부르던 '선희'. 그럴 때면 애써 말하지 않아도 내 귀에

들려오던 당신의 외침. '순수한 서양 문명이란 애초부터 없다. 문명이란 끊임없이 뒤섞이며 흘러간다. 그리스 문화가 페르시아와 이집트 문명의 혼합이듯. 그러므로 화해의 실마리는 문명과 문명이 겹치는 부분에서 찾을 수 있다.'

때로는 신비롭기도 하고 때로는 쾌활하기도 한 3악장을 들으면서 나는 당신에게 묻는다.

"이제 와서 돌이켜보면 어떤 생각이 드세요? 작곡자가 이 곡에다 '암흑에서 광명으로'라는 말을 붙였듯이 혹시 그런 생각 하시나요? 어쨌든 인류는 진보한다는."

"아니야. 선희. 그것이 염려되어 내 당부했었지. 지식인이나 작가, 예술가들이 임시로 거하는 집은 저항적이고 비타협적인 예술의 영역이라고."

그 말과 함께 당신이 이 세상에 남긴 마지막 몸짓이 보인다, 레바논 국경에서 삼엄하게 쳐진 이스라엘 쪽 철책을 향해 돌멩이를 던지던 은발의 퍼포먼스. 비록 당신은 갔지만 당신의 이상이 승리하는 날을 기리기 위해 이제 음악은 쉬지 않고 마지막 악장으로 넘어간다.

도드라지게 들려오는 세 대의 트롬본 소리. 작곡자가 미래에 있을 자신의 승리를 나타내기 위해 교향곡 사상 처음으로 배치했다는 악기. 그 덕에 기운차고 위풍당당해진 4악장. 처음에는 여린 음으로 시작되지만 전쟁에서 개선하는 듯 곧 전원이 합주로 트롬본과 함께 힘찬 선율을 펼쳐나간다. 여태껏 고조되던 불안과 긴장이 최고조에 이르렀다가 마침내 폭발한다.

나는 웅장한 트롬본 소리에 화들짝 놀라 잠에서 깬다. 눈을 떴을 때는 모든 악기가 있는 힘을 다 쏟아내고 있다. 내가 어디를 다녀온 것일까. 대포 소리에 한참 의식을 잃었나 보다. 다행히 아직은 아무도 포성을 눈치채지 못한 듯하다. 힘겨운 운명을 이겨내고 그동안의 불안을 말끔히 씻고 마침내 승리하는 장면. 이 선율처럼 마음속에 흐르던 그 물컹물컹한 흐름으로 문화를 잇고, 인종을 잇고 세계를 이어보려 했던 당신. 인류가 하나임을 밝혀내었던. 하여 당신은 승리했다. 어제도 오늘도 아니고 먼 훗날 그 어느 날에.

옆자리에 앉은 당신은 흡족한 미소를 지으며 내게 팔을 내민다. 항상 일정한 거리를 두고 바라보기만 했던 당신의 푸근한 품에 안겨 나는 뜨거운 키스를 나눈다. 진하고 달콤한 키스에 푹 빠져 있을 때 어디선가 다시 포성이 들려오기 시작한다. 내가 잘못 들은 것일까. 트럼펫을 비롯한 금관악기들이 목청껏 질러대는 팡파르를 포성으로? 그렇다면 포성쯤은 잊어도 좋다. 거의 군악풍의 팡파르는 다른 모든 소리를 제압하면서 가슴을 시원하게 때린다. 장쾌한 음악 소리에 맞춰 드디어 당신과 나는 한몸이 되어 공중에 떠서 파도처럼 일렁인다. 마침내 내 몸은 그토록 그리던 당신의 기다란 손가락 밑에 놓이게 되었다. 이제 우리를 방해할 사람은 아무도 없다. 해병대원들과 섬 주민들은 의연하게 앉아 연주에만 귀를 기울이고 있다. 연달아 포성. 나는 몸을 움

쩔한다. 그러다 잠시 포성이 잦아든다. 늠름한 트롬본 소리가 포성을 눌러버렸는가. 호른의 온화한 선율을 타고 다시 1악장의 주제를 변주하면서 음악은 이제 피날레를 향해 나아간다. 나는 당신 품에 안겨 평생 미루어왔던 고백을 한다. 크게 외치고 싶지만 행여 당신이 달아날까 보아 수줍게 귓속말로 속삭인다.

"당신에 대한 나의 감정은 캠퍼스에서 처음 만난 그 순간부터 시작되었어요. 지적인 풍모와 수려한 외모, 영문학자, 피아니스트, 문명비평가, 그 모든 겉장들을 다 떼어내도 아름다운 책, 매혹적인 한 인간이 오롯이 거기 있었어요. 강의를 할 때면 다부진 몸만큼이나 또렷하고 확실하게 울려 퍼지던 지적인 목소리. 하지만 개인적으로 만날 때면 더없이 너그럽고 따스하던 그 눈빛. 상대를 무장 해제시키는 유머와 선량한 미소, 아픈 친구를 위해 홈무스를 끓여올 줄 아는 살뜰한 마음. 참 한 가지가 더 있군요. 1.5 옥타브를 커버했다던 라흐마니노프의 것 못지않게 길쭉하던 당신의 손가락, 마법적이라던 파가니니의 것만큼이나 길고 강력해 보이던 당신의 엄지. 그것만 있으면 나는 좀더 나은 바이올리니스트가 될 것 같았어요. 그 손의 터치만 받으면 내 몸은 날개를 달 듯도 했지요.

하지만 내 가슴을 엤던 것은 무엇보다도 당신의 깊은 숨결이었어요. 밤마다 당신의 몸을 뒤척이게 만들고 베개를 적시게 했던 그 고뇌의 숨결이요. 그것은 곧 나의 것이기도 했어요. 나는 세상 사람들이 그것을 알게 될까 봐 더럭 겁이 났어요. 치유할

길 없는 아픔이 밴 이방인의 그 오묘한 숨결을. 그 누구에게도 빼앗기고 싶지 않았어요. 그것을 온전히 내 것으로 만들기 위해 나는 빨리 일을 서둘러야만 했어요. 그사이 당신은 가고 그 일은 결국 평생이 걸리고 말았지만요. 명분 따위는 뒷전이었어요. 오직 당신의 인정을 받고 싶을 뿐이었어요. 내 늦은 짝사랑의 고백에 꼭 필요했던 거예요. 이 북남시집 오케스트라가."

또다시 포성. 젊은 단원들은 아무 소리도 듣지 못한 듯 연주에만 몰두하고 있다. 하지만 내 마음속에서는 불안이 가시지 않는다. 저 포성은 내 상상 속의 소리가 아니라 실제 상황일지도 모르기에. 음악은 포성에 맞서 쨍쨍하게 울려 퍼지고 있다. 교향곡 사상 처음으로 편성된 관악기인 피콜로와 콘트라바순, 트롬본의 영롱하고도 호쾌한 소리가 팔을 걷어붙이고 나섰다. 모든 굳어진 것들을 풀어헤치고 녹여내기 위해. 북방한계선 바로 밑 서해 최북단, 머지않아 한반도의 나폴리로 불리게 될 섬에서였다. 하지만 포성 소리로 해서 뭔가가 점점 더 뚜렷해지고 있다. 내가 몹쓸 짓을 저질렀다는 사실. 오직 나의 욕심을 채우려고 이 순진무구한 어린 연주자들의 목숨을 위태롭게 한 죄. 나는 포성보다도 그것이 드러날까 더 두려운지도 모른다. 음악은 포성과 계속 맞장을 뜨고 있다. 음악이 언제까지 버텨줄 수 있을지 모르겠다. 지극히 이기적인 내 사랑을 위하여.

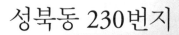
성북동 230번지

그 순간 나는 등이 훅 떠밀리는 듯한 느낌을 받았다. 성북동 주민센터에 간 식스에게서 전화가 걸려왔을 때였다. 그녀의 들뜬 목소리의 파장이 강하게 내 고막을 쳤다. 정확히 말하자면 "그 집에 누가 살았게?" 하는 질문과 함께 "「오감도」의 시인과 절친 사이"라는 힌트를 듣는 찰나였다. 예기치 않은 시점에 우연히 찾아와 누군가의 생을 알 수 없는 방향으로 몰아가는 미지의 어떤 힘, 그때 내 몸이 감지한 파동이 바로 그런 것이었다. 하지만 나는 조금도 동요함 없이 목소리를 깔고 침착하게 대꾸했다. "아, 그 시인이 동경에서 세상을 떴을 때 애사(哀詞)를 쓴 작가?"

그 애사의 한 대목은 아직도 내 뇌리에 생생하게 새겨져 있었다.

어느 술자리에선가 당신이 내게 일러주던 그 말, 그 생각이 장하고 커

서, 내 당신의 가는 팔을 잡고 마른 등을 치며 한 가지 감격에 잠겼던 것이

어제 같거든……

"당신의 가는 팔을 잡고 마른 등을 치며" 하는 대목에서 마치

내 손이 그 시인의 삐삐 마른 팔과 움푹 팬 등줄기를 만지는 느

낌이었다. 나는 '와, 대박!' 하고 소리 치고 싶은 것을 애써 참았

다. 분명 이 대박(大朴)은 대박(大舶)일 거라는 예감을 혼자만의

비밀로 하고 싶었다.

그 쌈지공원의 주소가 성북동 230번지라는 것은 내가 이미 지

적공사에 가서 알아낸 것이었다. 원래는 거기 기역자로 된 초가

집이 한 채 있었고 집 앞은 지금은 복개되어 도로가 되었지만 그

때는 계곡물이 흐르던 개울이었다고 했다. 하지만 거기 누가 살

았는지 또 누구의 소유였는지는 절대 밝힐 수 없다고 했었다. 식

스는 무슨 요령이라도 있는 것인지 알 수 없었다. 어쨌든 48년도

에 그 초가집에 전입한 사람은 집주인이 아니라 이름난 소설가

라는 거였다. 그 작가가 누구인지 알아맞혀보라면서 식스가 스

무고개 하듯 힌트를 하나씩 주던 중이었다.

"이 작가를 모르면 서울 사람 아니지롱."

내가 답을 못하자 두번째 고개로 넘어갔다.

"대모테 안경에 갑빠 머리를 한 작가."

그래도 내가 답을 못하자 식스는 "잠깐만" 하더니 어디서 찾

앉는지 금세 사진을 카톡으로 보내주었다. 앞머리를 이마 중간 쯤에서 깡총하게 한일자로 자른 스타일에, 동그란 뿔테 안경을 쓴 모습이었다. 하지만 작가가 무슨 아이돌이라고 머리와 안경 모양까지 신경을 썼을까 싶었다. 북에서는 보지도 못한 사진이 었었다. 결국 세번째 고개에서 "「오감도」의 시인과 절친 사이"라 는 힌트가 나온 거였다. 그 작가라면 내가 모를 수 없었다. 임종 순간에 그가 아내의 손바닥에 썼다는 두 글자로 해서 나는 처음 으로 그의 존재를 알게 되었다. 그가 가족과 떨어져 수십 년을 외롭게 살아온 남쪽 출신의 작가라는 사실도. 북에 있을 때 도 서관에서 심심풀이로 뒤져본 대중 잡지 『천리마』를 통해서였다. 「작가가 남긴 마지막 두 글자」라는 제목의 기사였다. "선생이 생 의 경각에 이른 그 시각, 더는 어쩔 수 없는 생의 마지막 지탱점 에서 그는 아내의 손바닥에 천천히 썼다." "ㅇㅇ." 그것은 식스 가 지어준 내 이름 '미리 온 그날'의 의미 속에 들어 있는 두 글 자, '그날'의 원래 이름이었다.

하지만 내 속에서는 작가에 대한 은근한 저항감도 솟아올랐 다. 기사의 끝 문장 탓이었다. "선생은 수십 년 이산의 아픔을 앓 아오면서도 결코 명랑함을 잃지 않았다." 대부분 다른 월북 작 가들은 숙청되거나 존재도 없어진 마당에 어떻게 혼자 살아남아 작가로서 생을 마칠 수 있었다는 말일까. 그것도 끝까지 '명랑하 게'. 그 문장은 내 처지와 맞물려서 더욱 미스터리처럼 여겨졌다.

식스와 나는 작가 집중 탐구에 들어갔다. 그전에 우리는 먼저 그 작가에 대해 알고 있는 지식을 서로 비교해보았다. 놀랍게도 그것은 완전히 다른 작가를 말하는 듯했다. 내가 알고 있던 '부르주아 탁류 속에 잠겨 있었던 나약한 지식인'이 식스에게는 '세련된 도시 감각과 영상 감각을 갖고서 개성 있는 문체와 기교를 구사했던 모더니스트'였다. 무엇이 같은 사람을 이토록 달리 보도록 만드는 것일까.

식민지 경성에서 태어난 이 경아리의 작품을 읽으면서 나는 혼자 미소 짓거나 키득거리기도 하고 때로는 가슴이 아려오는 경험을 하기도 했다.

나의 코밑에 **감숭**하던 수염이 **깜숭**하게 되기까지에는 실로 칠 개월간의 노력과 고심과 인내가 필요하였던 것이다.

인마, 어디 **영감, 대감**이 왔어? **땡감두 곶감두** 없다, 얘. 귀 뒤에 붙은 관자를 보면 몰라? 몽땅 **나리**님들이야.
그렇구나, 한번 세어볼까. **이나리, 저나리, 개나리, 괴나리, 산나리, 들나리, 미나리, 날나리.**

초기작에서부터 마지막 작품에 이르기까지 그칠 줄 몰랐던 그의 말재롱.

나는 그들의 고무신을 통하여, 짚신을 통하여, 그들의 발바닥이 감촉하였을, 너무나 차디찬 얼음장을 생각하고, 저도 모르게 부르르 몸서리치지 아니할 수 없었다.

동시대인들을 홀렸던 치렁치렁한 장거리 문장. 그 여세를 몰아 단편소설 하나를 단 한 개의 문장으로 엮어간, 우리 문학에 일찍이 없었던 언어의 실험.

나는 언제든 그 이튿날 아침이면, 사내를 졸라 식구 수효대로 자장면을 시켜왔다. 하건만, 너는 그것을 더럽다고 한 번도 입에 대려 들지 않았다…… 나는 그러나 내일 아침에 어디 한번 맛나게 먹어볼 테다.

몸을 팔아 가족을 부양해야만 했던 영이와 순이 자매의 '슬프게 놀라운' 성탄제의 아이러니.

그래, 내가 이쁜이 어머니헌테두 여러 번이나 권했지. 이쁜이두 곤반에다 넣으라구. 헌데 딸 기생에 넣어라는 걸, 이건 무슨 큰 욕이나 되는 줄 아는군그래.

냇가 아낙네들의 구성진 입담과 넉살. 돌이켜보면 내가 처음 성북동 그 언덕에 오른 날로부터 일은 급속도로 진전되고 있었다. 그저 막연한 나의 직관으로 시작된 일이……

서울 성곽 길을 걷자며 식스가 나를 그곳으로 데려갔던 날, 나는 길가에서 낯익은 모습의 동상을 발견하고 발길을 뚝 멈추었다. 거기 기미 독립선언서를 낭독했던 「님의 침묵」의 시인이 벤치에 앉아 있었다. 몹시도 불만스런 표정으로. 큼직한 정원석을 쌓아 올리고 사이사이에 희고 붉은 철쭉과 키 작은 관목들을 심어놓은 작은 쌈지공원 앞이었다. 시인의 이름을 딴 그 공원은 겨우 집 한 채 들어앉을 만한 정도로 작은 공간이었다. 안쪽으로 휘어져 들어가 완만한 곡선을 그리고 있는 공원터는 어찌 보면 살 오른 초승달처럼 보였다. 시인은 초승달 한가운데에 두루마기 차림으로 입을 꾹 다문 채 앉아 있었다. 왼손에 독립선언서를 움켜쥐고. 나는 식스에게 불만을 털어놓았다.

"우리나라 대표 시인을 어떻게 길가 쌈지공원에 생뚱맞게 앉혀놓았지? 서 있는 모습도 아니고. 너무 무력해 보이잖아."

식스는 고개를 갸우뚱거리면서 대답했다.

"글쎄, 얼토당토않은 장소는 아닐걸. 공원 왼쪽 골목으로 조금 올라가면 시인의 옛집이 나오니까. 그리고 벤치에 앉힌 건 누구든 거리를 오가다 시인 곁에 앉아보라는 뜻이겠지. 높은 곳에 우뚝 서서 손 들고 있는 지도자……"

그녀는 킥킥 웃음이 터지려는 것을 억지로 참는 눈치였다.

"요즘은 인기 없걸랑."

식스에게 밀린 기분이었다. 그래서 또 다른 불만을 끄집어냈다.

"좋아. 근데 표정은 왜 그래? 기미년 당시 상황이라면 울분을 터트려야지. '뭔가 께름칙하다, 불편하다'는 얼굴이잖아."

식스는 내 말에 다시금 시인의 얼굴을 꼼꼼히 들여다보며 말했다.

"그래, 어쩜 그 말이 맞을 수도. 하지만 그런 주장을 하려면 무슨 근거가 있어야겠지."

나보다 한 살 어린데도 생각이 꽤나 합리적이었다. 그날 이후로 나는 계속 마음이 찜찜했다. 한번은 시인 옆에 누웠다가 깜빡 졸았는데 꿈인지 생시인지 무슨 소리가 들리는 것 같았다. "부적소 부적소." 나는 깜짝 놀라 잠에서 깼다. 누구의 목소리인지는 알 수 없었다. 의문은 더욱 증폭되었다. 등굣길 전철 안에서 꿈 얘기를 했더니 식스가 한마디 툭 던졌다.

"아예 역사 지리적으로 조사해보지그래, 미리날?"

나는 그녀가 지어준 별명으로 불리고 있었다. '미리날'은 '미리 온 그날'의 준말이라고 했다. 그녀는 꼭 '날'자에 강세를 두었다. 거기에 화답이라도 하듯 나는 그녀의 별명을 '식스(Six)'로 부르기로 했다. 그것은 아버지가 노래처럼 부르던 말이었다. "너희들만은 꼭 육촌끼리……" '육촌'이라는 말은 촌수 개념이 아니라 특별한 고유명사로 뇌리에 새겨졌었다. 그러나 같은 육촌이라도 그녀의 오빠 민혁은 달랐다. 그의 눈길은 언제나 냉랭해서 내 가슴을 얼어붙게 만들었다.

"역사 지리적으로 조사" 어쩌고 하는 말에 내가 눈을 크게 뜨고 의아해하자 그녀는 장난기 어린 얼굴로 말했다.

"농담이야. 미리날이 계속 거기 꽂혀 있기에 해본 소리지. 여하튼 매너리즘에 빠진 우리랑은 보는 눈이 다르구나. 신선해. 가끔은 그런 눈으로 세상을 볼 필요도 있어."

그러다가 누구의 입에서 먼저 그 말이 튀어나왔는지 모른다.

"그걸로 연극 한 편 꾸며볼까."

"맞아. 성북동 ○○번지, 그 장소성에 대한 탐구."

식스와 나는 그만큼 죽이 잘 맞았다. 개발이라는 미명하에 깊고 애틋한 숨결이 담긴 장소들이 마구잡이로 해체되고 흔적도 없이 사라지고 있었다. 마침 둘이 함께 듣고 있는 자유 프로젝트 수업에서 기말에는 팀별로 뭔가를 만들어 발표해야만 되었다. 일은 공교롭게도 내가 처음 왔을 때 식스가 했던 말 그대로 진행되고 있었다. 어른들이 방으로 들어가고 단둘이 거실에 앉아 있을 때였다.

"아무 걱정하지 마, 오빠. 지금부터 재미있는 모험을 한다, 생각해. 새로운 세상에 들어간 엘리스처럼."

'모험.' 낯선 세계에 들어와 두려움에 덜덜 떨고 있던 내게 그 말은 얼마나 철없고 낯설게 들렸던지. 어쨌든 남의 집에 그 작가가 들어가 살았다고 하니 두 사람 사이에 무슨 거래라도 있었다는 말일까. 두 사람이 서로 인연이 있었다면, 하고 잠시 생각해보던 나는 곧 자신 있게 말했다.

"출판과 관계있는 사람."

내 말에 식스는 탁 하고 무릎을 치더니 곧장 국회도서관으로 달려갔다. 몇 시간 뒤 그녀는 내게 문자를 보냈다. '만사 접고,

당장 달려오시압!'

1층 정보 검색홀 커다란 유리 탁자 위에 『약산과 의열단』의 초판본을 비롯해 몇 권의 책이 주르륵 놓여 있었다. 식스가 내 귀에 대고 속삭였다.

"와 족집게 미리날, 자기 어디에 자리 깔아야 할까 봐."

1947년 백양당에서 나온 그 책은 독립운동가 약산 김원봉과 그가 조직한 의열단의 무력투쟁을 그린 것이었다. 작가가 그 집에 입주한 48년은 바로 그 『약산과 의열단』을 출간한 이듬해였다. 나는 '약산과 의열단'이라는 제목을 '약산과 진달래'로 알아들을 만큼 역사책에는 별 관심이 없었다. 하지만 일단 '무력투쟁'이라는 데에 솔깃했다. 흰옷을 입고 독립만세만 외친 줄 알았는데. 게다가 의열단의 활약을 다룬 영화 「암살」이 크게 히트하면서 그에게 은근히 마음이 끌리고 있던 중이었다. 당시 일제는 김구 선생에게는 60만 원, 약산에게는 100만 원의 현상금을 내걸었다. 지금으로 치면 이삼백 억쯤 되는 돈이라고 했다. 하지만 월북했다는 이유로 그 이후의 행적은 잊혀졌다. 다만 남쪽에서는 '빨갱이'로 낙인찍히고, 북쪽에서는 김일성에게 반기를 들다 숙청당했다는 사실만 알려졌을 뿐이었다. 그의 고향 밀양에는 '독립운동가 김원봉의 생가터'라는 간단한 표석만 잡석과 쓰레기와 풀 더미 속에 묻혀 있을 뿐이었다.

수십 년의 세월을 견뎌낸 누렇게 뜬 책장에서는 묵은 종이 냄새만이 아닌 알싸한 내음이 풍기는 듯했다. 무슨 냄새일까 싶어 나는 코를 킁킁거렸다. 그가 집필 중에 피운 담배며 마신 술 냄새, 의열단이 터트린 폭약 냄새 등이 어우러진 것만 같았다. 표지에는 당시 의열단의 거사를 다룬 신문 기사를 바탕에 깔아 긴박감을 더했다. 맨 뒤쪽에는 삼각산 모양의 관권과 함께 대표 '배정국'이라는 이름이 찍혀 있었다. 출판사 대표가 책과 관련해 작가와 어떤 거래를 했을 법한 후보자 명단에 오르는 순간이었다.

그렇다면 배정국은 어떤 사람일까. 우리는 두 권의 출판 관련 책에서 「잊힌 출판인 백양당, 배정국·소전」과 「해방공간의 찬란한 문학나무 백양당, 배정국」이라는 글도 찾아냈다. 공원터에 있었던 초가집의 48년도 전입자의 이름에 이어 식스가 캐낸 두번째 특종이라 할 만했다. 나는 끓어오르는 흥분을 가까스로 누르고 자료를 살펴보기 시작했다. 배정국은 책의 장정가이면서 해방 후 첫 금서 출판인이라는 이력도 가졌다. 임화의 시집 『찬가』를 출간했다가 수도경찰청에 호출되어 조사를 받은 것이다.

사라진 출판사를 기리는 김윤식 교수의 글을 찾아낸 것은 또 다른 충격이었다. "『조선신문학사조사』 하권인 현대편이 백양당에서 출간되었다는 사실은 역사를 주재하는 신의 손길과 결코 무관하지 않았다." 김 교수는 송곳 같은 평문으로 이름난 비평가였다. "역사를 주재하는 신의 손길", 책 한 권의 출판에 담긴 의미를 이토록 강렬하게 표현할 수 있다니. 책을 대충 훑어보았다. 문학평론가 백철이 서구의 여러 사조를 소개하고 그것에 영향 받은 작품들을 분석해놓은 책이었다. 한문으로 된 제자는 서예가 소전 손재형의 솜씨로 글자가 아니라 마치 한 폭의 그림처럼 보였다. 다른 출판사에서 나온 상권과 비교해보면 "그 기품 면에서 천양지차라 할 만하다"고 김 교수는 책을 품평했다. 평론가의 말대로 백양당은 "소전의 고풍스러운 기품과 주인 배정국의 모더니즘 감각과 시대적 풍조인 좌익 이데올로기 등이 기묘한 조화를 이루어 빛을 내뿜는 공간"이었다. 그랬던 출판사는 흔적도 없어지고 곧 바스러질 듯한 몇 권의 책이 그 존재를 알리느라 숨을 할딱이고 있었다. 대표의 마지막 행보는 그저 "가족을 두고 혼자 월북"으로만 기록되어 있었다.

해방기 '행복한 출판인'으로 불렸던 그가 어떻게 해서 그런 선택을 하게 된 것일까. 김 교수는 「보도연맹과 한국문학가협회 틈에 낀 백양당」이라는 제목의 글에서 그가 좌우 양쪽의 틈바구니에서 고뇌했던 출판인이었음을 넌지시 비추고 있었다. 그런 정황은 배정국의 수필로도 짐작이 갔다. 그는 「님의 침묵」의 시인에게 소심난 꽃이 피면 선물하겠다고 약속했었다. "그러나 꽃이 피기도 전에 시인은 먼저 세상을 떠나고, 난은 갈수록 잎이 야위어갔다"고 탄식한다. "화경이 솟는 때가 남북이 터질 땐가, 그날이 오고서야 꽃순이 솟을 건가."

성북동 쌈지공원의 뿌리를 밝혀내려다 우리는 넝쿨째 딸려 나오는 노다지를 만난 기분이었다. 나는 솟구치는 감정을 더는 억누를 수가 없어 식스를 데리고 정원으로 나왔다. 사람들이 지나다니고 있었으므로 나는 그녀를 끌어안고 싶은 충동을 꾹꾹 눌러야만 되었다.

그때 머릿속에서 지난 3년간의 일들이 줄줄이 지나갔다. 그 모든 일들이 오늘을 위한 준비였을까. 중국어를 조금 한다고 학교 대표로 나가게 되었던 심양의 백일장. 거기서 우연히 만나게 된 아버지 친구 무역 일꾼과 그의 소개로 알게 된 어느 목사님. 목사님 일행과 함께 보름 낮밤을 헤매었던 윈난성의 험한 산길, 낡은 뗏목에 몸을 묶고 파도가 이끄는 대로 하염없이 떠다녔던 메콩강.

백일장이 열린 심양문화원 도서실에서 본 한 권의 책이 그 모든 것을 촉발했다.

> 텔레비전을 켰다. 젊은 여자 탤런트가 출연하여 경마장처럼 넓어 보이는 신혼집의 인테리어를 자랑하는 토크쇼를 시청했다. 어제저녁에 먹다 남은 김치찌개를 데워 '아점'을 때운 다음, 인터넷 서핑을 했고, 저녁으로 삼선자장면을 시켜 먹으면서 일곱시 저녁 뉴스를 보았다. 백수. 눈에 보이는 생산을 하지 않는다고 해서 시간을 그저 버리고 있다고 말할 수 있을까? 오늘의 계획이 '이효리 신곡 듣기'거나 '이번 주 『씨네21』 읽기'가 전부라면 왜 안 되는가?*

나로서는 상상조차 해보지 못한 질문이었다. '잉여'로서 즐기는 게 아니라 '놀이' 그 자체를 위해 사는 인간. 금지된 곳이기에

---

* 정이현, 『달콤한 나의 도시』, 문학과지성사, 2006, 296~297쪽 참조.

더욱 강하게 나를 끌어당기던 신기한 세계. 이전의 내 생이 결코 '타락'이라고는 할 수 없었지만 나는 또 다른 의미에서 우리의 작가가 말한 '생명세탁'을 경험하고 있었다.

이제는 그 초가집의 소유주가 정말 백양당 대표 배정국이 맞는지를 알아내야 했다. 유족을 만나보겠다는 식스를 나는 주저했다. 선입견을 갖게 될까 저어되어서였다. 다행히 몇 시간 뒤, 작가의 작품을 연구하는 학회를 발견했고, 그 학회지에 실린 어느 국문학자의 글을 찾아냈다. 국가 기록원에서 찾아낸 문서도 덧붙여져 있었다.

성북동 230번지, 피고인 ○○○. 피고인은 동민으로부터 치약과 비누 등을 수집하여 괴뢰군에게 제공하고, 괴뢰군복 20여 착을 세탁, 제공하는 등 괴뢰집단의 범죄에 적극 가담했으므로 무기징역에 처한다.

부역 혐의로 투옥되었던 작가 아내의 재판 판결문이었다. 하지만 주민들의 증언을 곁들인 재심청구로 무기수는 5년 만에 집행유예로 풀려났다. 전쟁 덕에 코미디의 영역이 확대된 모양이었다. 아버지는 북에, 어머니는 감옥에 가 있는 사이 자식들은 어떻게 되었을까. 그 글은 당시 상황을 눈에 보이는 듯 훤히 보여주었다.

경찰이 집을 샅샅이 뒤져 작가의 창작 관련 자료와 유성기를 압수해 갔다. 배정국 사장의 친척들이 몰려와 집을 내놓으라며 세간을 들어냈다. 구보의 아이들은 집을 빼앗기고 친척 집으로 뿔뿔이 흩어졌다.

울음이 나와야 할 대목인데 내 머릿속에서는 딩동댕, 하는 신호가 울렸다. 배정국이 초가집 주인임이 드디어 확인된 것이다.

이제 마지막으로 배정국이 직접 살았던 자택 주소지를 알아내는 일만 남았다. 그가 만약 2주택자였다면 작은 집을 작가에게 인세 조로 넘겼을 수도 있겠다는 생각이 들었다. 또한 작가와 개인적으로도 친분을 쌓은 사이라면 그 가능성은 더 높아질 것이었다. 그는 어느 동네에 살았을까. "쌈지공원의 시인과 난을 보며 이야기를 나누었다면 그 이웃에 살았을지도 몰라." 식스의 추측에 우리는 먼저 성북동 주민센터를 찾아갔다. 직원들이 우리를 보는 시선은 딱 '작년에 왔던 각설이'였다. 자신들은 "철부지 학생들의 부질없는 연극놀이에 동원되려고 국민 세금을 축내고 있는 게 아니"라며 돌아앉았다. 내려오는 길에 나는 울적한데 차나 마시고 가자면서 발길을 수연산방 쪽으로 돌렸다. 수연산방 대문 앞에 왔을 때 식스가 뽀로통한 얼굴로 내 팔을 잡았다.

"같은 월북 문인인데 말야. 누구네 집은 문화재로 지정되고 누구네는 표시조차 없구."

그러더니 갑자기 휙 돌아섰다.

"문화재청에 따져야 할까 봐"

그녀는 나를 잠시 째려보더니 얼른 달려나가 택시를 잡았다.

KTX로 대전에 내려가 문화재청에 도착했을 때는 거의 퇴근 시간이 임박해서였다. 작심한 듯 똑 부러지게 항의를 하는 식스의 목소리를 듣자니 나는 가슴이 조마조마했다. 그런데 담당자의 반응은 뜻밖이었다. "그런 일로 여기까지 내려왔느냐"면서 도리어 우리를 갸륵하게 보는 듯했다. 그는 청내 전산망에 그 이름을 쳐보더니 말했다.

"그 명의로 된 고택은 후보로 오른 적이 없고요. 보호구역 목록에 오른 토지는 있군요."

우리는 눈이 휘둥그레졌다. 직원이 설명해주었다. '서울 성곽 복원공사를 하던 중에 상당 구간이 사유지를 지나가게 되었다. 그중 세 필지가 그 명의로 되어 있다.' 소유주의 주소는 성북동 270번지. 식스와 나는 가슴이 벅차올라 말없이 하이파이브를 했다. 김 교수가 백양당에서 나온 어느 책의 출간에 대해 썼던 "신의 손길과 무관하지 않다"던 표현은 '성북동 230번지 그 장소성에 대한 탐구'에도 적용되는 말인 듯했다.

서울로 올라오면서 스마트폰으로 지도를 찾아보았다. 맙소사, 그곳은 시인의 쌈지공원에서 길 건너 마주보는 곳이었다. 나는 더럭 겁이 났다. 일이 어떻게 되려고 이토록 착착 맞아 들어가는 것일까. 우리는 TF팀이라도 되는 듯 국회도서관에 붙박였다. 며칠 뒤 운 좋게도 3, 40년대 예술가들의 교유를 다룬 책과 신문에서 그 집이 언급된 부분을 찾아냈다.

빼어난 풍광을 자랑하는 성북동 승설암(勝雪盦)은, 백양당 출판사 주인 인곡 배정국의 집이었다. 대지 2천 평에 사랑채는 초가집, 안채는 기와집을 앉혀놓은 이 집은 서울의 명소였다. 마당에는 약수터가 있었고 수천 권의 장서와 명물 괴석이 많아 문사들의 출입이 잦았다. 그날 인곡은 인근에 사는 박태원, 이태준, 김환기, 조중현 등을 불러 주안상을 차려놓고 소전의 즉석 그림을 감상했다.

작가가 아직 돈암동에 살면서 『약산과 의열단』을 쓰던 1945년 봄. 『소설가 구보 씨의 일일』과 『천변풍경』으로 이미 문명을 얻은 뒤였다. 나는 그와 배정국이 함께 서 있었다는 「승설암도」 속의 마당을 확인하고 싶었다. 「승설암도」를 인터넷으로 찾아보았더니 마침 성북구립미술관에서 전시 중이라고 나왔다. 이런 우연의 일치가…… 식스와 나는 강의도 빼먹고 미술관으로 달려갔다.

「승설암도」는 붓에 먹물을 슬쩍 스친 듯이 묻혀 갈필로 쓱쓱 집과 마당을 그린 소박한 그림이었다. 그림 위에는 한자로 일곱 줄의 휘호가 쓰여 있었다. 학예사가 풀이해준 그것은 한 편의 기사였다. '을유년 청명절, 한적한 승설암 뜰에 놀러 왔다가 상허의 요청으로 즉석에서 이 경치를 그려 진실로 한때의 성대한 모임을 기록하다.' 식스와 나는 70년을 뛰어넘어 작가와 출판사 대표와 함께 같은 그림 앞에 서 있었다. 나는 「승설암도」 속으로 들어가 그들 곁에서 한참을, 머, 물, 렀, 다. 미술관을 나올 때는 귓가에 자연스레 두 사람의 대화가 들려오는 듯했다.

"여보, 구술을 받아가며 책 쓰느라 오랫동안 고생이 많구려. 허름하긴 하지만 우리 집 건너편에 있는 작은 초가집을 인세 조로 받으시오. 그러면 자주 바둑도 같이 둘 수 있지 않소."

그때 작가의 머릿속에서는 집에 얽힌 숱한 기억들이 스쳐갔을 것이다. 신혼살림을 시작했던 다옥정 7번지 본가의 비좁은 뒷방, 첫딸이 태어나자 분가해 나간 홍제동 화장터 부근의 집, 아이 교육에 좋지 않을까 염려되어 어쩔 수 없이 하게 된 예지동 처가살이, 없는 돈에 제 집 한번 가져보겠다고 빚을 내어 지었다가 일본인 전주에게 이자를 갚느라 '뼛골이 다 빠졌던' 돈암동 집. 그렇게 지은 집이 여름 장마에 담이 무너지고 지붕이 새서 늘 원고지가 젖을까 전전긍긍하던 날들. 평양시찰단 제안을 받고서 어쩌면 생활 걱정 없이 마음껏 창작 활동을 할 수 있게 해준다는 북의 선전이 사실인지 확인하고 싶었을지도 모른다.

47년, 책이 나오고 나서 이듬해 작가는 성북동 230번지 그 집으로 이사를 한다. 타이밍을 보면 인세 대신이라는 것이 설득력을 갖는다. 그런데 왜 등기를 하지 않았을까. 당시에는 서로 믿는 사람들끼리는 등기를 하지 않는 경우가 흔했을 것이다. 세상 물정 모르는 작가로선 충분히 있을 수 있는 일이었다. 아무튼 그 집은 오남매와 함께 작가가 가장 단란한 시절을 보낸 곳인 동시에 가족과 영영 헤어지게 되는 역사적인 장소였다. 그보다 더 확실한 '등기'란 있을 수 없었다. 쌈지공원의 시인이 뭔가 찜찜한 표정을 짓고 있는 이유가 무엇인지 알 수 있을 것 같았다.

우리는 승설암 그림을 머리에 새긴 뒤 현장을 답사해보기로 했다. 한성대입구역에서 성북로를 따라 올라가다 대사관저 거리 못미처 나오는 그 주소지에는 2층으로 된 갈빗집과 한정식집이 나란히 들어서 있었다. 2천 평이나 되는 집터가 어떻게 쪼개졌는지는 가늠조차 할 수 없었다. 왕복 2차선 도로를 사이에 두고 시인의 쌈지공원과 마주보는 곳. '어이, 바둑 한판 두세' 하고 소리치면 들릴 만한 거리였다.

식스와 나는 뭔가 그 시절을 떠올릴 만한 것이 없을까, 하고 그 갈빗집으로 들어섰다. 냉면을 먹으며 빈 벽을 응시하던 나의 눈앞에는 옛 주인의 소장품 하나가 보이는 듯했다. 들풀을 그려 넣은 추초문(秋草紋) 청화백자였다. 자잘한 그 들풀이 내 앞에서 한들거렸다. 마당으로 나오자 눈앞에 뭔가가 어른거리는 듯했다. 난리통에 어느 화가에게 넘어가 지금은 그의 미술관을 장식하고 있다는 명품 괴석들. 하지만 눈을 비비고 다시 보자 마당에는 아무것도 없었다. 잔디밭 사이에 발 디딤돌로 박아놓은 몇 개의 맷돌밖에는. 아마도 뒤뜰에 서서 가지마다 한창 노란 꽃을 매달고 있는 아름드리 감나무 두 그루만이 알고 있을 것이었다. 절정에서 추락의 길로 들어선 그 집의 내력을. 언뜻 의문이 들었다. 역사가 살아남은 자의 기록이라면 몰락한 자의 역사는 누가 기록할까.

작가의 북에서의 행적은 어느 문예지에 실린 의붓딸의 글과 북에 갔을 때 그의 집을 방문했던 작가 H의 증언으로 생생하게 그려졌다. 내 눈앞에는 다른 월북 작가들 틈에 끼어 소위 '고백 사업'을 하는 그의 모습이 훤히 보이는 듯했다.

"저는 남에서나 북에서나 오직 작가로서만 살아갈 뿐, 다른 어떤 욕심도 없습니다. 따라서 이 자리에서 고백할 것도 딱히……"

"그럼 동무는 아직도 자신이 무슨 죄를 지었는지 모르고 있단 말입네까?"

"아, 아니요. 그게 아니라, 저어 남녘에서의 활동은 그러니까, 부르주아의 감상에 젖은, 퇴폐적인 것으로서 에, 우리 공화국에서는 용서받지 못할……"

"말하는 태도로 보건대 동무는 진실로 반성을 하고 있는 태도가 아니오."

결국 창작금지조치를 받고 집단농장으로 추방되는 고독한 작가의 구부정한 어깨. 60년 들어 금지조치가 풀리기 무섭게 갑오년 농민전쟁의 자료 수집에 나선 그의 빡센 손아귀, 그러나 작품을 완성도 하기 전에 작가는 전신불수가 되고. 침대에 꼼짝 못하고 누워 있을 때 생각하고 또 생각했을 그 무엇. 그것은 남은 날들에 대한 그의 실존적 고뇌가 아니었을까. 실명의 위험에도 불구하고 무리하게 작업을 밀어붙이던 그의 눈앞에, 마침내 들이닥친 한낮의 어둠. 참담함에 떨려오던 그의 목소리.

"여보, 벌써 날이 어두웠소?"

그는 이제 튀는 차림새로 벗과 함께 종로 거리를 활보하던 재기발랄한 경성의 모던 보이가 아니었다. 가혹한 운명에 처해서도 단 한 번의 외도도 없이 작가로서의 생에 마지막 순간까지 복무했던 한 인간. 그 대미에 대하소설 3부작 『갑오농민전쟁』을 떨어뜨려놓은.

하지만 그 말로도 뭔가 부족한 듯했다. 며칠을 고심하던 나는 이윽고 어느 날 아침 눈을 떴을 때 홀연 떠오르는 대로 썼다. '생의 마지막 순간까지 이 땅의 풀뿌리들의 삶을 보듬기 위해 자신의 무기인 한국어를, **즐겨** 버리고 다듬었던 한 인간.' 그것이야말로 어떤 모질고 혹독한 생의 조건조차도 건드릴 수 없었던 그만의 고유한 경지가 아니었을까. 하지만 나는 왠지 그것으로도 그를 온전히 설명할 수 없다는 생각이 들었다.

웬만큼 자료가 모인 듯해서 프로젝트로 연극을 하자고 제안했더니 팀원들은 대환영이었다. 공연 장소로는 식스가 학교 부근에 있는 아버지 회사의 물품 창고를 빌리기로 했다. 이제 창고를 극장으로 꾸미는 일만 남았다. 식스와 둘이서 고민하고 있을 때 언제나 싸늘하기만 하던 그녀의 오빠 민혁이 웬일로 도와주겠다고 나섰다. 마침 건축 전공이었다.

"요즘 그런 걸 누가 사람을 사서 하냐? 게시판에 이벤트 한다고 방만 붙이면 너도나도 와서 줄을 설 텐데."

우리는 학교 게시판에 쪽지광고를 붙였다. '체험! 창고극장 연극 무대 꾸미기 이벤트에 참여하실 분.'

정말 그의 말대로 20여 명이 신청을 했다. 학생들은 강의 사이사이 자투리 시간에 잠시 들러 놀이하듯 일을 하고 갔다. 팔을 걷어붙이고 페인트칠을 하고, 톱으로 널빤지를 쓱싹쓱싹 자르고 뚝딱뚝딱 망치질을 하면서 기꺼이 땀을 흘렸다.

공연 초대장을 들고 마지막으로 성북동 주민센터를 찾아갔다가 우리는 어이없는 이야기를 듣고 말았다. 한 직원이 우리를 한번 쓱 훑어보더니 옆의 동료에게 말했다.

"거기는 벌써 오래전부터 청원이 들어와 있는 데 아냐? '작가 아무개의 옛집 터'라는 작은 표식이라도 세워달라고."

다른 직원이 우리에게 책 한 권을 휙 던져주면서 맞장구를 쳤다.

"맞아. 이 책에도 나올걸."

구청에서 펴낸 『성북동이 품은 역사 문화』의 한 구절은 마치 우리를 놀리는 듯했다. "배정국은 『약산과 의열단』의 작가에게 인세 대신 성북동에 초가집을 마련해주기도 하였다."

식스와 나는 맥이 풀려 그 자리에 주저앉을 것만 같았다. 그 터의 내력을 알아내기 위해 몇 달을 발이 부르트도록 뛰어다녔는데. 하지만 그 책을 미리 보지 않은 편이 나았다. 오직 우리 힘으로 퍼즐을 맞춰냈으니까.

최종 리허설에서는 연출을 맡은 연극영화학과 호준이 단편 「채가」의 한 장면을 집중 연습시켰다. 그는 아직도 주인공들의 성격이 살아나지 않는다고 따갑게 지적했다.

"지금 집이 날아가게 생겼는데 말야. 대사가 어떻게 그리 태평스럽냐? 니들 꼭, 이런 마음고생 해, 봐야 알겠니? 응?"

연기자들 사이에 까르르 웃음이 터졌다. 호준이 말을 이었다.

"두 달 치 이자를 거간꾼이 중간에서 떼먹는 바람에 일본인 전주가 못 받았다며 내용증명을 보냈어. 중요한 대목이라고. 식민지 지식인이 경제적으로나 정신적으로 완전히 저당 잡혀 있는 거잖아. 아내가 처음 내뱉는 '은, 어리석지, 어리석어'는 돌아앉아 혼자 구시렁거리는 소리고, 두번째 되풀이할 때는 좀더 크고 또렷하게, 응? 남편 귀에 들리게. 남편의 대사 '뭬 어리석어?'는 가장으로서 발끈하는 투로. 또 아내의 대사 '이자 갚느라 뼛골이 다아 빠졌는데, 한 번 문 걸 다시 또 물래?' 여기서는 완전 폭발!"

마침내 다가온 공연 개막일. 「성북동 230번지」 1막 1장. 막이 오르면 실명에다 전신불수가 된 칠십대의 노작가가 평양의 한 아파트에서 삐걱거리는 낡은 스프링 침대에 누워 있다. 침대 오른쪽 벽에는 전라도 고부군을 비롯해 두승산과 황토재, 그리고 공주 우금치 부근의 상세한 지도가 붙어 있고, 작가의 시선과 마주하는 벽면에는 빅터사의 콘솔형 빅트로라 축음기가 놓여 있다. '아버지에게 제발 음악을 듣게 해달라'는 의붓딸의 절절한 기도 후에 장군님이 내려준 선물이었다. 방 안에 바그너의 「방황하는 화란인」의 서곡이 흐르는 가운데 그는 생의 마지막 숨결을 모아 무언가를 조곤조곤 읊조린다. 침대 옆에서는 북에서 재혼

한 아내가 그의 말을 원고지에 받아 적느라 바쁘다. 잦은 기침으로 구술은 자주 끊기지만 목소리만은 카랑카랑하다.

"장쇠 아버지는 사람들을 둘러보며 기막힌 모양으로 말했다. '농사라고 지어서 언제 한번 배불리 먹어나 보았소? 이번에도 다 뺏기고, 남은 게 종곡하고 벼 서너 말뿐이요. 그것은 새달에 여편네 해산하면 먹일랬더니 용케 알고 털어가는구려. 허허허……'"

허탈한 웃음은 갑작스런 기침 소리에 먹혀버린다. 아내가 걱정스러운 눈으로 말을 건넨다.

"좀 쉬었다 할까요?"

"아, 안 되지. 내, 눈감기 전에 끝내야 해. 자, 따옴표 허구. '그나마 있으니 무던하우. 우리는 그것도 없소,' 하고 박 생원네 작인 을손이가 말했다. '원 망할 놈의 세상……' '천지개벽이라도 해야 해.' 예서 한마디, 제서 한마디……"

콜록콜록 기침이 다시 도진다. 거실에 놓인 연탄난로로도 좀처럼 덥힐 수 없는 침실의 냉기. 아내는 이불을 끌어당겨 그의 목까지 덮어준다.

"아무래도 안 되겠어요. 쉬었다 해요. 음악도 바꾸구요. 날씨도 음산한데 너무 무거워요. 폭풍이 곧 닥칠 것처럼요. 당신 좋아하는 노래 들어요."

아내가 레코드판을 바꾸는 사이 그가 혼잣말로 중얼거린다.

"나는 유령선 선장. 희망봉을 가려다 그만……"

그의 눈앞에는 집채만 한 파도와 사투를 벌이는 유령선 선장의 모습이 일렁인다. 음악은 카루소의 「돌아오라 소렌토로」로 바뀐다. 간주 때 그가 끼어든다.

"이 노래는 언제 들어도 좋구려. 근데 태은이는 여태 자오?"

시끄러워서 잠을 못 자겠다는 듯, 태은이 찡그린 얼굴로 눈을 비비며 들어온다. 딸의 기척을 느낀 그가 하는 말.

"은, 이렇게 좋은 음악이 나오는데 잠만 쿨쿨 자면……"

합창하듯 익숙하게 뒷말을 완성하는 두 모녀.

"인생 손해지이."

그의 헛헛한 웃음소리. 그는 침대 곁에 다가선 의붓딸의 손을 더듬거리며 찾아 잡는다. 눈이 보이지 않은 지는 오래지만 초롱 초롱 빛나던 눈동자마저 간데없고 흰자위만 번들거린다. 녹내장에서 오는 극심한 동통을 없애기 위해 전기로 눈동자를 지진 까닭이다. 음산해 보이는 그 형상에 비해 그의 입에서 나오는 목소리는 전과 다름없이 낭랑하다.

"태은아, 이태리 칸초네는 원래 바이브레이션이 좋아야 되는 법이야. 내가 '낙랑파라'하고 '제비다방'에서 상이 아저씨랑 연구한 건데, 여기 목젖 있는 데를 잡고 흔들면서 떠는 거야. 이렇게. 으으으으으으으……"

그는 자기 목젖 부분을 손가락으로 잡고 흔들며 비브라토를 해 보인다. "돌아오라 소리에에에엔토로오오오, 돌아아아아아아 아아아아아아 오라아아아아아아아아아아아아!"

목청을 과하게 떨었는지 거푸 기침을 해댄다. 격렬한 기침에 그의 머릿속에 떠 있던 성북동 싸리집은 그만 가루가 되어 점점이 무너져 내린다. 아버지가 안쓰러운 태은이 한마디 한다.

"아유, 참, 아버지는 재미있는 라디오라니까. 제발 좀 쉬어가며 웃기세요. 라디오 고장 나요."

기침이 가라앉자 그가 다시 입을 연다.

"밤낮 누워 있는데 이거라도 서비스 해야지. 아무튼 어제까지 아라비안나이트 끝냈고 오늘부터는 서울판 유머 시리즈다. 제1탄은 성북동 싸리집 편."

무대가 둘로 나뉘어 한쪽에는 한련화가 만발하고 앵두나무, 복숭아나무가 무성한 그의 성북동 초가집이 나온다. 마당에서는 강아지가 졸랑거리고, 거위 한 마리가 뒤뚱뒤뚱 휘젓고 다닌다. 뒤쪽 대청 문을 열면 작은 폭포가 보인다. 오남매가 좋아라, 아우성치며 물을 맞는다. 그의 목소리가 보이스오버로 들린다.

"태은이는 좋겠다. 반도가 허리만 뚫리는 날엔 장성한 오빠가 둘이나 생길 테니. 근데, 큰오라비 일영이 말이다. 해만 졌다 하면 무서워서 뒷간엘 못 갔어요. 그래 동생 재영이를 뒷간 문 앞에 세워두고 노래를 시켰지. 도망칠까 봐 말이야. 재영이란 놈은 똥고집에다 다라지고 안찬 데가 있었거든."

캄캄한 어둠 속 뒷간 앞. 아홉 살가량의 둘째 재영이 노래를 메들리로 암팡지게 불러제친다.「클레멘타인」「켄터키옛집」「산타루치아」…… 아랫배에 힘을 주고 입을 있는 대로 크게 벌리면서. 다시 작가의 목소리.

"겁은 많았어도 큰오라비 일영이는 영특한 데가 있었어. 내가 흰 운동화는 비싸니까 학교 갈 때만 신고, 놀 때는 게다를 신으라고 했더니 이 녀석이 어떻게 했는지 아니? 흰 운동화를 신고서 살금살금 댓돌을 내려가 마당을 지나가면서 입으로 게다 발자국 효과음을 내는 거야. '딸가닥 딸가닥 딸가닥 딸가닥.'"

모녀는 마땅히 웃음이 터져야 할 대목에서 웃지를 못한다. 그 얘기가 벌써 몇 번째인지 아는 까닭이다. 다시 기침을 하던 그가 잠시 눈을 감고 상념에 잠긴다. 머릿속에 젊은 날이 한 편의 영화처럼 펼쳐진다.

장면이 바뀌어 돈암동 작가의 옛집. 한창 시절의 그가 앉은뱅이책상에 앉아 집필에 몰두하고 있다. 배역은 나, 미리날. 원고지 왼쪽에 독립운동가의 구술을 받아 적은 노트가 펼쳐져 있다. 노트를 뒤적이다 방에 펼쳐놓은 상해 황포탄 부두 부근 지도를 들여다보던 그가 중얼거리며 원고를 쓴다.

"전중이가 사다리 위에, 나타났다. 오성륜은 포켓 속에서, 단총을, 으스러지라고 쥐었다. 마중 나온 이들과, 차례로 악수를 하는 순간, 오성륜은 재빨리, 단총을 꺼내 들고, 전중이의 가슴을 향하여, 조준하자, 탕…… 탕…… 탕…… 탄환 세 개가 연주(連珠)처럼, 허공을 날았다."

그때 똑똑 노크 소리가 나고 아내 역의 식스가 문을 열고 들어온다.

"여보, 오늘이 배 사장네 집에 초대받은 날 아니어요? 늦기 전에 가셔야지요. 멀지도 않은데 살면서 지각하면 안 되죠."

그는 아차, 하고 고개를 든다.

"이거 어쩐다. 헝가리인 폭탄 전문가에다 아일랜드인도 등장하고 얘기가 한창 무르익어가는데, 바쁘다 허고 빠질까."

"아유 당신도 참, 그게 어디 하루이틀에 끝날 일이어요? 가서 코에 봄바람 좀 넣고 오세요."

기지개를 켜고 일어나려는데 창밖에서 들려오는 귀에 익은 목소리.

"구보, 구보 안에 있나? 우리 안춧감 한련 씨는 다 영글었남? 내 명성쇠주 한 병 차고 왔네그려."

그는 정다운 벗의 목소리에 일어나 반색하며 대답한다.

"한련 씨? 암 다 영글고말고. 어서 오게나, 상. 내 언제부터 자네, 기다리고 있었네."

그의 아내가 한숨을 푹 내쉬며 혀를 끌끌 찬다.

"은, 쯧쯧, 여보, 그 양반 간 지가 언젠데 아직도 그 목소리를 들으우? 여기가 다옥정인 줄 알아요?"

"모임이 있는 날엔 더 생각이 나는구려. 이런 날 상이⋯⋯"

그때 식스가 갑자기 달려와 나를 덮치는 바람에 나는 그녀를 부둥켜안은 채 뒤로 벌렁 나자빠진다. 어디선가 날아온 쇠붙이가 식스의 뒷목에 날아와 꽂혔다 튕겨나갔다. 철렁 가슴이 내려앉고 머리 밑이 오싹해온다. 일으켜 세우려 해도 그녀는 의식을 잃은 듯 미동도 하지 않는다. 나는 식스를 안아 들고 겨우 일어선다. 곧 경찰이 출동하고 객석은 술렁거리기 시작한다. 누군가 외치는 소리. "탄도검이다!" "천장 오른쪽 조명 장치에서 튕겨져 내려왔어." 경찰이 플래시로 무대 바닥과 천정을 비춰보며 하는 말. "용수철이 들어 있었군." "영화나 게임에 나오는 거잖아." "맞아, 「코만도」에서 아놀드 슈왈제네거가 들었던." "무선 스위치가 객석 어딘가에 숨어 있을 거야."

별안간 누군가가 와락 달려들어 내게서 거칠게 식스를 빼앗아 갔다. 그 난폭한 몸짓에 나는 온몸이 움츠려들었다. 이런 것도 식스의 말대로 '모험'이라고 할 수 있을까. 안개가 낀 듯한 토끼굴에는 가느다란 빛줄기 하나 새어 들 틈조차 보이지 않는다. 그 자욱함 속 어딘가에 나를 노리는 또 다른 무엇이 무수히 심어져 있는 듯하다. 공기가 모조리 그것으로 이루어진 것만 같다. 식스가 내 곁에서 사라지고 나서부터 나는 숨 쉴 공기를 잃었다. 숨을 들이켤 때마다 예리한 무엇인가가 달려들어 피부의 숨구멍을 하나하나 찔러댄다.

살갗이 욱신욱신 쑤셔오는 가운데 설핏 머릿속에 어떤 영상이 들어찬다. 어쩌면 그것을 보려고 나는 여기까지 달려왔는지도 모른다. 밤새 몰아치던 폭풍우. 그 밤에 꽃잎은 또 얼마나 졌을까. 그 눈부시던 꽃잎들. 슬픔은 오직 그들이 이 우주에 엄연히 존재하고 있다는 사실을 우리가 기억하지 못한다는 데 있을 뿐이다.

머릿속의 영상은 시인의 쌈지공원에서 있었던 리허설의 마지막 장면으로 이어진다. 플루트가 멜로디를 이끄는 제임스 라스트 악단의 「돌아오라 소렌토로」가 흐르는 가운데 열 명의 배우들이 퍼레이드를 벌인다. 모두들 갑빠 머리에 대모테 안경을 쓰고 있지만 옷차림과 몸짓은 제각각이다. 식스의 아이디어다. 룸펜, 재담가, 「오감도」 시인의 친구, 충실한 가장, 모던 보이, 빚쟁이, 경성의 산책자, 슬프고도 유쾌한 인간, 그리고 생의 마지막 순간까지도 자신의 무기인 한국어를, **즐겨** 버리고 다듬었던 작가. 하지만 무엇보다도 작가이기 전에 험난한 생의 역경을 기꺼이 다 살아내고 최후의 승리자가 된 한 인간.

　퍼레이드를 마친 배우들이 공원 마당에 누워 몸으로 그 이름을 쓴다. 'ㄱㅜㅂㅗ.' 그때 베이지색 중절모에다 갈색 콤비로 빼입은 신사의 등장. 그는 사람 몸으로 쓰인 글자를 내려다보고는 씽긋 미소를 짓는다. 가물거리는 의식과 싸우고 있을 때, 내 귀에 메아리치는 정겨운 목소리.

　"여보, 구보보보, 어서 일어나게나나나, 나하고 바둑 한판판판 두세그려려려."

고미석, 「독창적 서체로, '세한도' 지킴이로 우뚝 '소전 손재형'전」,
　　　동아일보, 2013. 4. 23.

고정일, 『한국 출판 100년을 찾아서』, 정음사, 2012.

권영민, 「이상이 그린 박태원의 초상」, 『문학사상』, 2009년 7월호.

권은, 「박태원의 차남 박재영 선생과의 대담」, 『구보학회』 8권, 2012.

김미지, 『언어의 놀이, 서사의 실험』, 소명, 2014.

김윤식, 『백철 연구 : 한없이 지루한 글쓰기, 참을 수 없이 조급한 글
　　　쓰기』, 소명, 2008.

방민호, 『일제 말기 한국 문학의 담론과 텍스트』, 예옥, 2011.

이규일, 『이야기하는 그림』, 시공사, 1999.

이중연, 『책, 사슬에서 풀리다 : 해방기 책의 문화사』, 혜안, 2005.

정태은, 「나의 아버지 박태원」, 『문학사상』, 2004년 8월호.

조남현, 「박태원 소설, 장문주의의 미학과 비의」, 『새국어생활』 제12
　　　권 1호, 국립국어연구원, 2002년 봄호.

조영복, 『월북 예술가, 오래 잊혀진 그들』, 돌베개, 2002.

천정환, 「식민지 모더니즘의 성취와 운명」, 『소설가 구보 씨의 일일』,
　　　문학과지성사, 2005.

황석영, 「황석영이 뽑은 한국 명단편」, 경향신문, 2012. 1. 6.

황석영, 『수인』, 문학동네, 2017.

레몬을 놓을 자리

이번에도 빈손으로 돌아갈 게 뻔했다. 기껏해야 혹만 하나 더 얻어 돌아갈 판이었다. 교토에 도착한 날부터 왼쪽 뒷머리에서 지근거리던 놈은 오늘따라 더 큰 진폭으로 욱신거렸다. 나는 카지이 모토지로의 소설 「레몬」의 주인공 못지않게 초조와 불안에서 오는 두통에 시달리고 있었다. 아니, 실은 이십 일 전 도쿄에 발을 디뎠을 때부터 나는 이미 시 「선취(船醉)」의 정지용처럼 심하게 멀미를 했다. "늬긋늬긋 흔들 흔들리면서." 도무지 알 수 없는 일이었다. 관부연락선을 타고 온 것도 아닌데 멀미라니. "정체를 알 수 없는 불길한 응어리"가 마음을 짓누르고 있다는 소설 「레몬」의 주인공처럼 내 안에도 뭔가 그 비슷한 시커먼 덩어리가 웅크리고 있는 것만 같았다. 소설 속의 화자야 오랜 폐 질환과 가난으로 그렇다고 하지만 건강한 한국의 젊은 남자가 뚜렷한 이유 없이 같은 증세를 보이고 있다는 건 무엇으로 설명할 수 있을까. 나는 지용이 느낀 그 멀미의 정체를 밝혀보겠다고 온 거였다. 그가 어떤 심한 멀미를 겪은 끝에 시「해협」에서 "나의 靑春은 나의 祖國／다음날 港口의 개인 날씨여!"라고 가슴 터지도록 읊었는지를 알아내겠다고 호기를 부리면서. 그러고선 정작 나 자신이 그 비슷한 증세로 정신을 못 차리고 있었다. 알록달록한 인형과 오목조목한 장식품이 즐비한 시조 거리(四条通り) 기념품 가게에서는 눈이 어질어질해서 선물 한 점 사지 못하고 몇 번이나 그냥 돌아서 나왔다. 동행인 Q는 그런 장식품들을 볼 때마다 "원더풀"을 연발했지만 나는 한 번도 그것을 똑바로 쳐다보지 못했다. 그렇다고 내가 이제 와서 김동인의 소설「반역자」의 주인공처럼 모든 것을 배우고 익혀 "네 칼로 너를 치리라" 장담하며 현해탄을 건넜던 식민지 지식인의 기개를 아쉬워하는 것도 아니었다. 나는 평론가 김윤식 교수의 지적대로 그 명제에 눈이 멀어 "같은 칼로는 승산이 없다는 것"을 간과함으로써 자신들의 운명을 그르치고 만 그들보다 나이도 더 먹고 훨씬 개명한 시대에 살고 있었다. 그런데도 나는 눈에 보이는 사물을 있는 그대로 파악할 수 없을 정도로 모든 것이 혼란스러웠다. 나는 냉장고에서 레몬을 꺼내 밀가루를 묻혀 북북 문질러 씻으면서 볼멘소리를 했다.

"기온인가 뭔가 하는 그 동네엔 꼭 들러야 하는 거야? 그냥 우리 아라시야마 온천에나 가서 푹 쉬면 안 될까."

Q는 구글 맵과 종이 지도를 대조해가며 한창 일정표를 짜고

있었다.

"마지막 날은 나한테 다 맡긴다고 했잖아. 잔말 말고 따라와 봐. 혹시 알아? 날 따라다니다가 어디서 지용의 표현대로 '피 뱉은' 듯 선연한 홍춘(紅椿)을 찾아내게 될지."

계획했던 보름 동안의 여정을 다 쓰고도 건진 게 없으니 이젠 모든 것이 글렀다는 자괴감뿐이었다. 몇 달 앞으로 다가온 논문 최종 마감일이 나의 목을 죄고 있었다. 이번에 뭔가 '거리'를 얻지 못하면 몇 년의 노고가 물거품이 되고 말 터였다. 2, 30년대 유학생들, 그중에서도 특히 6년 2개월이라는 가장 오랜 기간을 교토에서 지낸 지용이 접했을 일본의 근대와 그의 시에 스며들었을지도 모르는 천 년의 헤이안조를 어렴풋이라도 알아내야만 했다. 또 그것이 지용이 느낀 멀미나 시름과 어떤 관계가 있는지도. 하지만 나는 오로지 앞선 연구자들의 행적을 졸졸 따라다니며 초등생처럼 그 발자국에다 내 발을 퐁당퐁당 담그고만 있었다. Q는 그런 내게 사사건건 편잔을 주며 어깃장을 놓았다.

"왜 그렇게 선행 연구자들 뒤만 밟고 다니냐? 하숙집이랑 학창 시절 성적표와 교우 관계, 발표 지면 같은 건 이미 다른 연구자들이 다 밝혀냈는데. 좀 다르게 새로운 방식으로 접근하면 덧나니?"

나는 그의 비아냥거림을 그저 귀여운 투정으로 받아줄 준비가 되어 있었다. 문화사 전공인 그는 최근 들어 인문학과 통폐합이라는 된서리가 내린 뒤에 인생의 다른 길을 찾고 있었다. 그러다 머리도 식힐 겸 나를 도와주겠다고 따라나선 거였다. 그는 교환학생으로 1년간 도쿄에 살아본 적이 있어 내게는 유능한 통역이자 가이드인 셈이었다. 하지만 끊임없는 그의 빈정거림에 나도 이젠 지칠 대로 지쳐 있었다. 그리고 초등학교 동창 유미가 있었다. 어느 날 갑자기 천둥처럼 내리꽂힌 격렬한 사랑은 아니었다. 하지만 그것은 시간을 들여 간장 소스와 무즙 소스를 만들고 육수를 우리고 그것을 조금씩 부어가며 정성스럽게 고기를 굽고 버섯이며 온갖 신선한 야채에 양념이 자작하게 배어들기를 기다려야 하는 스키야키처럼, 느리지만 진한 사랑이었다. 유미네 다다미방에서 상 위에 전기 풍로를 올려놓고 미리 준비된 소스와 육수를 부어가며 끓여먹던 스키야키처럼 우리 둘의 사이는 그렇게 뭉근하게 무르익어갔었다. 그것은 된장국과 김치찌개밖에 모르던 내게 어린 시절의 풍요로움으로 남아 있었다. 프라이팬에서 육즙이 살아 있도록 살짝 구운 고기를 계란에 퐁당 적셨다 무즙 소스에 찍어 먹던 그 맛을 잊을 수가 없었다. 나중에 커서 유미에게 물어보았는데 자기 집 스키야키 맛의 비결은 무즙 소스에 듬뿍 넣는 레몬즙에 있다고 했다. 나로서는 레몬이란 것이 있는지조차 몰랐던 시절의 얘기였다. 유미도 떠나고 언젠가 도쿄에 갔을 때 먹어보았지만 그 맛이 아니었다. 그 뒤로 스키야키는 내 메뉴에서 제외되었다. 알맞게 달달하고도 상큼했던 유미네 스키야키 맛의 기억을 변질시킬까 두려워서였다.

일부러 에어비앤비로 시내에서 먼 북쪽 아라시야마에 숙소를

정하고 그 동네를 사흘이나 뒤졌는데도 그녀를 찾지 못했다. 나의 첫사랑이었던 그녀는 아버지의 사업이 기울자 대학 1학년 때 외가가 있는 교토로 간 뒤 소식이 끊겼었다. 그러다 삼 년 전 다른 여자 동창이 교토에 왔다가 우연히 백화점에서 마주친 뒤로 소식은 듣고 지냈는데 최근에 다시 연락이 뚝 끊겼다고 했다. 그때까지만 해도 사업하는 남자를 만나 잘살고 있다고 들었는데. 사흘을 꼬박 들여 이사한 집을 추적해냈지만 덩그맣게 나 있는 대문에서 남편의 문패만 확인했을 뿐이었다. 집에는 아무런 인기척도 없고 전화도 받지 않았다. 옆집 사람 말로는 벌써 몇 달 전부터 그 집 식구들을 보지 못했다고 했다. 유미를 만나겠다는 바람이 속절없이 꺼지고 말았을 때 나는 다시 아버지와 할아버지에게 반항하던 그날을 떠올렸다.

"제가 무슨 독립투사의 자손이라도 되나요? 그 나라 사람 피가 절반 섞였다는 게 무슨 큰 죄가 된다고 절대 안 보시겠다는 거예요?"

두 가지 목적 모두 실패하고 만 나는 어쩌면 소설 「레몬」의 화자보다 더 절망적인 상태에 놓여 있는지도 알 수 없었다. 물론 소설 속 주인공도 불안과 초조로 인해 이전에 자신을 기쁘게 해주던 어떤 아름다운 음악이나 시구도 더 이상 위로가 되지 않자 그저 교토의 거리를 헤맬 뿐이었다. 그래도 그는 마침내 청과물 가게에서 레몬이라는 신통한 물건을 찾아낸다. 모양이 꼭 폭탄처럼 생겼다는 것을 대뜸 알아차린 그는 그것을 손에 쥐자마자 그 차가운 기운과 손에 들어오는 맞춤한 크기와 무게가 마음에 쏙 들면서 불안과 우울이 조금은 가시는 듯했다. 폐렴 증세로 열이 난 손바닥에 와 닿는 서늘한 레몬의 감촉은 환자에게 놀라운 상쾌함을 안겨주었다. 그가 생각하기에 레몬 한 개로 해서 생겨난 행복은 정말 불가사의한 것이었다. 그는 그것을 사다가 마루젠 서점 미술 코너로 가서 화집을 몇 권 겹쳐 성벽처럼 쌓은 다음 그 위에 올려놓는다. 그러고는 그 서점이 들어선 백화점이 폭파되어 산산이 날아가버리는 장면을 상상하면서 기분 좋게 그곳을 나가는 것으로 소설은 끝이 난다. 하지만 내겐 도무지 아무런 탈출구라고는 없었다. 그런 마당에 Q는 교토에서의 마지막 날, 아침 일찍부터 빨리 시내로 나가자고 채근하고 있었다.

"야, 오늘처럼 일분일초가 아쉬운 날, 또 그놈의 레몬만 짜다가 시간 다 보낼 거야? 몸 좀 잽싸게 굴려. 기온까지 가려면 시간깨나 걸린다고."

"나 요즘 두통에다 독감까지 걸려 몸이 말이 아닌 거 너도 알잖아. 밤새 기침하는 거 못 들었어? 아무리 급해도 레모네이드는 마시고 나가야 돼."

내일 출국을 앞두고 카지이와 같은 마땅한 해결책 하나 찾아내지 못한 나는 시간을 끌면서 애꿎은 레몬만 악센 손아귀로 쥐어짜려 하고 있었다. 서울에서도 카지이를 읽은 뒤로는 길 가다가 레몬이 눈에 띄기만 하면 곧잘 품어오고는 했다. 그런데 이제는 그것이 없이는 서울로 돌아갈 때까지 몸을 보존할 수가 없다는 생각이 들었다. 카지이도 카지이지만 나는 그렇게 또다시 레몬에 목을 매게 된 거였다. 아무래도 도쿄에서 옮아온 모양이었다. 20일 전 도쿄에 처음 도착했을 때 젊은이들까지 마스크를 써서 수상쩍다 했더니 독감이 유행하고 있는 것을 미처 몰랐었다. 자료 조사차 닷새를 그곳에서 묵고 교토로 왔는데 며칠 전부터 목이 뜨끔뜨끔하더니 드디어 편도선이 부어올랐다. 이럴 때는 어머니의 처방을 따르는 수밖에 없었다.

"객지에 나가 몸이 으스스한 게 수상쩍다 싶거든 얼른 레몬을 사 와서 뜨거운 물에 그 즙을 짜 넣어 아침저녁으로 마셔봐. 그럼 감기는 끝이야."

어머니는 유방암 수술을 받고 나서도 레몬과 생강만으로 병을 이겨내기로 작정한 사람처럼 굴었다. 집 안에는 언제나 레몬과 생강 냄새가 진동을 했었다. 말하자면 어머니는 자연에서도 그 맛의 강도나 향내에서 대표 선수인 지독히도 신 레몬과 지독히도 매콤한 생강으로 병마를 거꾸러뜨리겠다는 식이었다.

카지이의 소설에서 주인공의 손에 들어온 것도 그랬지만 교토에서 내가 만난 것도 캘리포니아산이었다. 밀가루를 발라 북북 치대가며 깨끗이 씻어내자 본래의 제 얼굴이 드러났다. 지나치게 샛노랗지 않은 투명하도록 맑은 노란색이었다. 그것을 뺨에 갖다 대보았다. 쨍 하고 뺨을 스치는 찬 기운이 나쁘지 않았다. 다른 과일과는 달리 향기로운 차가움이었다. 미세하게 오톨도톨한 겉껍질과 양쪽 끄트머리에 뾰족하게 튀어나온 꼭지를 손으로 만져보았다. 군대에서 탄약 창고지기를 하느라 자주 만졌던 수류탄 모양과 똑같았다. 이번에는 반으로 쪼개어 그 단면을 찬찬히 살펴보았다. 가장자리는 꽃잎 모양의 곡선을 이루고 있고 과육은 열 개의 칸으로 나누어져 있었다. 가죽처럼 단단한 겉껍질 밑에 과육을 감싸고 있는 얇고 폭신해 보이는 하얀 속껍질이 보였다. 얼핏 보기에 색깔만 다를 뿐 조직은 오렌지와 비슷했다. 저렇게 평범해 보이는 과육에 무엇이 들어 있기에 그토록 큰 효험이 있다는 것인지 도무지 알 수 없는 일이었다. 그러고 보니 시인 이상도 도쿄에서 죽어갈 때 레몬 향기를 맡고 싶다고 했다는 얘기가 생각났다. 혀를 대보았다. 혀끝이 싸해오면서 입안에 흥건히 침이 고여 왔다. 두 개의 컵에 끓는 물을 따르고 각각 한 개씩의 레몬을 짜 넣었다. 레몬 짜개 없이 손으로 쥐어짤 때면 은근히 스트레스가 해소되는 느낌이었다. 내 손아귀로 쥐어짜인 즙이 내 몸으로 고스란히 옮겨질 터였다. 껍질은 얇게 저며 물통에 넣고 물을 채웠다. 거리를 다니다가 기침이나 두통이 날 때 마실 거였다. 연하게 노르스름한 빛이 감도는 따끈한 레모네이드를 마시면서 Q가 말했다.

"며칠 맛 들였더니 아침마다 기다려지긴 하더라. 서울 가서도 그리워질 거야. 뒷맛이 참 깨끗하네."

나는 가만히 고개를 끄덕였다. 그렇지만 아무리 항암 작용이 있네, 감기에 특효네, 하고 떠들어대도 나는 인류 역사상 카지이의 소설에서만큼 레몬이 인상적으로, 또 효과적으로 사용된 예를 찾을 수 없을 것만 같았다. 그것은 어떤 몹쓸 병을 퇴치하는 것보다도 더 아름답고 향기로운, 자연의 열매로 쓴 한 편의 시였다. 나는 뜨거운 레모네이드로 목젖을 적시면서 노란 열매가 주렁주렁 매달린 레몬나무 밑에 앉아 있는, 그 무뚝뚝하게 생긴 청년 카지이를 생각했다. 전집의 표지 사진이었다. 그처럼 투박해 보이는 청년의 가슴 어느 곳에 레몬의 또 다른 효용을 알아내는 예민한 감각이 깃들어 있을까 하고.

지용이 도시샤 대학 영문과에 다니면서 일본과 국내의 여러 잡지에 시를 발표할 무렵 도쿄대 영문과를 다니던 카지이 모토지로(梶井基次郞)는 친구들과 함께하던 동인지 『아조라』에 단편소설 「레몬」을 처음 프린트해서 싣게 된다. 손으로 접고 스테이플러로 찍어 만든 문고판만 한, 28쪽짜리 책이었다. 하지만 표지는 컬러 사진으로 꾸미고, 안에는 고품질의 흑백 사진을 넣었으며 그럴싸한 등뼈까지 심은, 상당한 정성이 들어간 수공예품이었다. 지용보다 한 해 먼저 태어나 31살에 요절한 그는 남긴 작품도 얼마 되지 않았고 생전에는 거의 알려지지 않은 작가였다. 하지만 그의 작품들은 사후에 교과서에도 실릴 만큼 걸작으로 인정받으면서 크게 유명해지게 되었다. 얼마나 많은 독자들이 흠모했으면 주인공의 저항적 행동을 본받아 그 서점에 끊이지 않고 레몬이 놓이게 되었을까.

레모네이드에 빵 한 쪽으로 아침을 해결한 뒤 서둘러 숙소를 나왔다. 아라시야마에서 시조 오미야까지 가는 란덴 전차를 타기 위해서였다. 달랑 한 량짜리 노면열차였다. 20세기 초에 생겨난 이 전차는 몇 년 전에 모두 보라색으로 도색을 해서 도시에 색다른 묘미를 더하는 풍물이 된 듯했다. 전차는 주택가와 들판을 지나가기도 하고 자동차와 함께 도로 위 선로를 달리기도 해서 빨래를 널거나 정원을 가꾸는 여인들과 들에서 일하는 농부들과도 손을 흔들어 인사를 나눌 수 있었다. 열차 안은 속삭임 소리조차 들리지 않아 마치 도서관에 온 듯 조용해서 책을 읽거나 자료를 훑어보기에 그지없이 좋은 장소였다. 돌아가서 반듯한 논문이라도 하나 쓸 수 있게 된다면 아마도 이 전차에다 그 공을 넘겨주어야 하리라. 감수성이 남달랐던 지용도, 오래되어 삭고 초라해진 것을 좋아하는 카지이도 분명 이 전차를 애용했을 것 같았다.

"야, 뭐해. 빨리 내려."

Q의 다급한 목소리가 나의 센티멘털을 사정없이 깨부숴버렸다. 벌써 40여 분이 지났나 보았다. 둘러보니 종착역인 시조 오미야역이었다. 그는 잰걸음으로 걷더니 웬일로 택시 승강장으로 향했다. 오늘 일정이 빡빡하다는 얘기였다.

"가와라마치에 가성비 좋은 스시집이 있어. 니가 꾸물대는 통에 벌써 점심시간이 다 됐잖아. 먼저 점심부터 먹고 움직이자." 그가 시계를 보며 활기차게 말했다.

우리는 난 그림과 활짝 편 부채, 그리고 대길(大吉)이라는 휘호가 걸린 벽 쪽 테이블에 앉았다. 초밥이 나왔다. 청자색의 타원형 접시에 희고 붉은 초밥과 연어알 김밥이 점점이 놓이고 한쪽 끝에는 푸른 잎사귀 위에 저민 레몬 몇 조각과 붉은색의 자잘한 꽃이 곁들여져 있었다. Q는 사진 찍기 바빴다. 내가 젓가락을 들고 초밥을 집으려 하자 그가 말했다.

"잠깐. 먹기 전에 해야 할 게 있어."

"뭘? 서울에서 먹던 거랑 별로 다를 것도 없구먼."

"지금 너한테야 그렇지. 하지만 1920년대 초 이곳으로 유학 온 지용이 이런 식탁을 보고 어떤 느낌이었을지 한번 짐작해보라구."

"느낌은 무슨. 한창 먹성 좋을 땐데 간에 기별도 안 가겠다 싶었겠지. 양푼에다 밥 푸고 온갖 나물 얹고 참기름 고추장 넣고 쓱쓱 비벼서 여럿이서 숟가락 부딪쳐가며 퍼먹는 비빔밥이 더 푸짐한데, 그랬을지도."

"네 말이 맞아. 문화에 우열이란 없어. 서로 다를 뿐이지. 그냥 그때 지용의 느낌을 짐작해보라고."

"시끄러. 밥 먹을 땐 영업 얘기하기 없기. 빨리 나가자고 재촉하는 바람에 아침도 빵 한 쪽 먹고 나왔잖아."

나는 그의 얘기를 귓전으로 흘려보내면서 젓가락을 들었다. 그동안은 바쁜 일정 탓에 규동이나 튀김 소바로 끼니를 때우곤 했다. 고등어 초밥을 막 집으려는데 Q가 질색을 하며 내 손을 막았다.

"인마, 순서가 있어. 광어나 도미처럼 색이 옅은 것에서부터 점차 새우나 연어 같은 분홍색을 거쳐 색과 향이 진한 고등어나 참치 뱃살로 옮겨가는 거야. 맛을 음미하면서. 혀에 와 닿는 촉감, 씹는 질감, 목 넘김에다 향기와 뒷맛까지."

"니 말 듣다가 때 다 놓치겠다. 나오고 나서 3초 안에 맛봐야 한다던데."

활어 말고 일정 시간 숙성시킨 선어(鮮魚)를 쓴다는 초밥은 무척이나 쫄깃쫄깃하고 밥알은 잘 익었으면서도 야들야들하니 알갱이가 하나하나 혀에 느껴졌다. 속으로는 짐짓 놀라면서도 덤덤한 척했다. Q는 아직도 할 말이 많은 듯했다.

"우리나라 사람들, 퍼덕거리는 활어라야만 좋은 줄 아는데 사실 그건 재고 정리하기에 딱 좋은 방식이라구. 수조에 오랫동안 살게 내버려두면 뭐해. 맛은 이미 다 빠져나가고 없는걸."

"활어든 선어든 배만 부르면 되지. 그딴 거 생각할 겨를이 어디 있냐. 내가 음식비평가도 아니고."

나는 퉁명스럽게 대꾸했다.

"문학을 한다는 인간이 어쩌면 그렇게 멋대가리가 없냐? 초밥은 그 쌈박함이 곧 야스나리나 오사무의 소설 맛이라는 이들도 있는데."

나는 소설의 맛을 초밥에 갖다 대는 그 비유가 속으론 재미있었지만 애써 못 들은 척했다.

"어때? 오감을 좀 즐겼니? 이제 슬슬 장소를 옮겨볼까."

이번에는 걷는 것이 남는 것이라고 Q는 말했다.

"바로 옆이 가모가와, 압천(鴨川)이야. 해 지기 전에 강변 산책하고 돌아와서 다리 건너 기온으로 들어가자. 거기서 하나미꼬지랑 겐닌지(建仁寺) 보고 다시 가와라마치로 와서 네가 가보고 싶다는 마루젠 서점에 갔다가 저녁 먹으러 가는 거야. 저녁은 기대하시라. 장어 덮밥."

"장어 좋지. 그런데 압천이야 지용의 시로도 유명하니까 간다 치고, 하나미꼬지랑 겐닌지는 또 뭐야?"

"야, 너 정말 몰라서 묻는 거니? 전에도 한 번 왔었다면서? 기온 하나미꼬지도 안 보고 그냥 가면 교토를 본 게 아니지. 모르겠음 그냥 따라와."

시조 거리에서 다리를 건너기 직전 왼쪽으로 꺾어져 강변으로 접어들었다. 자전거를 타거나 그저 하염없이 걷는 사람들이 눈에 많이 띄었다. 지용도 동주도 그랬을 터였다. 양쪽 강변에는 식당과 카페가 늘어서 있었다. 압천에 오니 갑자기 이 겨울에 수박 냄새가 나는 듯했다. 나는 왜 지용의 시 「압천」을 수박 냄새로 기억하고 있는 것일까. 저절로 코가 킁킁거려졌다.

"너 압천에 오니까 수박 냄새 맡고 싶어지지? 여름에 이 동네 오면 그냥 수박 냄새가 나게 돼 있어."

"그건 또 왜?"

"내가 지용의 시 중에 '수박'이란 단어가 나오는 거 찾아봤더니 세 편이나 되더라. 너 그거 알아?"

"두 편일걸. 「압천」에서는 '수박 냄새 품어오는 저녁 물바람.'

또 한 편은 뭐였더라."

"이런, 「슬픈 인상화」잖아. '수박 냄새 품어오는 첫여름의 저녁때', 또 있어. 「저녁 햇살」에서 '네 입술은 서운한 가을의 수박 한 점.'"

"「저녁 햇살」은 수박 때문이 아니라. 그다음 구절 때문에 달달 외웠겠지. '빨어도 빨어도 배고프리.'"

"뭐야? 이젠 날 아주 호색한으로 몰아라. 몰아."

"하긴 산문에도 수박 얘기가 나오긴 하지. '한여름 밤 별이 빛나는 하늘은 멋진 수박을 싹둑 자른 것 같다.' 아무튼 수박이 나오는 시가 세 편에 산문이 한 편. 모두 유학 중에 쓴 건데. 뭐 짚이는 거라도 있어?"

나로서는 처음 가져보는 의문이었다.

"이 사람들, 여름에 수박을 그냥 칼로 잘라서 먹는 게 아냐. 꼭 수박 쪼개기 놀이를 하고 난 뒤에 먹거든. 눈을 가리고 막대기를 든 선수가 등장하면 구경꾼들이 훈수를 둬. 왼쪽으로 조금만 더, 이제 똑바로 두 발, 한 발만 오른쪽으로. 그러다 가장 알맞은 위치에 왔다 싶을 때, 쾅! 하고 신호를 하는 거지."

"그래서 여름이면 온 동네에서 수박 냄새가 풍기는구나. 그 말 듣고 보니 싱그러움이나 풍요가 느껴지기도 하네."

"후쿠자와 유기치가 탈아입구(脫亞入歐)를 부르짖은 뒤로 이 나라는 1차 대전 중에 고도성장을 하지. 그래서 당시 다른 아시아 국가들보다 세 배 정도 부유했었다는 기록이 나와. 왜 지용의

「슬픈 인상화」에도 나오잖아. '시멘트 깐 인도 측으로 사뿟사뿟 옮기는 하이얀 양장(洋裝)의 점경(點景)!'이라고."

Q는 갑자기 두 손을 벌려 가수처럼 제스처를 써가며 노래를 불러댔다.

"'전설 바다에 춤추는 밤물결 같은/검은 귀밑머리 날리는 어린 누이와 아무렇지도 않고 예쁠 것도 없는 사철 발 벗은 아내가/따가운 햇살을 등에 지고 이삭 줍던 고오오옷'에서 여성들이 이미 양장을 하고 포장된 도로 위를 걷고 전차를 타고 다니던 근대 도시로 지용이 유학을 온 거지."

"나더러는 비교하지 말라고 하더니 뭐야?"

"이건 비교가 아니야. 지용의 마음이 처해 있던 당시 상황을 알자 이거지. 그래야만 헤아릴 수 있을 거 아냐. 시 「해협」에서 '오전 2시의 고독'이랑 「선취」에 나오는 '금단초 다섯 개 빼우고 가자, 파아란 바다 우에', 또 '하늘이 죄어 들어 심장을 짜던 구토'를."

나는 발걸음을 빨리해 Q에게서 달아났다. 내가 수박 얘기를 꺼낸 게 잘못이었다. 하지만 궁금한 것은 사실이었다. 그 시대 압천 강가에 섰을 때 무엇이 지용의 단아한 몸뚱어리를 감싸고 있었을까? 아마도 그때의 감회로 가모가와, 「압천」이라는 시를 쓴 것일 테지. "해는 저물어 저물어"가던 "압천 십리벌"과 "여울물 소리". "쥐어짜"도 "바시어"도 "시원치 않"은 "찬 모래알", "수박 냄새 품어오는 저녁 물바람." "바람이 불어 내려오던" 해

발 2천 피트 산봉우리 "히에이잔(比叡山)". 그 산을 바라보자 지용의 눈에 와 밟히던, 케이블카 공사장의 조선인 노동자들. 여자 친구와 함께 소풍을 간 그에게 어떤 사이냐고 물어 사촌 간이라고 둘러대던 자기 자신. 그리고 얼마 후 이윽고 목격한, "산을 기어오르던 괴물 도마뱀". 상처 입은 산을 보고 "빨리 산이 나으면 좋을 텐데"라고 하던 탄식. 어둑해진 강변을 벗어나 불 켜진 거리로 들어서면 "밤비는 옆으로 무지개를 그리고", "늦은 전차의 끼익끼익 소리에 조고만 혼이 놀란 듯이 파닥거"려 얼른 숨어들었던 다방 고마도리. "마음 놓고 소변이라도 볼라치면 헬멧 쓴 야경순사가 필름처럼 쫓아"올까 겁이 나던 「황마차」의 그 밤.

하지만 당황스럽고 공포스러운 것들 말고 예민한 감성으로 충만하던 장소와 시간들도 거기 있었다. 친구의 하숙집이나 카페에서 지용이 "한여름 밤, 별이 빛나는 하늘은 멋진 수박을 싹둑 자른 것 같다"고 말하면 "천녀(天女)가 벗어놓은 옷 같다고 말"하던 문우 고다마(児玉笛麿). "그가 눈물로 찾아오면 밤새 이야기할 각오(覺悟)를" 하던 압천의 어느 깊은 밤, "이놈은 루바쉬카*, 또 한 놈은 보헤미안 넥타이, 삐쩍 마른 놈이 앞장을 서"던 「카페 프란스」. 세계의 사상적 조류를 마음껏 접해볼 수 있었던 진보적이고 자유주의적인 이 도시의 문학과 예술 풍토. 그 생각을 하자 가슴이 벅차오면서도 외로웠다. 지용의 심정도 이러했을까. 그때 「석류」를 가슴에 품게 되었을까. "아아 석류알을 알

---

* 러시아 민속의상.

알이 비추어보며/신라 천 년의 푸른 하늘을 꿈꾸노니."

수심이 얼마 되지 않는지 냇가 한가운데 홀로 서 있는 해오라
기가 보였다. 목을 빼고 서 있는 모습이 꼭 키가 껑충한 유미를
닮은 것 같았다. 나는 카메라 렌즈를 망원렌즈로 바꾸고 두루미
에 초점을 맞춘 다음 마치 눈으로 유미를 끌어안는 듯한 느낌으
로 셔터를 눌렀다. 조금 튀어나온 듯한 광대뼈, 해쓱하긴 해도
맑은 피부, 웃으면 드러나던 귀여운 덧니와 유난히 반짝이던 눈.
그때 Q가 다가와 내 어깨에 손을 얹었다.

"어쩔래? 식물원까지 가볼 거야? 지용이 「다알리아」를 썼던."

"됐어. 그만 돌아가자. 이 겨울에 '피다 못해 터져 나온' 다알
리아가 있을 리도 없고. 금각사에 가서 황당했던 경험 이미 해봤
잖아."

정말 그랬다. 번쩍이는 황금색으로 매끈하게 새로 치장한 절
은 소설 속 금각사 느낌의 10분의 1, 아니 100분의 1도 주지 못
했었다. 모든 사물은 실물 그 자체보다 문학적 상상 속에서 새롭
게 태어나 빛을 발하는 모양이었다. 카지이의 소설 속으로 들어
와 제 존재의 무게를 갖게 된 레몬처럼.

다시 시조 거리로 돌아와 기온으로 향하는 다리를 건넜다. Q
가 내게 물었다.

"눈요기부터 할래, 기도부터 할래?"

나는 '기도'라는 말에 펄쩍 뛰었다.

"무슨 소리야? 누가 기도하겠대?"

아무리 선종의 대본산이라고는 하지만 여기는 절에 신사가 딸려 있기도 하고 신사에 절이 딸려 있기도 했다. '신사'라고 하면 우리는 알레르기 반응을 일으키는 사람들이었다.

"눈요기를 뒤로 미루지. 밤은 언제나 끝이 즐거워야 하니까."

"뭔가를 좀 알긴 아는군."

모처럼 Q에게서 감각을 인정받은 듯했다. 겐닌지는 기온 쪽으로 다리를 건너 남쪽으로 조금 내려간 지점에 있었다. 17세기 에도시대에 바람과 천둥을 신격화해서 그린 국보 「풍신뇌신도(風神雷神圖)」를 소장하고 있어 유명한 절이라는 것은 나도 알고 있었다. 현대에 와서 '슈퍼마리오'라는 캐릭터로 재탄생되었던 그림. 하지만 일본의 임꺽정인 이시카와 고에몬이 "절경이로다, 절경이로다"를 외쳤다는, '철학자의 길' 옆에 있는 난젠지(南禪寺)를 빼고는 이곳의 절들은 그다지 매력적으로 다가오지 않았다. 그런데도 무엇을 보겠다는 것인지 절은 사람들로 넘쳤다. 구정을 맞아 찾아온 내국인들도 있었지만 대부분이 청폐(淸肺)를 하겠다고 건너온 대륙의 손님들이었다. 나는 속으로 투덜댔다. 한국으로 오면 단청도 보고 푸짐한 밥상을 받을 수 있을 텐데. 다꽝 몇 쪽 말고. 그러다 결국 말이 입 밖으로 튀어나왔다.

"단청도 없는 절 뭐 볼 게 있다고."

"또 그러네. 비교하지 말라니까. 꼭 단청뿐이냐? 다른 걸 보면 되잖아. 디자인이라든가. 저기 모래로 그린 물결무늬 정원도 있잖아. 모래 한 알이라도 건드릴까 바람도 숨죽이며 지나간다는

데. 느긋이 바라보면 정적이 느껴지지 않아? 너도 봤다시피 이런 절이 주택가 사이사이에 수도 없이 들어서 있어. 그게 뭘 의미하겠니?"

"시줏돈 많이 긁어모으려는 거 아냐? 아, 대처승들이니 속세에 사는 거겠지."

"하여튼 생각하는 거라고는."

"알았어. 그래. 선(禪)사상이 얼마나 생활 깊숙이 자리 잡게 되었나, 다도나 향도도 다 절에서 나왔다. 그래서 이 도시에는 화려한 장식미뿐 아니라 검박미(儉朴美)도 있다, 그 얘기?"

Q의 입을 막을 요량으로 나는 내 말만 총알처럼 내뱉고는 서둘러 절 밖으로 나왔다. 얼마 안 가서 통로 위에 하나미꼬지(花見小路)라는 아치형 표지판이 나왔다. '꽃을 볼 수 있는 작은 길.' 거무튀튀한 목조 건물들에 요정과 주점, 료칸, 그리고 찻집 간판이 달려 있었다. 길 양옆으로 다닥다닥 붙어 서 있는, 기껏해야 2층으로 된 전통 가옥들. 2층에는 대나무 발을 쳐서 안이 들여다보이지 않게 되어 있었고 아래층에는 주렴을 드리우고 문마다 붉은색 지등을 켜서 운치를 더했다. 가끔 가다 갓 자른 대나무 냄새도 풍겼다. 기모노 차림에다 거의 10센티도 넘을 듯한 게다를 신은 젊은 여인들이 무슨 보따리를 가슴에 안고 종종걸음으로 지나가고 있었다. 관광객들의 플래시가 터졌다. Q가 내게 그 거리 이름도 모른다고 면박을 준 이유를 알 만했다. 등뒤에 띠를 길게 내린 여인, 띠가 없는 여인, 머리의 꽃장식이 화려

한 여인, 수수한 여인. 선행 연구자들 중 아무도 지용과 동주의 흔적을 찾기 위해 유흥가를 뒤졌다는 논문은 일찍이 본 적이 없었다. 가톨릭과 기독교 신자에다 모범생들이었으니까 이곳엔 얼씬도 하지 않았을지도 모른다. 회칠한 듯 새하얀 얼굴과 진홍빛 입술이 자꾸만 눈앞에 클로즈업되었다. 기모노의 꽃무늬 색채가 점점 더 화려해져갔다. 나는 또다시 멀미가 나려 했다. 레몬수로 속을 진정시키면서 돌아보니 Q가 조금 떨어진 곳에서 기모노들과 얘기를 나누고 있었다. 웬일일까 싶었는데 잠시 후 돌아온 그가 생색내듯 말했다.

"내가 너 같은 무지렁이 교화시키느라 참 고생이 많다. 이따가 찻집에서 만나기로 약속했어."

"아니 그런 게이샤가 다 있어? 새침해서 말도 못 붙인다던데."

"아, 정식 게이샤는 아니고 견습생, 무희 마이코들이었어. 구경 다 하고 나서 연락하겠다고 했지."

"아무리 견습생이라고 해도 그렇지. 뭔가 이상한데."

"그야 내가 원어민처럼 말이 유창하니까 이런 일도 얻어걸리는 거야. 이 형님한테 고맙다고나 해."

아직도 젊은 시절의 바람머리를 고수하고 있는 Q는 서울에서도 입만 다물면 기무라 타쿠야라는 소리를 곧잘 듣곤 했다.

"아무튼 성사만 된다면 서울 가서 한턱 쏘지. 바람 맞는 건 아니겠지?"

"걱정 끄셔. 근데 너 얼굴이 왜 그래? 또 멀미 나냐?"

"응 좀 그래. 토할 것처럼 자꾸 메슥거리네."

"아유. 못난 녀석. 골샌님께서 오늘 눈요기가 지나쳤나 보다."

"이딴 게 뭐 대단한 눈요기 거리라고. 「게이샤의 추억」도 봤는데."

"그 영화 진짜 웃겼지, 응? 영어로 말하는 게이샤에다 주인공은 중국인 여배우들. 소송도 당했지, 아마. 게이샤의 명예를 훼손했다고. 그래. 예쁜 마이코들 실제로 보니까 어때? 너무 싱숭생숭해서 멀미 났냐?"

"천만에. 회칠한 얼굴 물로 혹 씻어주고 싶던걸. 그 높고 불편한 게다에다 몸을 꽁꽁 동여맨 그 거추장스런 옷은 또 어떻구?"

"왜 있는 그대로 못 봐주냐? 그러니까 마흔이 넘도록 장가도 못 갔지. 쯧쯧. 아마 유미가 입었으면 예쁘다고 난리 쳤을걸. 어쨌든 너란 인간은 거기서 딱 멈춰 있어. 그러고는 아버지 흉보면서 고대로 배운 거야."

"유미 얘기 함부로 하지 마. 갠 번거로운 옷차림 별로라고 했어."

"너 기모노 우습게 보는가 본데 19세기에 이미 유럽에 상륙했던 거 몰라? 유럽의 패션이 갈 데까지 갔다고 했을 때 새로운 영감을 준 게 기모노였어. 너 교토에 와서 자꾸 어지럽다고 하는데 이 동네가 전통적으로 공예가 성한 곳인데 어쩌란 말이야? 직물이나 염색 산업도 발달해 색채가 원래 다양한걸. 자연히 미의식이······"

그의 강의 때문에 멀미는 더 심해졌다. 나는 멀찍이 골목 안쪽으로 달아났다. 인사동 뒷골목처럼 아직도 전봇대가 서 있고 전선이 얼기설기 지나가는 좁은 옛길에 들어서자 마치 수백 년 전 에도시대의 하나미꼬지에서 길 잃은 나그네가 된 듯했다. 어디선가 샤미센의 구슬픈 곡조가 들려올 것만 같았다. 그 가락에 맞춰 넓은 소매 펄럭이는 마이코의 춤사위와 고고한 자태로 시를 읊고 악기를 타는 게이샤의 모습도 눈에 보이는 듯했다. 사미센의 반주에 맞춰 「원스 어폰 어 타임 인 교토」가 밤하늘에 펼쳐지고 있었다. 그것은 안개와 눈, 비바람과 폭풍의 계절을 거쳐 온, 헤이안조 천 년의 것인지도 모른다는 생각이 얼핏 들었다. 또한 그것은 90년 전 지용에게 그랬듯, 이번 교토에 온 뒤로 계속 내게 어지럼증을 안겨주고 있는 그 무엇인지도 알 수 없었다. 하지만 그 모든 빛과 소리와 냄새의 진원지인 이 오래된 목조 가옥들도 급격하게 그 수가 줄어가는 게이샤와 함께 언젠가는 소멸되고 말 터였다. 점점 삭아가고 있는 뒷골목 풍경에서 카지이가 말한 "초라하고 보잘것없는 아름다움"이 엿보이기는 했지만 그가 가졌던 애정까지 느껴지지는 않았다. 그는 "비바람에 침식되어 이윽고 흙으로 돌아가버릴 것 같은 느낌이 있는 거리 풍경"을 좋아한다고 했다. 다른 곳이었다면 그 말에 충분히 공감했을 터인데, 나도 나 자신을 알 수가 없었다. 교토에 온 뒤로는 무엇이 그 것을 가로막고 있는 것인지. 아마도 그래서 아직도 나는 지용이

심한 구토증 끝에 마침내 읊었던 "나의 청춘은 나의 조국"이며 "부질없이 오랑주 껍질 씹는 시름"이라는 시구를 제대로 헤아리지 못하고 있는지도 모른다는 생각이 들었다. 나는 언제나 이곳에 와서 사물을 들려오고 풍겨오는 그대로 보고 받아들일 수 있을까. 저녁 무렵 어디선가 은은하게 울려오는 종소리에 굳이 애쓰지 않아도 내 마음이 함초롬히 젖어들 듯이. 그러고 보니 "종소리가 울려온다"는 얘기는 어디선가 들은 것도 같다. 며칠 전 걸었던 '철학자의 길'로 유명한 니시다 교수의 말이었나. 가물가물했다. 아무튼 중요한 건 '내가 종소리를 듣는다'도, '나에 의해 종소리가 들린다'도 아니고 그저 "종소리가 울려온다"고 하던.

돌아 나오는데 여기저기 '마이코 체험. 기모노 렌탈'이라는 한국어 표지가 보여 가까이 가보니 기모노 대여점이었다. 순간 뭔가가 가슴에 걸리면서 나 자신에게 묻고 있었다. 너는 왜 아직도 그냥 지나치지 못하는가. 그저 이국적인 정취를 느껴보려는 철없는 소녀들의 호기심을. 큰 거리로 나오자 Q가 나를 찾느라 허둥대는 모습이 보였다. 짠, 하고 손을 올리며 그의 앞으로 가서 섰다. 약이 오른 그가 씩씩거리며 주먹을 내지르는 것을 내가 냉큼 잡아챘다.

"미안해. 저 안쪽 옛집들에 홀렸었나 봐. 주렴이랑 꽃나무로 살짝 가려놓으니까 제법 분위기 나던데."

"얼씨구. 행여나 니가 홀렸겠다. 약속 시간이 다 됐단 말이야."

휴대폰을 꺼내 들고 조용한 골목으로 들어갔던 그가 잠시 후에 머리를 긁적이며 나왔다.

"젠장 헛짓했네."

"왜, 이제 와 안 되겠대?"

"아니, 내가 어느 찻집으로 갈까, 하고 일본어로 물었어. 그랬더니 둘이 소곤대면서 의논하는 소리가 들리잖아. 우리말로."

"에게게. 어쩐지. 마이코 체험하는 우리 애들이었구나. 잘했다. 혼자 똑똑한 척하더니만."

"그래도 뭐 기분은 좋다. 내 이론이 맞아떨어져서."

"이론이라니?"

"'어떤 아방가르드 예술가보다도 민중이 가장 먼저 새 시대를 몸짓으로 말한다.'"

"객쩍은 소리 작작하고 마루젠으로나 안내해."

하나미꼬지를 나와 가로등이 마치 석탄일의 연등처럼 촘촘히 달려 있는 시조 가와라마치로 들어섰다. 고적한 천 년의 고도가 다시 21세기 현란하고 번잡스런 도시로 바뀌었다. 이런 급격한 변화에 나는 다시 속이 메슥거렸다.

마루젠(丸善) 서점은 백화점과 호화로운 브랜드 매장들이 들어선 쇼핑몰 BAL 지하에 있었다. 후쿠자와 유키치가 19세기 중엽 제자에게 권유해 세우게 했다는 서양문물의 도입 창구였던 곳. Q가 정색을 하고 물었다.

"여길 꼭 들르자고 한 이유가 뭐야?"

"아, 일제 때 지금의 충무로인 진고개에도 경성 마루젠이 있었어. 거기 동주가 대학 시절 자주 들렀었대. 또 영문학 전공이었던 지용은 지금은 없어졌지만 도시샤대와 가까운 교토대 지점을 자주 찾았을 것 같아서. 시내에 나오면 물론 여길 들렀을 테구."

하지만 나는 정작 가장 중요한 이유는 말하지 않았다. 그건 어디까지나 비밀로 지키고 싶었다. 도쿄와 오사카 등지에도 있지만 가장 유명한 곳은 역시 교토의 마루젠이었다. 순전히 카지이의 소설 「레몬」 덕분이었다. 물론 그때는 마루젠이 당시의 중심가인 산조도리에 있었다. 주인공이 "돈은 없어도 자신을 위해 약간의 사치가 필요하다"면서 명품 문구류와 고급 브랜드를 윈도우 쇼핑하다가 겨우 "가장 좋은 연필 한 자루" 달랑 사서 나갔던 곳. 지하에 2층으로 나뉘어 있는 마루젠은 흰색으로 maruzen이라는 글자가 찍힌 청색 휘장이 천장에서 드리워져 있어 차분하면서도 지적인 축제 분위기를 풍겼다. 이번에는 Q가 질투가 난 듯 말했다.

"젠장 저 높다란 외서 서가를 좀 봐. 진짜 어마어마하군. 이 엄청난 외서를 소화할 독자군이라니."

우리는 먼저 소설 속 화자가 레몬을 올려놓는 상상을 하던 미술책 코너를 찾았다. 90여 년 전 그곳에 서 있었을 주인공의 모습을 떠올렸다. 불안과 초조, 병마에 시달리는 창백한 얼굴, 청과물 상점에서 산 레몬을 소매 속에 숨겨 와서는 화집을 성처럼 쌓아놓고 그 위에 레몬을 올리던 가늘고 기다란 손가락, 쿵쿵 뛰는 심장 소리로 해서 파르르 떨려오던 입술. 그와 나, 그리고 지용 우리 세 사람은 모두 이 도시에서 비슷한 어지럼증을 앓으며 거리를 헤맨다는 공통점이 있었다. "늬긋늬긋 흔들 흔들리면서."

나는 영문학 코너에서 지용이 논문을 썼다는 윌리엄 블레이크의 시집 『순수의 전조』를 찾아냈다. "우리가 보는 외부 세계는 우리 내면의 투영", "지각의 문이 깨끗이 닦이면 만물의 진실이 무한히 보이리니"라고 썼던 시인. 그도 지용이 접했을 선불교를 알고 있었을까. Q는 프랑스 학자가 쓴 『에도시대의 성 문화』를 골랐다.

"공부를 접겠다더니 또 무슨 미련이 남은 거야?"

내 질문에 Q는 말없이 씩 웃기만 했다. 셈을 치르고 마루젠 카페로 갔다. 31세에 요절한 작가 덕분에 생겨나게 된 새로운 메뉴를 맛보아야만 했다. Q는 저녁부터 먹자고 했지만 내가 우겼다.

"안 돼. 긴 산책 끝에 허기진 몸으로 먹어야 제맛을 알지."

도톰하게 깔린 생크림 위에 반으로 자른 레몬 두 쪽이 겹쳐진 모양의 케이크가 나왔다. 꼭지에는 초록색 이파리가 서너 장 달리고. 그 앙증맞은 모양을 허물기가 아까워 몇 번을 망설이다 살살 포크로 잘라 입에 넣었다. 혀 위에서 사르르 녹으면서 향긋한 레몬 향과 함께 새콤달콤한 맛이 느껴지는데 왠지 끝 맛이 씁쓸해왔다. 그 씁쓸함은 어디서 오는 것인지, 케이크를 혀로 굴리면서 생각했다. 마지막 한 조각을 남겨두고 있을 때까지도 그 씁쓸함은 내내 입안에서 떠나지 않았다. 주인공이 레몬 모양의 폭탄으로 정말 날려버리고 싶었던 것은 무엇이었을까. 그러다 문득 뭔가가 머리를 스쳤다. 백화점이나 서점 같은 것은 아니었을지도 모른다는. 그런 시설들이 무슨 잘못이 있으랴. 마지막 조각을 입에 넣으면서 가슴 쪽을 내려다보게 되었다. 혹시 크림을 흘리진 않았을까, 하고. 그때 명치끝이 보였다. 소화가 안 될 때 뭔가가 꽉 막혀서 내려가지 않고 걸려 있는 곳. 홀연 그곳이 카지이의 레몬이 놓일 마땅한 자리가 아닐까 싶었다. 사물에서 풍겨오는 소리와 냄새를 있는 그대로 받아들이지 못하는 내 마음의 어떤 자리. 레몬 폭탄을 놓기에 그보다 더 적절한 자리는 없을 터였다.

그것이 놓일 걸맞은 자리를 찾게 되자 갑자기 포슬포슬한 케이크의 고운 입자들이 힘을 합쳐 레몬 하나를 만들어 공중에 밀어 올리는 듯했다. 하나가 붕 떠서 내 가슴에 와서 걸렸다. 잠시 후 Q의 가슴에도. 케이크에서부터 계속 생겨나는 노란 레몬 폭탄은 주인을 찾아 헤매고 있었다. 우리에게 임자를 찾아내라는 듯이. 카지이 이후로 마루젠 서가에 줄기차게 놓이곤 했던 것처럼 이제는 가슴에 레몬 달기가 새로운 유행이 되려나 보았다. 그의 표현대로 "레몬옐로우의 물감을 튜브에서 짜내어 응고시킨 것 같은 그 단순하고 깔끔한 색깔도, 그 속이 꽉 찬 방추형의 모양도", "모든 선(善)한 것과 모든 아름다운 것을 중량으로 환산한 그 무게"가 아직 내 손에 들어온 게 아닌데도 벌써 손바닥에 그 기분 좋은 서늘함이 느껴졌다. 우리들 가슴속의 보이지 않는 무엇인가가 레몬 폭탄에 "콩가루처럼" 산산이 부서져 날아가는 형상을 그려보자 전율과 함께 비밀스런 흥취가 솟았다. 멀미도 잊어버릴 만큼. Q와 나는 사람들의 가슴 가슴마다 레몬 폭탄을 심는 테러리스트가 되는 것이다. 우리는 마루젠을 나와 둥둥 떠다니는 레몬과 함께 넘실거리는 거리의 불빛 속으로 스며들었다.

신천을 허리에 꿰차는 법

—소설가 구보 씨의 일일

청계천 이야기를 쓴다면서 나는 왜 멀리 떨어진 대구 신천에 내려와 있는 것인지 그 야릇한 심사를 나 자신도 알 수가 없어 황망해하다가 뭐 한참 걷다 보면 지푸라기라도 하나 건질 수 있겠지 하고는 떠난 지 50여 년 만에 처음 옛날 살던 동네에 발을 디뎠으니 우선 인증 샷이라도 한 컷 찍어볼까 하고 선글라스를 끼고는 배달 업무에 지친 자전거와 오토바이가 즐비하게 늘어서 있고 채소 가게의 싱싱한 배추가 풍만한 궁둥이를 살짝 드러내며 한껏 관능미를 자랑하고 있는 칠성시장 입구에 서서 포즈를 취해보는데 이리 서보아도 저리 서보아도 좀체 각이 나오지 않아 곰곰이 생각해보니 원래가 가난한 피난민 출신이라 나 자신이 애당초 멋이라고는 약에 쓰려도 찾기 힘든 존재임을 새삼 깨닫고 팔자에 없는 나르시시스트 노릇은 그만두고 얼른 발걸음이나 옮기자 하고 있는데 그 옛날 내가 살던 판잣집 동네가 위쪽이 있는지 아래쪽이었는지 헷갈려 잠시 돌이켜보니 정말 오랫동안 내가 이곳을 기피해왔구나 하는 자각이 들면서 이곳의 꼭꼭 다져진 흙과 이제 막 물들어가는 나뭇잎과 처르르 철철 흐르는 냇물과 발을 디디면 바드득거리던 동글납작한 자갈들 모두에게 두루두루 미안해지는데 그때 언뜻 옳아 해마다 홍수가 지면 초가 지붕이며 살아 있는 돼지가 둥둥 떠내려와 저 산격동 아래 금호강 쪽으로 흘러가는 것을 이쯤에서 지켜보곤 했었지 하는 생각이 머리를 스쳐 다리 밑에서 방향을 왼쪽으로 틀어 한참을 걷다가 주위를 둘러보니 모두가 쌍쌍이어서 혼자 멋쩍다는 생각을 하고 있던 차에 홀연 왼쪽 어깨에 뭔가가 나비처럼 살포시 내려앉는 느낌과 함께 옆에 누군가가 와서 슬며시 나와 보조를 맞추고 있어 돌아보니 오갑빠 머리에 대모테 안경을 쓰고 기품 있는 양복 차림에 단장을 든 신사라 이런 멋쟁이와 동행을 한다는 생각은 꿈에도 해본 적이 없던 터여서 혹시 이것이 늘그막에 아리따운 인연의 시작은 아닐까 속으로 은밀한 욕망을 품어보다가 별안간 아 오갑빠 머리 하고 무릎을 탁 치며 간절하면 이루어진다더니 내가 읽은 구보라는 제목의 글을 청탁받고서 그러잖아도 요즘 구보에게 빠져 있는데 신천에서 그를 만나다니 이런 횡재라는 생각을 하는 순간 여고 1학년 때 어느 날 친구네 집 대청마루에 놓인 신문에서 소설 천변풍경의 일부를 읽었던 기억이 떠올라 나는 그에게 정중히 목례를 하고는

　열다섯 살 때 처음 당신 소설을 접했는데 오늘 이렇게 만나게

되다니 무슨 조화인지요 소설 속 청계천 빨래터 풍경이 내가 살고 있는 신천의 것과 비슷하면서도 뭔가 더 밝고 명랑한 분위기에다 자글자글한 재미가 느껴지면서 춘향전이나 이광수의 무정과는 달리 뭐랄까 마치 퍼덕이는 물고기를 만지는 듯했는데

라고 인사를 건네자 구보가 자기 소설 속 표현대로 눈을 화등 잔만 하게 뜨고 장승처럼 우뚝 멈춰 서서 나를 아래위로 훑어보며

거 꽤 어린 나이에 내 소설을 읽으셨구먼

하고 말하기에 나는 어깨를 으쓱거리면서

실은 나도 중3 때 천변을 배경으로 하는 수필을 써서 교지에 발표한 적이 있어요 제목이 여름 달밤이었는데 째지게 가난하고 밤낮 싸움질만 하던 판잣집 사람들이 어느 날 갑자기 천변에 모여 전을 부치고 감자를 삶아 잔치를 벌이고 있어 내려가 보았더니 약혼반지 어쩌고 하는 소리가 들려 누군가 곧 결혼을 한다는 사실을 알게 되고 모처럼 푸근한 정경을 보면서 난생처음 내 가슴도 달처럼 두둥실 부풀어 오른다는 내용이었어요

그러자 내 말을 들은 구보가 어허 하고는 멈춰 서서

우리 둘 다 허리에 천변을 꿰차고 살아온 인생이었구려

라고 말하는데 허리에 꿰찬다는 말에 나는 찔끔해서

하지만 나는 허리에 꿰찬다는 생각은커녕 내 인생에 신천이란 아예 없는 것처럼 부인하며 살아온걸요 신천을 내팽개치고 마구 짓밟으면서

그랬더니 구보가 어쩐지 오늘 누군가가 여기서 자꾸만 나를

부르는 듯해서 대동강에서 훌쩍 이곳으로 날아왔더니 바로 이 소리를 들으려고 온 모양이군 하고는 물가의 코스모스 꽃밭을 눈으로 쓰윽 훑고 나서

이 고운 꽃이 네 마음의 깊은 상처 알기만 한다면
그 마음 달래주려 너와 함께 울어주련만

하고 읊어 음 누구 시였더라 하고 기억을 더듬자 구보가 하이네 하고 일러줘 서구 문학에 관심이 많으셨군요 하면서 실은 내가 당신이 즐겨 읽었다는 캐서린 맨스필드로 졸업논문을 썼는데 라고 말하자 구보가 악수를 청하며
　그렇다면 우리는 예부터 이미 친구였구려
　하고 반가워하면서 아무튼 난 고리키 같은 운동권도 크로포트킨 같은 아나키스트도 못 되고 바이런 같은 바람둥이는 더더욱 아니니 혹시라도 이 몸이 도움이 된다면 불러줘요 언제 어디든 나타나 즐겁게 해줄 테니
　하고 짐짓 흑기사나 되는 척 젠체하더니 주위를 쓱 한 번 둘러보고 나서
　아니 이거 청계천보다 훨씬 넓고 큰 하천인데 그래 보아하니 그 여릿한 허리에 꿰차기에는 좀 벅차겠소
　하며 힐끗 내 허리께를 훔쳐보고는 다시 말을 이어
　야 백로에 기러기에 원앙도 보이고 저기 표지판에 수달도 산

다고 쓰여 있구먼 양쪽으로는 대로가 나서 차들이 쌩쌩 달리고 둔치엔 수변공원에 체육시설에 주차장이 들어서고 바닥엔 온통 시멘트를 처발라놓았는데 아마도 이 밑에는 옛 판자촌 사람들의 굽이굽이 굴곡진 삶이 마치 시루떡처럼 켜켜이 쌓여 있겠구먼

라고 말하기에 나는 그 시루떡이라는 표현이 귀에 쏙 들어와

그 시루떡 중에 어느 부분이 제일 달콤 쌉쌀하면서 눈물 나도록 맛있게요

했더니 구보가 글쎄 음 음 하고 머뭇거려

내가 정답 그건 바로 빨래터 하고 소리치고는 맹랑한 소녀처럼 눈알을 굴리며

당신만 빨래터를 본 줄 아세요 나도 어릴 적에 눈이 짓무르도록 본 걸요 당신에게는 천변이 관찰의 대상이었겠지만 나는 이곳에서 먹고 자고 싸고 울고 웃고 하면서 잔뼈가 굵어 평생 잊을 수 없는 곳인 동시에 결코 다시는 찾고 싶지 않은 동네가 되었어요

하고는 새침하게 눈을 내리깔고 가만히 있었더니 구보가 어디 그 시절 풍경을 한번 들려줘보오 하고 청해 나는 멀리서 왔으니 그 정성에 마지못해 일러준다는 듯 살짝 눈짓을 준 뒤에 손으로 냇가를 가리키면서

그때 아낙네들은 저기 냇가에 나란히 앉아 빨래를 하고 드럼통만 한 큰솥에다 여러 가구의 빨래를 모아 한꺼번에 삶아내곤 했는데 오후가 되어 줄에 널린 빨래들이 눈부신 햇볕 아래 새하얗게 바래져갈 때면 세상이 다시 평화를 찾은 듯했고 전쟁에 찌

든 마음까지 말끔히 씻기는 것만 같았지요 그때 빨래터는 내게 정원이고 빨래는 곧 정원의 꽃이었어요 그 이미지는 평생을 따라다녀 지금도 나는 빨래하기를 즐기죠

내 대답에 구보가 몹시 안쓰러운 눈길로 나를 바라보는 것 같아

아마도 네 살배기가 포탄이 쏟아지는 눈밭에 엎드렸다 일어났다 하면서 피난을 나오고 가까스로 살아남아 이 천변에 스며들었지만 그 뒤로도 갖은 위험에 노출되었기 때문일 거예요

그러고는 조금 으스스한 분위기를 연출하면서

옛날 여기에 야바위꾼에 장기 엿치기 화투 놀이 같은 걸로 피난민들을 갈취해먹던 사기꾼들이 득시글거려 어머니도 두 번이나 한 달 치 삯바느질 품값을 털린 적이 있었어요

하고는 힐끗 돌아보았더니 신천 얘기에 구보가 꽤나 솔깃해하는 것 같아 나는 더욱 의욕이 솟아나

이따금씩 코끼리 원숭이 곰 등등 온갖 동물이 등장하는 동춘 서커스단에다 만담가 장소팔 고춘자가 나오는 악극단 공연도 열렸는데 어찌나 재미있던지 끝나고도 집에 돌아가지 않고 천막 속에 숨어 있기도 했어요 때로는 손발이 문드러져가는 문둥이와 금달래라는 미친 여자가 다 찢어진 옷을 걸치고 머리를 산발한 채 나타나기도 하고 또 대통령 선거 때면 저 위쪽 천변에서는 수십만 명이 모인 자리에서 후보들이 서로 더 잘살게 해주겠다고 목청을 높였는데 그게 모두 헛공약이 되고 말았지만 그래도 덕분에 신천 풍경은 무척이나 다양하고 또 풍성했었는데

짐짓 자랑스레 떠벌리다 보니 저절로 기억의 실타래가 솔솔 풀려나오기 시작해

그때 우리가 살던 집은 천변으로 나 있는 시커멓게 삭고 삐걱대는 나무 대문을 열고 들어서면 펌프가 있는 마당을 가운데 두고 빙 둘러가면서 연달아 방들이 다닥다닥 붙어 나 있는 ㄷ자 모양이었고 모두 여덟 가구가 각각 방 하나씩 얻어 살고 있었는데 매일같이 부부간에 형제간에 부모 자식 간에 줄기차게 싸워댔고 때로는 누군가가 경찰에 잡혀가기도 해서 나중에 알고 보면 절도 사기 폭행 사건의

내 말이 채 끝나기도 전에 구보가 끼어들어

내가 그 시대에 태어났더라면 좀더 긴장감이 돌고 스릴 넘치는 천변풍경을 썼을지도 모르겠구려

라고 말하는데 나는 그 말이 너무나 목가적으로 들려

난 그 시절이 너무 아파 그때 이야기를 소설로 쓴다는 것은 엄두도 못 낼 일이지만 만약에 쓰게 된다면 아마도 필름 누아르가 되지 않을까

내 말에 구보가 고개를 끄덕이기에 나는 대학 시절 영소설 시간에 율리시스를 공부할 때 얘기를 꺼내

교수가 당신 이름을 대면서 조이스와 비슷한 기법을 시도한 작가라고 소개했는데 아무튼 그 작가와 함께 언급된 것은 퍽 명예로운 일이죠

했더니 구보가 발끈해서

그게 어째서 이 조선의 구보에게 명예가 된단 말이오 대체 그 작자가 언제 태어났기에 그런 소릴

나는 결코 물러서지 않고

당신보다 훨씬 먼저 태어났어요 당신도 소설에서 그 이름을 들먹였잖아요

하고 반격을 가하자 구보가 그제야 머쓱해하면서 잠잠해져서 내가 다시

대학에 와서 당신 소설을 다시 읽고 나서는 나는 작가 되기 글 렀다 싶어 소설 쓰기를 포기했었죠 유머와 언어 구사력에다 풍 부한 어휘력에 놀라서요

그러자 구보가 조금 겸연쩍은 표정을 지어

그건 핑계구 실은 굶어 죽을까 봐 그런 거니까 나는 비겁자였 다며 그러다 다저녁때 그것도 몇 번의 실패 끝에 겨우 늦깎이로 등단을 했고 그때 당신 소설을 다시 읽었는데 역시 글맛이 새콤 달콤 쫄깃쫄깃하더라고 하면서

그런데 참 당신도 젊었을 때 번역을 꽤 많이 했더군요 헤밍웨 이의 킬러라는 단편을 도살자로 번역한 거 우리도 읽었어요 나 도 어쩌다 대학 때 사로얀의 단편을 옮긴 이력으로 그만 평생 번 역으로 먹고살았지만

하고는 그의 반응을 살폈더니 구보가 그 말에 반색을 하며

이래저래 우린 공통점이 많구려 그나저나 현대 작가께서는 천 변풍경을 어떻게 보았을까

하고 물어 나는 말이 되는지 어떤지 모르면서 그저 생각나는 대로

흔히들 그 작품이 주인공 없는 소설이라고 하는데 그게 아니더라고 운을 뗀 뒤에 나는 읽고 나니 이쁜이와 금순이 하나꼬 기미꼬와 같은 젊은이들과 재봉이 창수 점룡이 같은 소년들이 주인공으로 또렷이 가슴에 새겨져서 식민지 작가에게서 젊은이들에게 미래를 걸어보고자 하는 의식을 읽을 수 있더라고 하자

구보가 대모테 안경 너머로 눈을 끔벅이며

그 작품에 그렇게 깊은 뜻이

라며 마치 농담처럼 말해 내가 당신 영업 비밀 한번 폭로해볼까요 하면서

말하자면 빨래터 아낙들의 비웃의 값 이야기에서는 어떤 섬세한 생활 감각을 또 빨래터에 처음 나온 시골 여인에 대한 아낙들의 관대한 태도에서는 삶에 대한 균형 감각을 그리고 점룡 어멈이 하는 돈이란 꼭 곧은 일을 해서 벌어야만 몸에 붙는 법입니다 라는 말에서는 그 시대 천변 사람들의 가치관을 마지막으로 점룡이가 이쁜이의 오입쟁이 남편 강가 놈을 두들겨 패면서 외치는 이놈아 이 여자 저 여자 니 맘대루 농락을 해두 죄가 안 될 줄 아니 하는 말에서는 소년의 정의감과 평등 의식을 읽을 수 있었고 반면에 재산이든 첩이든 좀더 많이 가진 사람들은 그 가진 것으로 해서 우울과 고민에 빠지고 끝내는 조롱거리가 된다는 걸 알 수 있었어요 민 주사는 첩인 안성댁의 바람 때문에 골치를 썩

고 거들먹거리던 포목점 주인은 쓰고 가던 모자가 바람에 날아가 개천 물에 빠지는 통에 그만 웃음거리가 되고요

내 말을 듣고 난 구보가 뭔가 좀 아쉬운 듯

내가 좀 약했나 사건을 좀더 크게 그릴걸 그랬나

하고 고개를 갸우뚱거리는데 그때 평소 품었던 생각이 그만 내 입에서 튀어나와

작가란 자기 신분을 벗어나기가 좀 힘들지요 그게 당신다운 거예요

그 말에 구보가 눈을 부라리며 험악한 얼굴이 되어

방금 뭐라고 했소 뭐 자기 신분을 벗어나기 힘들다고

하고 큰소리를 내고는 쌩 하고 물가 쪽으로 가버려 나는 아차 싶어 따라가서 물소리를 들으며 구보가 진정되기를 기다렸다가 물처럼 순하고 살가운 목소리로

당신은 경성에서 번듯한 양반집에서 태어나 유학까지 다녀온 중산층이잖아요 그런 양반이 저 밑바닥까지 내려가 동자아치 부엌녀 행랑어멈 첩의 아들 머슴 소작인들과 눈을 맞추고는 그들의 살갗을 때리는 비바람과 우박을 직접 맞은 듯 또 그들의 짚신짝 밑 얼음장에서 올라오는 쩽한 냉기까지 몸소 느낀 듯 글로 옮겼으니 더 대단한 거지요 그걸 보면 겉으로는 모범적인 가장이지만 속에서는 예술적 충동이 끓어오르는 천생 작가였던 것 같아요

하고 읊어댔더니 그제야 구보 얼굴이 조금은 펴진 듯해서 나

는 좀더 용기를 내어

자화상이라는 초상화에서도 확인되잖아요 이상이 더벅머리에
안경을 쓴 갸름한 얼굴을 그려놓고는 그 옆에 친필로 사인했듯
이요 이렇게 아 이거야말로 꼬리표가 달린 요시찰 원숭이 때때
로 인생의 울타리를 탈출하기 때문에 원장님께서 걱정한단다

그러자 구보가 아 그런 게 있었소 하고 물어

처음엔 이상의 자화상으로 알려진 것을 권영민 교수가 밝혀냈
지요 원숭이의 원(猿)자가 당신 이름의 원(遠)자와 발음이 같고
초상화의 주인공이 동그란 안경을 끼고 있는데 이상 자신은 한
번도 안경을 쓴 적이 없고 게다가 이미 일상의 경계를 벗어난 인
물로 자타가 공인한 바 있으니 때때로 울타리를 탈출한다는 말
은 구보에게 더 알맞은 말이라고요 그런 모범생 속에 예술적 충
동이 내재돼 있어 생의 마지막까지 작품을 썼겠지요 모범생은
숙제를 꼭 해가는 법이니까

그러고는 배시시 웃자 붉으락푸르락하던 얼굴이 다시 제 색깔
로 돌아와 이때다 싶어

참 궁금한 게 있는데 왜 이상이 세상을 떴을 때 당신이 쓴 애
사 있잖아요 난 그걸 읽을 때마다 가슴이 아려오곤 해요 특히 이
구절 어느 술자리에선가 당신이 내게 일러주던 그 말 그 생각이
장하고 커서 내 당신의 가는 팔을 잡고 마른 등을 치며 한 가지
감격에 잠겼던 것이 어제 같거든 하는 대목이요 그런데 그 장한
생각이라는 게 뭘까요 그때 조선중앙일보 학예부장이던 이태준

의 부탁을 받고 오감도 연재 중단 통고를 하러 구보가 갔었다면서요

내 질문에 구보는 작정한 듯

상이는 정말 앞서가는 예술가였소

하고는 안경을 벗어 손수건으로 닦아 다시 쓰고 나서

우리가 너무 뒤졌다고 통탄하면서 보들레르의 악의 꽃에 비견되는 아방가르드 시를 쓴 건데 정신이상자의 잠꼬대라는 혹평을 들었으니 오죽하면 상이가 그랬을까 용대가리를 꺼내놓고 하도들 야단해 배암꼬랑지커녕 쥐꼬랑지도 못 달고 그만두게 되었다고

그 말을 하면서 몹시도 애석해하는 것 같아 내가 그 통고를 본인에게 할 때 친구로서 기분이 어땠어요 했더니 구보가 말도 말라는 듯 오른손을 흔들며 말하길

나는 처음 그 시를 읽는 순간 온몸에 찬물을 뒤집어쓴 듯 전율이 느껴지고 조용한 아침의 나라의 창공을 가르는 비명 소리 곧 뭉크의 절규로 들렸는데

그러고는 한숨을 푹 내쉬기에 내가

왜 좀 나서서 문인들 사이에서 항의 서명운동이라도 한번 펴보지 그랬어요

하며 슬며시 속내를 떠봤더니 구보가 버럭 화를 내며

그래그래 그게 내 한계다 한계

하고 소리를 질러 나는 아차 싶어 미안해요라고 말했다가 다시

아니지 그 한계를 뛰어넘었으니 어려운 사람들 애기를 그토록 여실하게 쓴 거라고 이미 다 말했잖아요 또 증거를 대볼까요 바싹 야윈 금녀의 두 어깨며 미어져 살이 드러난 무명 홑적삼에 다 떨어진 몽당치마

하고 증거를 들이대자 구보가

천변풍경 애기나 계속합시다라고 말해

나는 작가가 아끼는 주인공에게 특별히 자아 성찰의 기회를 주고 있는 게 돋보이던데요

하고 엄지를 치켜세운 다음

왜 그 영리한 카페 여급 하나꼬 말예요 손님인 사이상의 끈질긴 청혼을 받고 마침내 본처를 밀어내고 양반집 안방주인이 되는 데는 성공하죠 하지만 전처 자식들과 시어머니의 괴롭힘으로 결혼생활이 파탄이 날 지경이 되자 그제야 자신의 행동을 돌아보게 되잖아요 한약국집 며느리처럼 평범하고 행복한 이들에게는 그런 기회를 주지 않았음에 주목해야 해요 그 대목을 읽으면서 떠오른 작품이 있었는데 인간의 굳어 있던 내면을 일깨워 잊었던 감성을 되찾게 하는 조이스의 망자(*The Dead*)라는 소설이요

그 말에 공감한다는 듯 구보가

허긴 수난을 통한 구원으로 볼 수도 있겠군 또 기억에 남은 다른 인물은 없던가요

하기에 나는 카페 여급 기미꼬와 하나꼬가 혹독한 시집살이에서 탈출한 금순이를 맞아들여 함께 살며 어려운 시기를 이겨내

는데 그 자매애가 감명 깊었다고 하면서 우리 어머니가 야바위꾼들에게 털리고 온 날도 내가 학교에서 돌아와 보니 같은 판잣집에 사는 아낙네들이 비좁은 방에 빼곡히 겹쳐 앉아 몸져누운 어머니를 위로해주고 있었고 또 쌀을 한줌씩 모아준 덕분에 우리 식구는 며칠간 굶주림을 면할 수 있었다고 하자 구보가

그래요 혈족이 아니면서도 서로 위로하고 돌봐주는 기미꼬와 하나꼬 같은 이들이야말로 진정한 박애주의자의 표상이 아니겠소 도스토예프스키의 말대로 천당과 지옥이 어디 따로 있는 것이겠소 우리가 서로 사랑하는 것이 천당이요 결코 사랑할 수 없음에서 비롯되는 고통이 곧 지옥이지

그러더니 천변풍경 말고 기억에 남은 다른 작품은 없느냐고 묻기에 내가 단편 하나를 한 문장으로 이끌고 나간 방란장 주인이요 하고는

처음에는 장거리 문장이 아득해 보였는데 막상 읽고 나니 독자와 작가가 한몸이 된 것처럼 느껴지고 파리 날리는 카페 주인인 한 예술가의 순수함과 고민 그리고 슬픔이 고스란히 전해지면서 또 조이스 소설이 생각났어요 구두점 하나 없이 한 문장으로 써내려간 율리시즈의 마지막 장 페넬로페 에피소드 말예요

그러자 구보가 그 작품 내게도 큰 모험이긴 했지 쓰기가 무척 힘들었소 몇 번이나 포기할까 망설였지 내 글발의 한계를 느끼면서

그러기에 내가 그래도 시도하길 잘했죠 안 그랬음 그런 소설

이 한국에는 없을 뻔했는데

라고 말했더니 구보가 그렇게 봐준다면 과찬이지 하기에 내가
난 당신 작품을 읽을 때마다 단어는 광채 나는 보석이나 뛰노는
물고기 거품이나 실 또는 금속이나 이슬방울이라고 말했던 네루
다가 떠오르곤 한다고 했더니

내가 과문한 탓인지 그 남미 시인은 이름만 알 뿐 그런 애길
했다는 건 몰랐는데 나도 아직 갈 길이 멀군

하고 겸손을 떨어 내가 아니 초장부터 말재롱으로 문단을 기
겁시키고는 왜 그러세요 하고는 이를테면 갑오농민전쟁에서 이
것이 무언고 하니 살판이란 것이렷다 잘하면 살판이요 잘못하면
죽을판이렷다 그리고 목첨지는 눈이 올롱하고 콧대가 우뚝 선
게 벌써 고집 있게 생겼는데 귀가 절벽이라 흔히 먹첨지로 불렸
는데라는 문장들 또 쫓기는 정수동 영감이 담벼락에 몸을 걸치
고 바짝 엎드려 있으면서 이게 뭐요 하고 묻는 순라군에게 빨래
요 하고 답하고는 빨래가 말을 다 해라고 순라군이 다시 묻자 영
감이 급해서 통째로 빨아 널었소 하고 대답하는데 내가 웃음이
빵 터지더군요 그런가 하면 질투가 날 만큼 절제된 문장도 있었
어요 천득이가 매일 밤 외출을 하는 아내 금녀를 의심해 뒤를 밟
다가 아내가 산신령에게 엎드려 끼니도 때우기 힘든 살림에 또
아이가 들어섰으니 어쩌면 좋으냐고 울며 기도하는 모습을 보고
는 눈에 이슬이 맺히는데 그걸 이렇게 표현했잖아요 그 모양을
내려다보는 천득이의 눈에도 달빛에 빛나는 것이 있었다

내 말에 구보가 머쓱해하면서 그만 다른 작품으로 넘어가자고 채근해 나는 언뜻 집주릅 영감인 순이 아버지가 떠올라 단편 골목안 하고 외치고는

남에게 내놓고 자랑할 만한 자식이 하나도 없는 영감이 막내의 학교에 가서 양조장 뒷집 노인의 이야기를 마치 자기 이야기인 양 떠벌리는 게 짠하더라구요 가상의 잘난 아들들을 머릿속에서 지어내는 것이 20여 년 뒤에 나온 에드워드 올비의 누가 버지니아 울프를 두려워하랴라는 희곡을 연상시켰어요

라고 말하자 구보가 어떤 내용이냐고 물어

주인공인 교수 부부가 자식이 없자 가상으로 아들을 지어내 남들 앞에서 온갖 기념행사를 치르며 거짓 삶을 이어가는데 현실에서 채울 수 없는 욕망을 환상 속에서 충족시키는 것은 현대에 와서 생긴 일종의 신경증이 아니겠어요 일찍이 이런 인간의 징후를 잡아낸 작가가 보다 자유로운 곳에서 활동했더라면 또 어떤 명작을 썼을지

하고 조용히 애석한 마음을 표했더니 구보가 별안간 정색을 하고는 이거 너무 내 얘기만 한 것 같구먼 듣자니 내가 살던 성북동 집을 소재로 소설을 썼다고 하던데 대체 어떻게 된 일이오 하고 마치 따지는 듯한 말투로 물어 나는 조금은 비아냥대는 투로

그래 왕초보가 대작가의 옛집 이야기를 감히 건드려 송구스럽군요 하지만 하루아침에 정든 집에서 쫓겨난 구보 자녀들의 그 참담한 심정은 비슷한 처지에서 똑같이 허무하게 집을 빼앗겨본

사람이 아니면 결코 모르는 법

하고는 목소리를 높여

내가 왜 신문로에서 혜화동 거쳐 성북동까지 자주 거니는지 알아요 태어나 전쟁으로 피난을 떠나기 전 네 살 때까지 살았던 2층 벽돌집이 아버지 병원이랑 같이 바로 경희궁 옆 신문로에 있었는데 전쟁이 끝난 뒤에도 어머니는 그 집에 얼씬도 하지 못하고 있다가 그만

내가 말을 끝내지 못하자 구보가 남에게 빼앗겼군요 저런 어째서 하기에

또다시 경찰에 불려가 아버지 행방을 대라는 닦달을 당할까 두려워서요

라고 말하며 눈을 내리깔았더니 구보가 그럼 아버님께서는 하고 그 이력을 궁금해하는 듯해 내가 고개를 들어 먼 데 산을 바라보며

당신과 비슷한 시기에 가난한 시골에서 태어나 독학으로 의사 고시에 패스한 분이었어요 내가 서울로 올라오게 되자 어머니는 나를 불러 앉히고는 아버지가 자주 다니던 길을 알려주셨죠 신문로에서부터 당신이 인턴을 했던 수도여의전이 있는 혜화동과 친구들이 많이 살던 성북동까지요 그러면서 니 아비는 무슨 책인지 늘 옆구리에 끼고 살면서 이젠 머슴들에게도 존댓말을 쓰라고 당부하고 일본에서 장갑 짜는 기계를 들여와 고향 사람들이 농한기에도 돈벌이를 할 수 있게 했던 양반인데 무슨 일인지

일제 때부터 순사한테 쫓기더니 전쟁 때 뼈도 한줌 추릴 수 없는 몸이 되었다며 아비처럼 되지 않으려면 책을 골라 읽으라고 침을 놓으셨죠

그 말을 들은 구보가 옷깃을 가다듬고는 정말 실천적 지식인이셨구려라고 말하는데 나는 그 말이 영 마뜩지 않아

지식인 나부랭이면 뭐해요 난 어릴 때 아버지에게서 그토록 원이었던 세라복 한 벌 얻어 입지 못해 한이 맺힌 사람인데

하며 몸을 부르르 떨자

그래 지금은 아버지를 어떻게 생각하오

라고 물어 내가 답하기를 뭐라 단정할 수는 없지만 인간의 본성을 잘 몰랐던 순진한 이상주의자가 아니었을까 그저 짐작만 할 뿐이죠

그러고는 멍하니 하늘을 바라보다가 다시 입을 열어

어쨌든 목숨 바쳐 이루고 싶은 절실한 그 무엇을 가졌다는 점에서는 어쩌면 행복한 분이었는지도

하고는 쓸쓸한 웃음을 지었더니 구보가 내 손을 덥석 잡아 자기 얼굴로 가져가 뺨에 대고 비비면서

그 집에는 내가 오남매와 함께했던 가장 단란한 시절이 담겨 있는데 그 집터엔 어쩌다 관심을

하고 묻기에 내가 언젠가 친구와 성북동 성곽 길을 걸으러 갔다가 쌈지공원에 앉은 만해 선생의 동상 표정이 왠지 찜찜해 보여 마음에 걸렸는데 어느 날 꿈에 그 시인이 나타나 부적소(不適

所) 부적소라고 말하는 거예요 그래 몇 달을 국회도서관에 붙박여 온갖 출판 관련 책이며 신문 잡지들을 들쳐보고 숱하게 발품을 판 끝에 드디어 알게 되었죠 실은 그 집이 어느 소설가의 집이었는데 그가 잠시 시찰 다녀오겠다며 북으로 떠난 사이 아내마저 인민군 군복 몇 벌 빨아준 죄로 감옥에 가면서 오남매가 더 이상 그 집에서 견딜 수 없어 풍비박산이 된 사연을요

그 말을 들은 구보의 눈가가 벌게지는 것이 보여 나는 재빨리 물가 쪽에 있는 벤치를 가리키며

우리 잠시 이상의 제비다방으로 돌아가 차 한잔하죠 그때 이태리 칸소네 부르면서 비브라토 흉내 내던 솜씨도 좀 보여주고요

그랬더니 구보가 글쎄 술 한잔 없이 노래가 나올까

하고 고개를 갸웃거려 내가 배낭을 토닥이며

여기 오면 술 없이 못 배길 것 같아 준비했죠

하고는 둘이 같이 벤치로 가서 병나발을 부는데 구보가 캬 하더니 오페라 가수처럼 어깨를 쫙 펴고 당당하게 서서 냇가의 온갖 새들과 수달 그리고 병풍처럼 둘러선 맞은편 신천동로 쪽 아파트 단지를 관객으로 삼고 엄지와 검지로 목젖 부분을 쥐고 흔들면서

잔잔한 바다 위이이에 저 배는 떠나가아아며
노래를 부르니이이 나폴리라네에에에에에에
황혼의 바다에에에느으으으은 저 달이 비치이이이이이이고

풀 위에 덮인 하얀 안개 속에 나폴리는 잠 잔다아아아아아아아
산타아아 루치이이이이이아아아아 잘 있어어어 서러워 말아다
오오오

이거 마리오 란자가 부활했나 파바로티가 돌아왔나 하고 미성
의 비브라토에 넋이 나가 있을 때 다시 내 고향으로 날 보내주우
우우 하는 소리가 들리더니 어느새 노래가 뚝 그치고 조잘대는
냇물 소리만 들려 돌아보았더니 구보가 고개를 푹 숙이고 있는
데 그 모습이 영 심상치 않아 내가 호들갑을 떨며
　아이 혼자만 부르면 재미없잖아요 이번에는 요즘 유행하는 한
류 케이팝 한 곡조 꽝
　하고 빠른 템포에 강한 비트가 작열하는 노래를 긴 다리 소녀
들의 제기차기 율동까지 흉내 내며

소원을 말해봐 니 마음속에 있는 작은 꿈을 말해봐
니 머리에 있는 이상형을 그려봐 그리고 나를 봐
난 너의 Genie야 꿈이야 Genie야
소원을 말해봐 I'm Genie for you boy
소원을 말해봐 I'm Genie for you boy

구보가 눈을 둥그렇게 뜨고 신천의 구미호에 홀린 것 같은 표
정을 짓기에 내가 너무 급격하게 문화충격을 줬나 싶어 다시 목

소리를 최대한 정숙 모드로 바꾸고는

넓고 넓은 바닷가에 오막살이 집 한 채 하고 부르기 시작하자 구보도 신이 나서 같이 따라 불러 내가 어떻게 아직 그 노래를 잊지 않았네요 하고 놀라워했더니

그걸 어찌 잊겠소 해만 지면 무서워 밤을 못 나가던 큰 녀석이 뒷간에서 볼일 보는 동안 둘째 놈이 형한테 잡혀와 그 앞에 서서 부르던 노래인데

그 말에 둘이서 배꼽을 잡고 웃다가 보니 어느새 구보의 얼굴이 또다시 일그러지고 있어 나는 어쩔 줄을 모르는데 잠시 후 구보가 좀 쑥스러웠던지 다시 담담한 얼굴이 되어

그래 내가 이태준 형하고 어울린 거야 천하가 다 아는 이야기지만 성북동 230번지라는 소설 쓰면서 내가 백양당 배정국 사장이랑 서예가 소전 손재형 또 김환기 화백하고 만난 것은 어떻게 알아냈는지

하고 궁금해서 나는 마침내 어떤 그림 이야기를 꺼내지 않을 수 없게 되어

혹시 승설암도(勝雪庵圖)라고 기억하세요 소전이 45년 청명절에 배사장 집인 승설암에 놀러와 즉석에서 갈필로 쓱쓱 그린 건데

라고 물었더니 구보가 알다마다 기와집 앞에 큰 오동나무가 한 그루 서 있고 화단에는 조촐한 꽃들이 피어 있는 그림

하고 말해 내가 맞아요 당신도 현장에 있었지요 했더니 그럼 있었고말고 하고 맞장구치더니 팔을 활짝 벌리고는

이마마한 아름드리나무들이 울창해서 경치가 빼어난데다 대지가 아마 2천 평은 넘었을걸 그 너른 터에 사랑채는 초가집으로 안채는 기와집으로 앉혀놓았는데 수천 권의 장서와 명물 괴석이 많아 문사들의 출입이 잦았었지

마치 어제 본 듯 선명하게 기억해내어 나는 몇 해 전 성북 구립미술관에서 그 그림을 봤던 때를 돌이켜보며

나는 그 앞에 서는 순간 과거로 시간 여행을 떠나 당신 옆에 서서 대화를 엿듣는 듯했어요 그 그림 덕에 그 집터에 대한 많은 수수께끼가 풀리게 되었죠

라고 말해주자 구보가 당시를 떠올리며

그때는 내가 아직 돈암동에 살며 독립운동 비사인 약산과 의열단을 쓰던 때였는데 마침 헝가리 폭약 전문가가 등장하는 스릴 넘치는 대목을 쓰던 중이어서 갈까 말까 망설이다가 아내가 코에 바람이라도 넣고 오라고 등을 떠미는 통에 가게 됐구려 그래 지금 그 집은 어찌되었는지

성북관이라는 갈빗집과 국화정원이라는 한식집이 하고 내가 말하는 순간 구보가 몹시 씁쓸한 표정을 지으며

백양당은 당시 고급 전문서적을 많이 내서 해방 정국에 찬연히 빛나던 출판사였는데 그 양반도 가족을 남에 두고 혼자 북으로 와서는 별 활동도 못하고 어떻게 지내다 갔는지 하고는 눈이 다시 우수에 젖는 듯해서 내가 밝은 목소리로

아무튼 백양당에서 나온 그 약산과 의열단이 요즘 히트 치고

있는 암살이나 밀정과 같은 영화들 찍는 데도 상당한 도움이 됐
을 거예요

하고 병을 부딪자 구보가 갑자기 벤치에서 일어나 왼손은 허
리에 얹고 오른손을 들어 권총처럼 만들고는

오성륜은 재빨리 단총을 꺼내 들고 전중이의 가슴을 향하여
조준하자 탕 탕 탕

마치 연극배우처럼 읊어서 내가 그 책 내고 좋은 일이 많았지
요 하고 물었더니 구보가 좋은 일은 무슨 하면서 능청을 떨어 내
가 왜 그 있잖아요 하고 옆구리를 찌르자 그제야

아 인세 조로 받은 성북동 230번지 그 초가집 하기에

인세로 집 한 채를 주는 일은 여태껏 한국 문학사에는 없는 일
일걸요

하고 부러운 눈빛을 보였더니 구보가 씩 웃고는 문득 무슨 생
각이 났는지

그래 아버님에 대해서는 그밖에 더는 아는 것이

하고 내 얼굴을 쳐다보아 나는 침착한 목소리로 어릴 때부터
아버지라는 말은 입 밖에 내서는 안 될 금기어였고 어머니도 더
이상 아는 게 없었다고 말하고는 고개를 들어 하늘을 보면서

아버지는 부재함으로써 도리어 처자식의 일생을 옴짝달싹하
지 못하게 지배했던 위대한 인물이었어요

내 말에 구보가 고개를 옆으로 돌리고는

그런 식의 위대함이라면 이 몸도 마찬가지가 아니겠소

하고는 눈길을 내리는 모습이 딱해 보여 그 말을 할까 말까 망설이다가 나도 몰래 그만 말이 입 밖으로 튀어나와

그 댁은 부재하는 아비가 자신들의 삶을 꽁꽁 얽어매는 현실에서 벗어나려고 맏아드님은 이민을 가고 둘째는 월남전 참전용사로 다녀왔다더군요라고 말하자 잠시 철철 흘러가는 물소리만 듣고 있던 구보가 정색을 하고는

그 댁도 가장 없이 사느라 고생이 많았구려

라고 말하는데 마치 인간의 대표에게서 난생처음 그런 위로를 받는 것 같아 나는 가슴이 먹먹해져서 여태 아무한테도 하지 않았던 이야기를 털어놓았는데

천변에 살 때 어느 날 우리 집에서 하룻밤 자고 간 친척이 나중에야 북에 올라갔다 내려온 인물로 밝혀져 어머니가 엄청난 죄목을 쓰고 몇 년이나 들어가 고생을

하고는 말을 흐리자 구보가 내 손을 덥석 붙잡고는 말없이 눈을 들어 먼 산만 바라보더니

어쩌다 어디에 홀린 자도 또 그 홀린 자가 거쳐간 자리까지도 가혹한 처벌을 받았다니 지나고 보면 그 모든 것이 꼭 모파상의 진주 목걸이 같거늘

독백하듯 말하고는 혹시 아버지가 나오는 소설을 쓴 적이 있느냐고 물어 내가 있으면 뭐해요 초보의 작품을 대가가 읽어주기나 하겠어요 하고 샐쭉하자 구보가 허허 웃으면서 내가 아까 실수를 했소 정식으로 사과할 테니 제목을 일러줘요 올라가기

전에 도서관에 들러 내 꼭 읽어보리다 하고 간청을 해서 내가 연밥 따는 시간이라는 단편이에요 했더니 구보가 눈을 크게 뜨고 아버지에 대한 정보가 전혀 없었다면서요 하고 묻기에

참 묘한 것이 그런 캄캄한 상태에서 어디선가 한 줄기 희미한 빛이 비치더군요 외가에 한학자이신 호랑이 큰외삼촌이 계셨는데 그분이 한서 속에 꼭꼭 숨겨두었던 누렇게 전 아버지의 편지 한 통을 60여 년 만에 찾아내줘서 덕분에 소설을 쓸 수 있었어요

그 말을 들은 구보가 상기된 얼굴로 그 편지를 건네받는 손이 얼마나 떨렸을까 하면서 내용을 물어봐도 되겠느냐고 물어 내가 하나도 중요한 얘긴 없고 의사로서 그저 내 외증조부의 종기 안부를 묻는 단 한 장의 편지였다고 말하자 구보가 종기요 하고 놀라면서 한 구절이라도 읊어달라고 청해 나는 기억을 헤집어 더듬더듬

面晤하려는 옛 期約도 배신자의 잠고대로 化하였으니 형은 應當 疑訝의 念을 먹음었으리라 (중략) 王尊長 腫氣로 平安치 안타 하시니 놀나우나 日刊 差度 如何 侍病에 疲勞함이나 없난지

나의 편지글 낭송에 구보가 숙연해지면서 아무튼 일기든 편지든 쓰는 일의 소중함을 새록새록 느꼈겠구료 하기에

그럼요 편지에 나온 종기라는 단어가 65년 만에 내게로 와서 소설의 모티프가 되었으니까요

라고 말하자 구보가

그런 양반이 일제 때부터 평생 경찰에 쫓겼다니

하면서 자꾸만 처연한 얼굴이 되어 내가 마치 작정하고 그를 고문하려고 신천 변에 데려온 것만 같아 재빨리 티브이 퀴즈 프로 사회자처럼 흥을 돋우어

이번에는 어디 기억력 테스트 한번 해볼까요 맏아드님이 쓴 소설가 구보 씨의 일생이라는 책에서 출제한 건데 70년 전 성북동 집에 부인과 오남매 외에 같이 살았던 다른 식구는 누구일까요

문제를 들은 구보가 얼굴이 환해지면서 강아지와 오리 한 마리라고 답해 내가 정답 하고 외치며 자 다음 문제 성북동에서 아이들과 함께 제일 맛있게 자주 해 먹었던 음식은 하고 문자 구보가 한줌의 망설임도 없이 김치찌개 하고 또 답을 맞히고는 눈을 감기에 혹시 어떤 집이었는지 기억나세요 맞히면 선물을 하나 줄 건데라고 말하자

대청 뒷문을 열면 뒷산에서 작은 폭포물이 쏟아져 내리고 집 앞으로는 개울물이 흘러가고 마당에는 내가 심은 앵두며 복숭아나무가 서 있고 꽃밭에는 한련이 소복이 피어나 씨앗이 영글면 그걸 안주 삼아 명성쇠주를 마셨는데

하고 줄줄이 그려내는데 아마도 잊지 않으려고 밤마다 그 정경을 복기하듯 하나하나 머리에 새기고 또 새겼던 것 같아 나는 가슴이 미어졌지만 한편으로는 하룻밤 폭풍우에 산산이 부서져버린 그 시절 그 아름다운 세계가 누군가의 가슴속에 터럭 하나

도 다치지 않고 이처럼 온전하게 살아남아 있다는 사실이 무척이나 다행스럽게 여겨져서 평생 처음으로 신문로의 우리 집도 그러하리라는 낙관적인 믿음이 일어나는데 구보가 선물 하고 손을 내밀어 내가 그건 이따가 눈 감고 있으면 줄 거예요 하고 능치고는

아무튼 당신은 뇌졸중으로 쓰러진 뒤에도 당뇨로 시력을 잃은 뒤에도 조금도 유머를 잃지 않고 한결같이 주위를 즐겁게 해주었다고 전해오던데 인간으로서 어떻게 그럴 수 있는지

하고 말끝을 흐렸더니 구보가 이제까지와는 사뭇 다른 차분하게 가라앉은 목소리로

뜻하지 않게 북에 묶인 몸이 되고 나자 이제 내가 평생을 두고 해야 할 일이 더욱 뚜렷해져서 오직 그걸 위해선 어떤 고초라도 이겨내리라 작정하고 애써 유쾌함을 발명해냈던 것이오

그러고는 고개를 돌려 물소리에 귀를 기울이다가 다시 입을 열어

전신불수가 되고 눈이 먼 상태에서 삐걱거리는 쇠침대에 누워 갑오농민전쟁을 구술할 때가 어쩌면 내 생에 가장 행복한 순간이었을지도

라고 말한 뒤 잠시 뜸을 들이더니 다시 말을 이어

바야흐로 그 오랜 복무가 끝이 날 조짐이 보였으니까

말을 마친 그가 눈을 아련하게 뜨고 석양을 향해 서 있는데 모진 역경 속에서 자신의 운명을 기꺼이 다 살아낸 한 늠름한 인간

이 거기 있어 나도 구보처럼 내 눅눅한 생에서라도 유쾌함을 발명해내어 가장 아팠던 이 신천을 이제 피하지 않고 허리에 꿰찰수 있을지 그렇게만 된다면 어릴 때 보았던 천변의 새하얀 빨래같은 내 생의 눈부심 한 자락을 마침내 건져낼 수 있을까 하는생각을 하며 옛 신천의 빨래터 자리로 눈길을 돌렸다.

폭죽 소리

"인생은 불꽃놀이"라고 읊은 시인이 있었다. 25층 꼭대기 카페에 앉아 저 높은 창공으로 솟구치는 불꽃을 바라보며 나는 고개를 끄덕인다. 어쩌면 그 말이 맞을지도 모른다고. 팡, 하고 터져서는 한순간 와르르 화려하게 타올랐다 힘없이 사그라지는 불꽃. 그것은 무섭게도 빨리 잊히고 또다시 다른 한 방이 쏘아 올려지고…… 아무리 수명이 길어진다 해도 무한한 우주의 시간 속에서 인간의 삶이란 불꽃을 쏘아 올리는 것과 같은 짧디짧은 한순간의 이벤트에 지나지 않는다고 해도 지나친 말이 아닐 것이다. 이 찰나만을 살고 간 잊힌 불꽃의 고독을 누가 알아주기나 할까. 하지만 아무리 찰나라 해도 그렇게 단 한 번이라도 활짝 피어올랐다 지는 인생이라면 여한이 없겠다는 생각을 하는 사람도 있을 것이다.

평생을 무명으로 지냈던 어느 화가가 예술가에게 꿈의 전당

인 뉴욕 구겐하임 미술관에서 몇 달간의 전시를 마치고 은퇴 선언을 하면서 말했다. "불꽃놀이로 피날레를 장식한 것 같았다. 하지만 금세 새카만 어둠이 찾아왔다"고. 그는 한바탕 불꽃놀이 뒤의 캄캄한 어둠을 알고 있었다. 그러나 곰곰이 따져보면 몇몇 운 좋은 사람들을 제외하고 나면 그저 지지부진, 불꽃이 이는지 꺼지는지도 모호하게, 타오를 듯 타오를 듯하다가 푸시시 푸시시 꺼지고 마는 것이 우리네 보통사람들의 인생이다. 어떻든 인생을 이렇게 불꽃놀이에 비유하면 조금은 허무한 느낌이 들기도 한다.

그런 의미에서 나는 춘절만 되면 폭죽에 목을 매는 이곳 사람들이 안쓰럽게 보이기만 했다. 그 잔해에서 나오는 미세 먼지로 공기가 오염되고 죽거나 다치는 사람들이 연달아 나와도 끄떡하지 않고 해마다 계속되는 폭죽놀이. 나는 그것을 적이 언짢은 눈길로 째려보곤 했다. 게다가 그 무시무시한 폭음은 또 어떤가. 타향에서 그러잖아도 마음 졸이고 지내는 불안한 이방인의 삶을 송두리째 뒤흔들어놓는. 그런데 언제부터인가 나는 불꽃을 보는 나의 눈이 달라지고 있음을 느낀다. 이제는 그것이 꽃잎으로 보이기 시작한 것이다. 저마다 허공에 꽃잎을 피워내려고 그토록 많은 시간과 돈과 정력을 쏟고 있는 모습이 눈물겹게 여겨지기도 한다. 심히 못마땅하던 공포의 불꽃이 어느새 아스라한 꽃잎으로 보이기까지의 과정은 아마도 내가 그를 만나 사랑하고 헤어졌다가 다시 그리워하게 되기까지의 기간과 대충 일치하는 듯하다.

이런 생각을 하고 있는 지금도 팡 파파파팡, 소리와 함께 누군가가 쏘아 올린 폭죽의 불꽃은 무수한 꽃잎을 점점이 하늘에 뿌리고는 사라진다. 우연히도 내가 지금 오리고 있는 전지(剪紙)의 문양도 꽃잎이다. A4 용지 네 배 크기쯤 되는 사각형의 붉은색 한지를 반으로 세 번 접은 다음 그 위에다 매화와 벚꽃의 가지가 마치 한 나무에서 핀 것 같은 그림을 그려놓고 그 선을 따라 오려가고 있다. 그 무늬를 오려낸 뒤 펼치면 두 개의 꽃가지가 사방으로 대칭을 이루면서 꽃송이가 한 나무에 어우러져 피어 있는 듯한 그림이 나타나게 된다. 오랜만에 만나기로 한 대학 동기에게 선물로 줄 것이다. 폭죽, 하면 생각나는 '그'가 병원에 입원했다는 소식을 뒤늦게나마 알려준 친구였다.

벌써 칠팔 년을 전지에만 매달리고 있는데도 아직 가느다란 선이나 세밀하고 복잡한 곡선을 오려낼 때면 손이 바들바들 떨려서 가위가 잘 나가지 않는다. 천 번 만 번을 잘라내도 하나의 작품은 결코 끊어져서는 안 되고 반드시 이어져 있어야만 한다. 그것이 전지의 철칙이다. 나는 물고기 등에 얹힌 '복(福)'자나 '쌍희(囍)'자 같은 기복적인 문양보다는 개방의 메시지를 담고 있는 새 둥지 모양의 올림픽경기장 나오차오(鳥巢)나 우호와 친선의 상징인 판다와 같은 모티프를 응용한 문양을 개발하고 있는 중이다.

붉은색 한지에 그려둔 꽃잎을 오려내다 말고 눈앞에 치솟는 불꽃 하나를 꽃잎, 하고 불러본다. 아시아 어느 나라에서는 언어를 '언엽(言葉)'이라고 부른다고 했다. 말의 꽃잎이라는 뜻이다. 일 년 반에 그친 나의 대학 수업에서 잊히지 않는 것 하나가 있다면 오직 그 말일 것이다. 언엽. 벌써 오랫동안 병원 신세라는 그도 "불꽃은 곧 누군가의 말을 쏘아 올리고 있다"고 언젠가 내게 말했었다. 그렇다면 불꽃은 꽃잎으로 표현된 말의 잎새라고 해도 좋을 것이다. 나는 그들이 쏘아 올리는 꽃잎의 외침을 귀담아들으려고 아직도 이곳을 떠나지 못하고 있는지도 모른다. 아니 불꽃이 꽃잎임을 알게 해준 그를 잊지 못하여. 그와 함께했던, 다시는 오지 않을 그 시간들이 너무 아파서인지도.

"노트 좀 빌려줄래? 실험이 늦게 끝나는 바람에 지난번 수업에 빠져서……"

몇 년 전, 우다커우에 있는 대학 부설 문화센터. 수요일 소설 창작반 강의가 막 끝났을 때였다. 배낭을 챙기는데 누군가가 말을 걸어왔다. 그리 크지 않은 키에 수수하게 생긴 남학생이었다. 어디선가 한번 본 듯한 낯익은 얼굴이었다. 어디서 봤더라, 하고 골똘히 기억을 더듬고 있는데 그가 "지엔지" 하고 씩 웃었다. 그제야 나는 몇 달 전, 내가 인턴으로 일하고 있는 후통 거리 전지 가게에서 본 남자임을 알아냈다. 어떤 서양 여자와 함께 와서 영어로 말을 걸어왔었다. 그는 나를 대뜸 알아본 듯 반가워하는 기색이 역력했다.

"진도는 별로 나가지 않았어. 키츠 시만 갖고서 한 시간 내내 끌었거든."

일단 한 번 만난 사람이란 생각에 나도 저절로 친근감이 느껴져 대화는 자연스럽게 이어졌다.

"뭐 특별히 강조한 시구라도……"

"글쎄, 아, 무슨 '항아리'라는 시였는데. 그 시와 대음희성(大音稀聲)이라는 도덕경의 한 구절을 적어주셨는데. 잠깐, 노트 좀 보고."

"뭐, 항아리?"

"응 아주 오래된."

나는 노트를 펼쳐 그 구절을 찾아내 그에게 내밀었다. 그는 입술을 달싹이며 나직이 중얼거리듯 읽었다. 그러더니 나를 바라보고 씽끗 웃고는 다시 눈으로 천천히 읽고 또 읽었다. 마치 눈동자에 새기려는 듯이. 나는 아직 그 구절을 외우지 못하고 있었다. "들리지 않는 멜로디" 어쩌고 하는 구절이었는데 벌써 기억이 가물가물했다. 노트를 돌려준 그가 손을 내밀더니 정식으로 자기소개를 했다.

"컴퓨터공학과 4학년 천운량이야. 부르기 쉽게 그냥 '운'이라고 불러."

이름까지 밝히며 악수를 청하는 바람에 나도 손을 내밀며 말했다.

"난 여홍유. 서울에서 왔어."

"알고 있어. 배낭이랑 차림새에 '서울', 이렇게 쓰여 있는걸."

내게서 그런 티가 나나, 하고 계면쩍은 표정으로 내 모습을 돌아보고 있을 때 그가 말을 이었다.

"참 '서울'이라는 말은 산뜻하고도 묘한 느낌을 자아내거든. 한자가 아닌 순수한 한국어라면서?"

처음 말을 걸어온 외국 남학생에게서 '순수한 한국어' 어쩌고 하는 소리를 듣자 나는 좋기도 하면서 조금 뜨악했다. 자기가 한국어를 알면 얼마나 안다고, 하는 반감이 속에서 고개를 들려 하는데 그가 적시에 화제를 딴 데로 옮겼다.

"노트 보여줘서 고마워. 우리 실험실 로봇 팔 구경시켜줄까? 우리가 만든 건데."

"공학관까지는 꽤 멀 텐데."

"밖에 내 자가용 있어."

건물 밖에 즐비한 수백 대의 자전거들 사이에서 그는 그냥 주어도 아무도 가져가지 않을 만큼 낡은 바퀴를 찾아내 끌고 나왔다. 내 앞에 자신의 자가용을 세운 그는 배낭에서 두꺼운 전공서적 두 권을 꺼내 뒷자리에 올리고는 말했다.

"방석이 조금 딱딱하긴 하지만 없는 것보다는 나을 거야. 어서 올라타."

내가 선뜻 말을 듣지 않고 주저하자 그는 손과 턱으로 올라타라는 시늉을 계속 해댔다.

"허름해 보여도 기능에는 아무 문제없어. 그리고 나 여섯 살 때부터 18년 무사고 운전자야. 염려 말고 어서 올라타."

나는 무슨 내용인지도 모를 그의 전공서를 깔고 앉아 두 팔로 그의 허리를 감싸 안았다. 손과 가슴에 따뜻한 감촉이 전해올 뿐 이상하게도 서먹한 느낌이나 이성 사이의 짜릿함 같은 것은 없었다. 그저 막연하게 미더운 생각이 들었다. 한 번 전지 가게에 들어온 적도 있는데다 공학도이면서 소설 창작 강의를 듣는다는 점 때문이었을까. 도중에 돌부리에 걸리거나 자동차 차단 턱에 걸려 바퀴가 뒤뚱거릴 때마다 내가 무섭다며 소리쳤지만 그는 만만디였다.

　"이따위 장애물쯤은 너끈히 날아서 건너뛸 수 있어."

　그의 말대로 고물 자전거는 생긴 것과는 달리 돌부리와 차단 턱을 뛰어넘고 쌩쌩 달려 금세 공학관 앞에 우리를 데려다 놓았다. 그는 지하로 난 계단을 지나 복도로 들어가면서 손뼉을 두 번 쳤다. 손뼉 소리가 스위치 역할을 하는지 전등이 켜졌다. 실험실에서는 운의 클래스메이트 두 명이 컴퓨터 앞에 앉아 로봇 팔을 조종하고 있었다. 로봇 팔과 컴퓨터 사이에는 복잡한 케이블이 연결되어 있었다.

　"이 로봇 팔이 우주 정거장에 장착되면 위성이나 우주선을 붙잡아 도킹도 시키고 고장 난 부분을 수리도 해주지. 지금 이 팔을 더욱 유연하게 조종할 소프트웨어를 개발하고 있는 중이야."

　운과의 만남을 돌이켜보고 있는 사이에도 폭죽 소리는 줄어들기는커녕 점점 더 커져만 간다. 카페 안은 폭죽놀이를 구경하러 온 남녀 커플들의 감탄사로 후끈 달아오르고 있다. 빌딩 밑 큰 거리는 길가에 차를 대놓고 한창 폭죽 쏘기에 열을 올리거나, 이제 막 차를 몰고 와서 트렁크 문을 여는 사람들로 분주해 보인다. 삼촌네 회사 운전수가 하던 말이 생각난다. 폭죽놀이에 한달 치 월급 정도는 쏟아부어야만 춘절 기분이 난다던. 그동안 폭음이 마음에 들지 않아 불꽃 모양을 눈여겨보지 않았는데 자세히 살펴보면 국화나 모란, 해바라기 같은 꽃 모양을 유추해내기란 어렵지 않다.

그날 그는 실험실에서 영어와 중국어를 섞어가며 로봇 팔의 용도를 내게 설명해주느라 낑낑대는 눈치였다. 전문용어가 많이 들어가 있어 알아듣기가 쉽지는 않았다. 하지만 나는 충분히 알아들었다는 듯이 "댓즈 오케이" 하며 뒤로 물러섰다. 굳이 꼭 알아야 할 필요도 없는 마당에 그를 진땀 흘리게 하고 싶지 않았다. 그는 친구들에게 오후에 일이 있다면서 양해를 구하고는 책가방을 들고 나와 함께 밖으로 나왔다. 기숙사에다 가방을 두고 같이 갈 데가 있다고 했다. 신바람이 난 듯 자전거를 몰던 그가 별안간 웃음을 터트렸다. 의아해하는 내게 그가 뒤를 힐끗힐끗 돌아보며 말했다.

"그날 우리가 가게에 들어간 걸 훙유가 알아보기까지 얼마나 걸렸는지 알아?"

나는 기껏 길어야 5분이나 10분쯤이거니 했다.

"얼마나 걸렸는데?"

"장장 40분이야. 어쩌나 보려고 내가 시간까지 재봤지."

40분이라니 나도 믿어지지 않았다.

"그래? 그렇게 오래 기다린 줄은 정말 몰랐어. 다시 와. 대뜸 알아 모실 테니까."

그 얘기가 나오면서 우리는 서로 스스럼없이 자기 신상을 털어놓을 수 있었다. 그는 남쪽 후베이성의 성도인 우한에서 왔고 위로 누나 셋을 두고 있었다. 지금까지는 한 집에 한 자녀만 허용되었고 최근에 와서야 법이 바뀌었다는데 웬일일까 궁금했다. 하지만 물어보지 않았다. 나중에 안 일이지만 중국에는 헤이하이즈(黑孩子)들이 무척이나 많다고 했다. 출생신고를 하지 않은 이른바 '검은 아이들'이었다. 부모가 그에게 거는 기대를 짐작할 만했다.

기숙사 방에 가방을 휙 던진 그는 책상 서랍에서 작은 뭉치 두 개를 꺼내서는 한 개를 내게 건넸다. 비상식량이라고 했다. 만져 보니 포장지에 황금색 용이 그려진 소시지였다. 허름한 2인용 기숙사에는 책상 두 개와 싱글 침대 두 개, 서랍장 한 개만 달랑 놓여 있었다. 벽에 걸린 옷걸이에는 팬티 두 장이 나란히 걸려 있었다. 나는 그가 쑥스러워할까 봐 얼른 시선을 딴 데로 돌렸다. 우리는 소시지 한 개씩을 입에 물고 기숙사 방을 나왔다.

"마침 수요일이라 잘됐다. '연리지'라고 알아?"

자전거에 올라탄 그가 내게 타라는 시늉을 하면서 물었다. 나는 고개를 저었다.

"그럼 잘됐다. 미명호 숲속에서 만나는 소설 동아리인데, 같이 가서 들지 않을래?"

"난 언어학과 다니다 중퇴했는걸."

"괜찮아. 우린 문학 동아리니까."

그날 오후에는 가게에 나가지 않아도 되었으므로 나는 못 이기는 척하고 그를 따라갔다. 입학원서를 내러 왔을 때 이미 미명호는 한 바퀴 돌아본 적이 있었다. 너무 아름다워 이름을 붙일 수가 없어 미명호(未名湖)로 불린다고 함께 갔던 삼촌이 말해주었다. 작은 식품 회사 주재원으로 일하는 막냇삼촌 덕분에 나는 북경에서 대학을 다닐 수 있게 된 것이었다. 삼촌의 두 아이, 나의 어린 사촌동생들을 돌보는 조건이었다.

동아리 모임에 가는 길에 본 봄날의 미명호는 초록의 싱그러움과 푸른 물빛의 서늘함으로 내 가슴을 아리게 했다. 높은 박아탑은 여전히 그곳에서 우리를 내려다보고 있었고 드넓은 호숫가에 놓인 벤치는 나를 부르고 있는 듯했지만 나는 차라리 외면하고 싶은 마음이었다. 나는 이미 그곳에 적을 두고 있지 않았다. 더 이상 미련을 가져서는 안 되는 대상이었다. 하지만 그와 함께 다니자 내가 일 년 반 동안 찾아내지 못한 장소가 속속 나온다는 사실이 신기하게만 여겨졌다. 미명호는 얼마나 많은 이야기를 간직하고 있는 거야. 그 이야기들을 찾으러 다시 돌아올 수 있을까, 하는 생각에 가슴이 무너져 내리는 소리가 코트 밑에서 들리는 듯했다. 『돈키호테』의 작가 세르반테스의 동상은 자신이 자주 찾는 곳이라고 그는 말했다. 『중국의 붉은 별』을 쓴 작가 에드가 스노우의 기념비도 있었다. '세르반테스(塞万提斯)', '돈키호테(唐·吉诃德)', '에드가 스노우(埃德加·斯诺)'와 같은 서양 이름들을 억지 한자로 음역해놓은 것이 재미있어서 나는 킬킬 웃음이 나왔다. 내가 웃는 이유를 그는 이해하지 못하는 것 같았다. 한글로는 거의 똑같은 소리로 음역해서 표기할 수 있는데, 라는 말이 목까지 올라왔지만 나는 참았다. 내가 한자를 좀 안다는 사실에 흥미를 느꼈던지 그가 불쑥 내게 물었다.

"한국에서 쓰는 상용한자가 몇 자나 되니?"

"자주 쓰는 게 아마도 1,800자쯤."

그 말을 하면서 나는 조금은 자존심이 상한다는 생각이 들었다. 우린 더 이상 한자 안 써, 하고 말하고 싶었던 것일까. 각국이 개발한 특허 기술을 서로 주고받는 문명 시대에 이런 심리는 유치하다는 생각이 들었지만 나도 어쩔 수가 없었다. 그런 곤혹스러운 심리를 벗어나게 해준 것은 숲속에 있던 어느 황제의 사냥 기념비였다. 몇 발을 쏘아서 몇 발을 맞춰 그날의 사냥은 대성공이었다는 내용이라고 그가 해석해주었다.

"우리는 화살 대신 책을 껴안고 여길 거닐지. 우리들이 책으로 맞춰야 할 과녁이란 무엇일까?"

나는 그 '과녁'이라는 말이 무엇을 뜻하는지 아리송하기만 했다. 그런 고민을 하는 걸 보면 그도 미래에 대해 무언의 압박을 받고 있는 게 아닌가 싶었다.

시간이 갈수록 폭죽 소리는 커져가고 있다. 폭죽 소리가 심해질 때면 나는 좀더 집중해야만 실수를 면할 수 있는 복잡한 곡선 부분을 공략한다. 폭죽의 횡포를 잊기에 그보다 효과적인 작업은 없다. 정신을 오롯이 모아 눈의 초점을 손끝에만 맞추어야 하기 때문이다. 이제 매화 몇 송이만 남았다.

전지 공예에 처음 관심을 갖게 된 것은 1학년 때 휴가 가는 삼촌을 따라 산동성 서하(栖霞)에 갔을 때였다. 한적한 시골 마을 어귀, 고목 밑에 기다란 상을 펴고 남녀노소 할 것 없이 수십 명이 줄지어 앉아서 뭔가를 그리고 오리고 있었다. 뭘 하느냐고 물었더니 지엔지(剪紙)라고 했다. 그대로 번역하면 전지 공예, '종이 오리기'였다. 거기에 보기 좋은 그림과 도안이 들어가니까 '예술적인 종이 오리기'였다. 말 한마디 없이 각자 자기 일에 몰두하면서 만들어내는 고요가 내 머릿속에 깊이 새겨졌다. 문양들은 제각각 어떤 기원을 담고 있었다. 장수와 행운, 건강, 자녀의 성장과 행복한 결혼, 열렬한 사랑 등등. 정성껏 오려진 문양들이 창문과 벽에 붙여지자 남루한 집들은 마치 날개를 단 것처럼 보였다.

그 뒤 상해 엑스포 때 자원봉사를 나갔다가 전지 공예의 진수를 보는 듯한 건물을 만나게 되었다. 내가 안내를 맡았던 곳은 폴란드관이었는데 외벽이 온통 전지 문양으로 되어 있었고, 오려진 구멍 사이로 조명이 비치면 밤과 낮의 풍경이 달라지고 사계절의 모습이 파노라마처럼 펼쳐졌다. 폴란드적인 무늬를 전지처럼 새긴 다음 예술적으로 도려낸 듯한 독특한 건축물은 '중국을 향한

폴란드의 미소'로 소개되고 있었다. 그것은 마치 제 살을 깎아 구멍을 내어 바깥과 소통하는 작업처럼 보이기도 했다. 그렇다. '제 살을 깎는다'는 말이 맞다. 그렇게 제 살에 구멍을 내어야만 아름다운 무늬가 만들어지고 바깥과 소통이 되는 것이다.

삼촌이 떠나고 살 길이 막막해졌을 때 후통 거리에서 '인턴 구함(诚征实习生)'이라는 구인 광고가 눈에 확 들어온 것은 서하와 상해에서 받은 전지에 대한 깊은 인상 덕분이었다. 전지 공예 작가이기도 한 주인은 나를 처음 몇 달 동안 자기 스튜디오에서 기거하도록 해주었다. 물론 일감이 쌓여 잠잘 시간이 항상 모자라지만 이제는 새로운 문양을 개발하거나 초보자들을 가르치기도 한다.

이렇게 전지에 몰두하고 있다 보면 몇 년 전 처음 내 앞에 나타났던 그의 모습이 아직도 생생하게 눈앞에 떠오른다. 관광객이 많지 않은 때여서 나는 카운터에 앉아 마음 놓고 작업을 하고 있었다. 그즈음 나는 토끼나 하트 모양 같은 단순한 무늬를 넘어보고 싶었다. 시험 삼아 황토색 한지에 안견의 「몽유도원도」를 프린트해서 오리던 중이었다. 선이 하도 조밀해서 무엇을 오리고 무엇을 놓아두어야 할지 판단이 잘 서지 않았다. 게다가 색의 농담의 차이를 어떻게 표현할 것이냐, 하는 문제도 있었다.

그림의 왼쪽, 흔히 현실 세계라고 일컬어지는 섬세한 부분을 오리느라 나는 아무런 소리도 듣지 못했다. 문이 열리는 소리도 발자국 소리도 어떤 인기척도. 그러다 갑자기 툭, 하고 뭔가가 떨어지는 소리가 들렸다. 고개를 들자 가게 안 깊숙이 들어온 젊은 남녀가 보였다. 서양 여자와 함께 들어온 내국인 남자였다. 바닥에는 전지 문양을 모아둔 화첩이 떨어져 있었다. 여자가 어쩔 줄 몰라 하며 나를 바라보았다. 남자가 영어로 내게 말했다.

"인기척을 해도 반응이 없었어요. 들어와서 조용히 가게를 돌아보는 수밖에 없었죠. 도대체 어디에 그렇게 빠져 계신 겁니까?"

남자의 조금은 도발적인 질문에 나는 약간 뽀로통해지는 느낌이 들었지만 내색하지 않고 친절하게 말했다.

"죄송합니다. 몰라뵈어서. 어떤 물건을 찾고 계시죠?"

나는 서양 여자를 의식해 조심스레 영어로 물었다.

"아뇨. 도리어 덕분에 전지가 무엇인지 새삼 알게 된 것 같아요. 천둥이 쳐도 끄떡 않고 빠져들 수 있는 일인가 봐요."

남자는 그 말만 툭 뱉고는 다음에 들르겠다면서 여자를 데리고 싱겁게 사라졌다. 나중에 그는 아무 소리도 듣지 못하고 어딘가에 깊이 빠진 내 몰입의 시간에 질투가 났다고 했다. 세상일이란 참으로 야릇하게 돌아가는 것 같다. 나는 자기 나라의 고요가 깃든 전지 문화에 끌리고 그는 그것을 배우려는 이국 여자의 몰입된 시간에 끌리고……

그날의 만남은 내 생활에 큰 변화를 가져왔다. 운이 덕분에 나는 학내 소설 동아리에도 들고 학교 도서관과 체육관도 자유롭게 이용할 수 있게 되었다. 거기에다 맘에 드는 강의도 골라 청강도 할 수 있게 되었다. 그랬던 그가 지금은 투병 중이다. 갑자기 뇌에 발작이 일어났다고 했다. 발작은 하루에도 몇 번씩 간헐적으로 일어나 일상생활을 해나가기 어렵다고 했다. 그가 아프다는 소식을 들으면서 나는 일말의 책임감을 느꼈다. 젊은 시절 한때를 함께 부대끼며 보낸 사람으로서 혹시라도 내가 지나친 강박감을 주지는 않았을까, 하는 생각이 드는 것이다. 생각해보면 그 일 역시 폭죽과 관계가 있다.

이곳에서 처음 맞는 춘절에는 정말이지 폭죽 소리에 자지러지는 줄만 알았다. 전지 일감도 집에 가득 쌓여 있는데다 중국어 실력을 좀더 다져야겠다는 생각에서 그해 설에는 집에도 가지 않았다. 몇 달간 얹혀살았던 전지 공예 작가의 스튜디오를 나와 한국 유학생과 함께 원룸을 얻어 지낼 때였다. 마침 룸메이트는 서울에 가고 없어 오랜만에 나만의 오붓한 공간을 즐기는 맛도 쏠쏠했다. 하지만 미처 생각하지 못한 것이 있었다. 폭죽이라는 무시 못할 방해자가 춘절 내내 내 창문을 뒤흔들 것이라는 사실이었다. 그해 춘절 나는 폭음에 손이 움찔하면서 가위가 헛나가는 바람에 오리던 전지를 몇 장이나 망쳐버렸다.

창밖은 전쟁도 그런 전쟁이 없었다. 터진 불꽃이 사라지기 무섭게 다시 구르르릉 쾅. 퍼퍼퍼퍼 펑. 잇달아 폭죽이 터지는 소리. 그러고는 한동안 좀 잠잠해지는가 싶으면 따따따 따따따 하고 땅에 바짝 붙어서 터지는 땅꼬마 불꽃의 우렁찬 소리가 들렸다. 하기야 폭죽은 불꽃의 무늬가 아니라 터질 때 나는 폭음으로 악귀와 액운을 몰아내는 거라고 했다. 다시 탕 타타타 탕 탕. 대포에 박격포에 기관단총이 번갈아가며 터지는 소리가 났다. 헤드폰을 쓰고 록 음악의 볼륨을 한껏 높이라는 한국 친구들의 처방도 별 효과가 없었다. 창틈으로 매캐한 화약 냄새가 스며들어 왔다.

전쟁이라면 할머니에게서 들은 간접 경험뿐이지만 몇 년 전 서해의 어느 섬에 실제로 대포가 날아온 적이 있었다. 그 섬에서 어린 동생과 이불을 뒤집어쓰고 덜덜 떨었을 어느 소녀의 모습은 얼마든지 상상할 수 있었다. 어른들은 모두 바다에 나가고 없고 쿵 쿵 대포 소리는 점점 더 가까이 다가와 정수리에 내리꽂힐 것 같던 순간, 지옥이 따로 없었을 것이다. 예민한 탓인지 그때 이후로 나는 폭죽 소리만 들어도 전쟁터에 있는 듯한 공포를 느꼈다. 나는 급히 운에게 전화를 걸어 춘절도 지났는데 대체 웬 난리냐고 물었다. 그는 대수롭지 않다는 투로 말했다.

"아, 오늘이 정월 초닷새잖아. 잉차이선(迎財神)이라고 재물신을 영접하는 날이거든. 부자가 되고 싶은 마음, 너도 이해할 수 있지?"

도저히 이해할 수 없다는 대답이 목구멍까지 올라오는 것을 꾹 삼키고 나는 전화를 끊을 수밖에 없었다. 나는 달아오른 프라이팬 위에서 튀는 콩처럼 귀를 막고 손바닥만 한 원룸 안에서 숨을 곳을 찾아 이리저리 뛰어다녀야만 되었다. 쿠르르르 쾅. 타타타 탕탕. 따따따따 따따따. 나도 모르게 다시 휴대폰을 집어 들었다.

"헉헉 도저히 못 참겠어. 나 숨넘어갈 것 같아. 좀 와줄 수 없어?"

천안문 광장에 있다던 그가 우다커우의 내 원룸으로 오는 데는 30분도 채 걸리지 않았다. 숨을 할딱이고 있던 나는 현관에 들어서는 그를 보자 울음이 터질 것 같았다.

"이런 바보. 이건 놀이야, 놀이. 놀이랑 실제 상황도 구별 못하니, 홍유는."

나는 울먹이면서 더듬더듬 말을 이었다.

"우린 지, 진짜 포탄 소리, 드, 들으면서 산단 말이야. 자, 작은 섬에 대포가 날아왔다고."

그제야 그는 뭔가 감이 잡히는지 표정이 진지해졌다.

"정말 섬으로 대포가 날아왔단 말이야?"

"그래. 내가 사는 데서 그리 멀지도 않은 곳이야."

나는 눈을 감고 두 손으로 귀를 막은 채 온 얼굴을 찡그리며 고개를 끄덕였다. 그가 나타나자 한동안 폭죽 소리가 뚝 끊겼다. 믿어지지 않았다. 엄살로 그를 불러낸 것만 같았다. 그런데 웬걸, 그게 아니었다. 밤이 깊어가자 폭죽 소리는 더욱 기승을 부리기 시작했다. 대기가 진동을 하고 건물이 들먹거리고 방이 부르르 떠는 것만 같았다. 창밖은 터졌다 꺼졌다 하는 불꽃으로 어지러웠다. 머리가 빙빙 돌고 속이 울렁거렸다.

"좀 쿨하게 생각해봐."

폭음 사이사이로 그의 목소리가 들려왔다.

"저 불꽃은 말을 하고 있어. 쏘는 사람의 마음을 대신해서 말이야. 무생물이든 생물이든 세상에 존재하는 모든 것들은 죄다 말을 하고 있다고. 이 땅에는 그동안 수없이 많은 회오리바람이 몰아쳤어. 그 와중에 피 흘리고 상처 입고 한 맺힌 사람들이 얼마나 많았겠니. 하지만 아무에게도 호소할 수가 없었던 거지. 그러니까 저건 누군가의 기도야. 기도가 끝나면 우리도 조용한 춘절을 맞게 되겠지."

"무슨 기도가 저렇게 요란해?"

앙칼스럽게 쏘아붙이는 내 말에 그가 홀연 말을 잊고 잠시 허공만 바라보았다. 언뜻 그의 집안에도 치유되지 않는 어떤 상처가 있는 것은 아닐까 짐작이 갔지만 그건 내가 알 바 아니었다. 한참 뒤에 다른 친구들에게 들어서 안 일이지만 문화혁명 기간 중에 대학 교수와 기자로 활동하던 그의 증조할아버지와 할아버지도 홍위병에게 지식분자로 낙인찍혀 어디서 죽음을 맞았는지 알 수 없다고 했다. 하지만 아무것도 모르고 있던 그 당시의 나로서는 그의 말이 도무지 납득이 가지 않았다.

"저기 좀 봐. 폭죽이 저지른 거."

나는 방구석에 수북이 쌓인 실패한 전지 더미를 가리켰다. 그가 곁에 와서 나를 껴안으려고 하는 것을 나는 거세게 밀어제쳤다. 그는 고개를 푹 숙였다가는 머리를 쓸어 올리기를 몇 번이나 하고 나서 한숨을 푹 쉬더니 말했다.

"그래, '연리지'란 원래 불가능한 걸 거야. 기적처럼 어쩌다 그런 일이 수천 년 만에 딱 한 번 생기는 거겠지. 안타깝다. 나도 매화랑 벚꽃 가지가 한 그루에서 함께 어우러져 향기를 내뿜는 그런 나무를 꿈꿨는데."

무슨 말인지도 모를 알쏭달쏭한 소리를 지껄이는 그가 나는 몹시 원망스러웠다. 어쨌든 그런 이야기를 하는 동안만은 폭음이 그다지 신경 쓰이지 않았는데 둘 다 말을 그치자 다시 펑펑, 구르르르 쾅 소리가 들려왔다. 그 소리에 덧붙여 웽웽 하는 괴상한 전자음까지 울어제치기 시작했다. 나는 다리 사이에 얼굴을 파묻고 손으로 귀를 막았다. 웽웽거리는 사이렌 소리는 소방차를 연상시켰다.

"폭죽 소리에 자동차 경보장치들이 반응을 해서 그래. 괜찮아, 괜찮아."

그가 내 어깨를 잡고 달랬지만 나는 진정이 되지 않았다. 폭음은 이제 나를 집어삼킬 태세였다. 비명이 터지려는 것을 나는 안간힘을 다해 참고 있었다. 그러다 우리는 얼떨결에 서로 부둥켜안았다. 누가 먼저랄 것도 없었다. 나는 이 끔찍한 폭죽의 공포를 피해 그의 품 안으로 파고들었고 그는 나를 달래느라 내 어깨를 감싸 안았을 것이다. 그 뒤로는 일이 어떻게 진행된 것일까. 내게도 자세한 기억은 없다. 다만 그러는 동안은 정말 폭죽 소리를 듣지 못했다는 것만은 확실하다. 아마도 키스로 점화된 붉은 몸을 달구었고 그다음에는 둘 다 힘을 쓰느라 다른 것은 생각할 겨를이 없었다는 게 솔직한 대답일 것이다. 폭죽 소리를 잊으려 우리는 더욱 열심히 서로의 몸속으로 깊이깊이 들어가려고 용을 쓰지 않았을까. 폭죽 소리가 더 커질수록 몸부림은 상승작용을 일으켰을 것이고 우리 머릿속에서도 불꽃이 터지고 있었는지 모른다. 이래저래 우리는 불꽃 속에 있었다.

문제는 그다음이었다. 춘절이 끝나고 문화센터도 다시 개강을 맞았지만 우리는 서로 서먹해지기 시작했다. 그는 수업에 자주 빠지기 시작했고, 메일과 전화도 점점 뜸해져갔다. 대학원에 입학한 뒤로 공부에 바빠 시간을 내기가 힘든가 보다, 하고 짐작은 하면서도 나는 못내 서운했다. 어렵게 약속을 잡아 시내에서 만나더라도 그의 곁에는 항상 젊은 서양 여자가 함께 있었다. 무슨 도면인가를 앞에 두고 그 여자와 머리를 맞대고 심각하게 얘기를 나누다가 내가 가면 떠름한 얼굴로 쳐다보기 일쑤였다. 온갖 상상을 부풀려가던 중에 나는 마침내 그가 나의 원룸에 쳐들어온 침입자에다 이중플레이 하는 남자로 여기게 되었다. 그 뒤부터는 전화도 받지 않았다. 메일도 읽지 않고 지워버렸다.

자정을 겨우 몇 분 남겨놓고서야 마지막 남았던 매화 꽃술 오리기가 끝이 났다. 세 번 접은 한지를 펴자 꼼꼼히 오려낸 자리가 사방 대칭으로 마치 매화와 벚꽃이 한 나무에서 어울려 핀 것 같은 광경이 되었다. 운이가 바라던 진정 연리지의 모습이었다. 몇 날을 잠을 줄여가며 완성한 터여서인지 백거이의 장한가가 떠올랐다.

하늘에서는 비익조가 되고(在天願作比翼鳥)

땅에서는 연리지가 되고저(在地願爲連理枝)

높은 하늘 넓은 땅 다할지라도(天長地久有時盡)

이 한 면면히 이어 끝이 없으리(此恨綿綿無絶期)

　이 문양을 운이 보았어야 하는 건데. 아쉬워하며 전지를 접고 있는데 마침내 그녀가 나타났다. 허리까지 오도록 치렁치렁하게 길었던 머리가 짧고 세련된 커트 스타일로 바뀌었다.

　"와, 잘나가는 커리어 우먼 이미지가 팍팍 풍기는데."

　만난 지 몇 년은 넘은 듯했다. 그녀는 잡은 손을 놓지 않고 거푸 미안하다는 말을 되풀이했다.

　"정말 미안해. 자주 연락을 했어야 하는데. 내가 너무 무심했어."

　"그거야 피차 마찬가지지 뭐."

　나는 그녀가 왜 그토록 미안해하는지 알 수가 없다. 자신의 상황이 나보다는 낫다는 뜻일까, 하는 느낌이 드는 것을 나는 무시했다. 며칠 전 전화 목소리의 느낌이 기억나서였다. 삼십대를 훌쩍 넘었지만 아직 결혼도 하지 못했고 처음 들어간 외국계 자동차 회사에 하루 세끼 밥 먹듯 습관처럼 다닌다고 했었다.

　"그냥 봉급이랑 복지가 괜찮으니까. 그것 말고는 다른 이유 없어."

그녀의 목소리는 조금은 쓸쓸하게 들렸다. 뜻밖이었다. 그녀가 다니는 회사는 중국 젊은이들에게는 꿈의 직장으로 불리고 있었다. 종업원이 메뉴판을 가져왔을 때 우리는 입이라도 맞춘 듯 외쳐댔다. "칭다오 맥주랑 양꼬치!" 그러고는 깔깔 웃어댔다. 학창 시절에 운과 함께 즐기던 술과 안주였다.

"운이 근황 궁금하지 않아?"

술잔을 부딪쳐 건배를 한 뒤에 그녀는 묻지도 않은 얘기를 꺼냈다. 나는 무어라고 할 말이 없어 잠자코 있었다. 나는 침묵으로 말할 뿐이었다. 왜 궁금하지 않겠느냐고.

"넌 어쩜 첨부터 끝까지 새침하게만 굴었니? 운이 너 때문에 얼마나 가슴앓이를 했는데."

나는 처음 듣는 얘기라는 듯 눈을 조금 크게 뜨고 말없이 그녀를 바라보았다. 그녀는 나의 무덤덤한 반응이 마음에 들지 않는지 눈길을 옆으로 돌리면서 말했다.

"흠, 궁금하지 않으면 관두고. 괜히 만나자고 했네."

변죽만 울리는 그녀가 못마땅하기는 나도 마찬가지였다. 나는 참다못해 입을 열었다.

"할 말 있으면 속 시원히 해봐. 빙빙 돌리지만 말고."

그녀는 책 한 권을 꺼내 내 앞으로 들이밀었다. 나는 크게 숨을 들이켰다. 『열애』, '저자 천운량'이라는 글자가 내 놀란 숨결을 타고 몸속으로 빨려 들어오는 느낌이었다. 표지를 넘기자 날개 뒷장에 그의 사진과 이력이 박혀 있었다. '주췌앤 우주센터

유인우주선 선저우 5호 엔지니어.' 그가 참여했던 우주선 발사 프로젝트는 나도 신문에서 읽은 적이 있었다.

"뇌 발작증을 앓으면서 이 책을 썼어. 당연히 우주센터는 그만뒀지. 그러고는 아주 병실로 갔어. 쌩쌩한 삼십대 초반에."

그녀는 내가 책장을 넘기는 속도에 맞춰 운의 이야기를 흘렸다. 마치 무성영화 시대의 변사처럼. 다음 장에 그의 사인이 나왔다.

'훙유에게. 살아간다는 것, 그 자체가 성공이다.(生命本來就是成功, Life itself is a success.)'

"서점에서 사인회를 열었을 때 받아온 거야. 너한테 꼭 전해 달라고 하더라."

나는 가슴이 먹먹해온다. 루쉰 같은 작가가 되고 싶다던 그였는데. 나는 노란색과 푸른색이 뒤섞인 표지에 붉은색으로 '열애'라고 새겨진 제목을 손으로 쓰다듬어본다. 그가 그토록 사랑에 빠진 대상은 무엇이었을까. 내게 써준 대로 그는 삶 그 자체를 뜨겁게 사랑했던 것일까. 지나친 기대와 부담도 없는 소박한 삶을. 다시는 반복되지 않을 우리들의 그 순간을.

"무슨 일인지 모르지만 운이는 네 앞에 당당히 나설 수 없다면서 몹시 괴로워했어. 특히 이맘때쯤, 폭죽 얘기만 나오면."

그 말을 듣자 내 짐작이 맞기는 맞구나 싶었다. 그도 그 일로 고통을 받아온 거였다. 하지만 나도 할 말이 있었다.

"다른 좋은 친구들이 많은 것 같았어. 나한테는 늘 바쁘다고

만 했고."

"그건 오해야. 운이는 그 무렵 아버지 병원비 벌어 보내느라 얼마나 바빴는데. 아버지가 상해에 있는 철물공장에서 일하다 사고를 만나서. 운이는 학부 때부터 아르바이트로 집안을 돌봐야 했어. 다행히 영어를 잘해 주로 외국계 회사 홈페이지 만드는 일을 해왔지. 우주센터에 들어간 건 널 다시 만나기 위해서라고 했어."

"나를 다시?"

"그래. 어엿한 직장이 있어야만 네 앞에 설 수 있다고 생각한 것 같아. 자신은 엔지니어보다 작가가 되고 싶어 했지만."

나는 그가 왜 로봇 팔을 다루는 우주 엔지니어가 되어야만 나를 만날 수 있다고 생각했는지 도무지 이해할 수 없었다. 실험실에 갔을 때 그 로봇 팔에 내가 그렇게 감동한 것처럼 보였나? 나는 로봇 팔보다도 그것을 설명하느라 진땀 흘리던 그의 어수룩한 모습이 더 맘에 들었는데. 아직 서툴지만 풋풋했던 그의 시와 '서울'이라는 말의 맛을 아는 그 남다른 언어 감각이. 내가 바란 건 단지 폭죽 소리가 내 마음의 평정을 흔들어놓을 때 가만히 어깨를 보듬어주는 것뿐이었는데. 그러다가 나는 그것이 위선이 아닐까, 라는 생각에 조용히 몸을 떨었다.

"아프다는 사실도 너한테 알리지 말라고 했어. 너 힘들어할까 봐. 솔직히 말해, 나, 오랫동안 널 곱지 않은 눈길로 바라보았어. 남자 마음 몰라주는 알 수 없는 내숭덩어리 계집애라고."

나는 그녀의 말에 가슴이 콱 막혀오는 것을 느꼈다. 가까운 사람으로 여겼다면 아프다는 소리를 해야만 되는 것이 아닐까. 징징 울기라도 하면서. 무엇이 우리 둘 사이에 벽을 만든 것인지 알 수 없었다. 그날 밤 그 사건 때문에? 사실 우리는 그 뒤로도 얼마간은 자주 만나기도 하지 않았던가. 잡지 속에서 방금 걸어 나온 모델 같은 그 서양 여자들이 등장하기 전까지는. 머리가 지근거려 나는 차라리 빨리 폭죽이 터지는 거리를 걷고 싶은 마음이 되었다.

"아, 이거. 내가 만든 거야. 너 주려고."

전지를 크게 편 그녀는 입을 쩍 벌리고는 한동안 아무 소리도 내지 못했다. 한참만에야 그녀가 눈을 반짝이며 말했다.

"이거 운이 병실에 창화(窓花)로 쓰면 좋겠다. 내가 가서 창에 꼭 붙여놓고 올게."

그 말을 듣자 어떤 생각이 뇌리를 스쳤다. 어쩌면 나는 그의 창화를 만들기 위해 운명적으로 전지에 끌렸는지도 모른다는.

다시 쿠르르르 쾅. 나는 덜커덩 창문을 흔들어대는 폭음에 몸이 떨려오는 것을 느꼈다. 하지만 나는 의연하게 꼭대기 카페에서 내려와 폭죽 소리를 향해 빌딩 밖으로 걸음을 옮겼다. 방금 대형 폭죽이 터졌나 보았다. 이제까지의 것을 모두 압도해버릴 듯한 폭음과 함께 거대한 불꽃이 밤하늘을 뒤덮었다. 뇌 발작증도 혹시 저런 것과 비슷하지 않을까. 경험자들의 증언을 읽은 기억이 났다. 뇌가 발작을 일으키면 머릿속에서 전기폭풍이 몰아치면서 불꽃이 쏟아져 내린다고 했다. 그 모양은 마치 절정에 이른 불꽃놀이와 비슷하다고. 그 순간 뇌가 파열되는 듯한 큰 고통을 느낄 수도, 느끼지 않을 수도 있다고. 혹시 그의 뇌에서 작가와 우주 엔지니어 두 개의 꿈이 충돌해서 발작이 일어난 것은 아닐까. 제발 그의 것은 전혀 통증이 없는 불꽃놀이였으면…… 머릿속에서는 폭죽 소리가 들리지 않을 테고 마침내 키츠의 시처럼 "들리지 않는 멜로디"를 듣고 있으려나. 그가 그토록 바라던 매화와 벚꽃이 한 나무에서 피어나 뿜어내는 향내를 맡으면서. 또 한 방의 폭죽이 터지고 공중에는 불꽃이 무성한 가지를 치고 새뜻한 꽃잎을 매달았다. 누군가의 애절한 마음을 담아. 그러고 보니 오늘 나는 그 불꽃의 꽃잎을 전지에다 복기하고 있었던 것만 같다. 번쩍, 불꽃이 인 뒤 눈앞에서 살며시 스러지는 꽃잎의 말에 나는 가만히 귀를 기울였다.

아그리파를 그리는 시간

꼬불꼬불한 골목길을 따라 가파른 언덕을 오르면서 나는 머리가 혼란스러웠다. 무척이나 낯익은 동네인데 어느 쪽인지 헷갈렸다. 내가 떠나온 그곳인지, 새로 자리 잡은 서울인지. 골목길 양쪽으로 게딱지 같은 집들이 다닥다닥 붙어 있었다. 엉성하게 쌓은 시멘트 블록 위에 녹슨 슬레이트나 거무스레하게 삭은 널빤지를 엉성하게 얹어놓은 판잣집들이었다. 그것으로도 모자랐던지 그 위에 다시 천막이나 비닐 장판을 덮고 사방에 큼직한 돌멩이를 얹어놓기도 했다. 처마를 맞대고 빼곡하게 들어찬 판잣집들 사이에 더러 기와지붕도 보였다. 하지만 결이 폭삭 삭은데다 색이 바랠 대로 바랜 기왓장은 손만 대면 바스러질 것처럼 아슬아슬해 보였다. 녹슨 방범창에는 이따금씩 옷걸이에 걸친 러닝셔츠나 바지 같은 후줄근한 빨래가 내걸려 있었고 길가에는 버린 냉장고며 부서진 가구들이 즐비했다. 악취가 나서 돌아보면 구석진

곳에 쓰레기 봉지가 아무렇게나 내동댕이쳐져 있었다.

어릴 때부터 그토록 떠나고 싶었던 이런 스산한 동네를 왜 다시 찾아오고 있는지 나 자신도 알 수가 없었다. 쓰레기 더미에서 눈을 돌리자 눈앞에 전혀 다른 장면이 어른거렸다. 언제부터인가 이 동네, 하면 육촌 민호가 생각나고 민호, 하면 그 영상이 떠올랐다. 얼마 전에 본 어느 행위예술가의 공연 모습이었다. 그는 한쪽 다리를 밴드로 묶고 거기에 고무줄을 매달아 바닥에 박힌 고리에 묶은 다음 다른 쪽 다리로 겅중겅중 뛰면서 벽에다 드로잉을 하고 있었다. 한 번 뛰어오를 때마다 그의 손은 벽에다 겨우 선 하나만을 치고는 다시 원위치로 끌려 내려왔다. 무슨 그림이 나올지 모르는 그 작업은 끝없이 되풀이되었지만 이렇다 할 진전이라고는 보이지 않았다. 그를 찾아 이 언덕을 오르면서 왜 그 장면이 자꾸만 떠오르는지 도무지 모를 일이었다.

여기저기서 풍기는 퀴퀴한 냄새를 피해 고개를 위로 올리다가 그만 아연해졌다. 전봇대 하나에 전선이 무더기로 얼기설기 얽혀 하늘이 온통 시커멓게 보였다. 집집마다에서 나온 전선이 그 전봇대 하나에 목을 매고 있는 격이었다. 그물 짜는 법을 배우려고 거미가 찾아올 것만 같았다. 잠시 위를 보고 있다가 발을 헛디뎌 넘어질 뻔했다. 내려다보니 길바닥에 발라놓은 시멘트가 군데군데 떨어져 나가 움푹움푹 패어 있었다. 마을버스에서 내려 언덕을 제법 올라왔는데도 아직 꼭대기는 멀리 올려다보였다. 산꼭대기에는 3년 전에도 재난 위험시설로 지정되어 철거를

기다리던 거무튀튀한 아파트가 그대로 서서 마을에 더욱 을씨년
스러운 그림자를 드리우고 있었다. 우중충한 담벼락에 이따금씩
호박 넝쿨만이 억척스럽게 뻗어 올라 마을에 유일하게 풍성함을
안겨주고 있었다.

그의 거처는—거처라고 해봐야 유난히 길게 생겨먹은 그의
몸뚱어리를 누이면 꽉 들어찰 것 같은 작은 방과 달랑 싱크대 하
나가 놓인 거실 겸 주방이 전부였고, 화장실은 푸세식으로 외벽
에 따로 달려 있었다—언덕 꼭대기 부근에서 오른쪽으로 꺾어
졌다가 다시 왼쪽으로 구부러진 골목 안쪽에 자리 잡고 있었다.
3년 전, 민호가 이사하는 날 따라와본 뒤로는 첫 발걸음이었다.
변한 것은 아무것도 없었다. 알록달록한 벽화로 유명한 홍제동
개미마을이나, 중계동 백사마을처럼, 사람들의 발길을 부르는
달동네들과는 거리가 멀었다. 동네 어디서도 삶의 의욕이란 찾
아볼 수 없고, 한 번 보고 나면 다시는 눈길조차 주고 싶지 않은
그런 곳에 육촌형 민호가 들어와 살고 있었다.

갑자기 담배가 당겨 잠시 그늘진 벽 앞에 걸음을 멈췄다. 연기
를 한껏 들이마셨다 내뿜자 숨통이 조금 트이는 듯했다. 서울에
와서 담배를 배우게 된 것은 나보다 먼저 강을 건넌 미순이 때문
이었다. 미순이는 정말 그 외국 남자를 찾아 강을 건넜을까. 얼
마 전까지만 해도 미순이 없이도 내가 숨을 쉴 수 있다는 게 도
무지 이해가 되지 않았다. 미순과 함께 즐겨 듣던 러시아 가수
율리아 사비체바의 「말라」를 수도 없이 듣고 흥얼거렸다. 흐느

끼는 듯한 그녀의 노래로 우리는 사랑 고백을 대신했었다. "너 없이는 너무나 힘겨운 삶, 너 없이는 너 없이는." 애절한 목소리로 어떤 역경이 닥쳐도 변치 않으리라 맹세하는 노래였다. 여기 와서 알게 된 「에우리디체 없이 어찌 사나」도 귀에 박히도록 들었다. "하늘, 땅, 누구도 도와줄 희망이 없네, 나를 두고 그대 혼자 가지 마오." 풍부한 음색의 메조소프라노 마릴린 혼이 '에우리디체, 에우리디체'를 절규하듯 부를 때면 나는 그 소절에다 '미이순이이, 미이순이이'를 더빙해 넣고는 했다. 그럴 때면 달콤하고도 예리한 칼날에 내 가슴을 도려내도록 내맡기는 느낌이었다.

담배를 피우는 사이 생각은 민호와 미순 사이를 왔다 갔다 했다. 요즘은 미순이보다 민호 때문에 담배에 불을 붙이는 때가 더 많아졌다. 젠장, 녀석이 벤처 발표회에서 엔젤을 만나든 말든 내가 몸 달아 할 게 뭐람. 아니꼬운 생각이 들지 않는 것도 아니었다. 일부러 자청해서 이런 동네에 들어와 사는 놈인데. 그러자 눈앞에 또다시 그 장면이 되풀이되었다. 미술관에서 본 그 행위예술 영상이었다. 미대에 다니는 육촌 민수에게 끌려서 간 미술관. 행위예술은 제목도 낯설고 내용도 어려웠다. '구속의 드로잉.' 아티스트는 자신의 왼쪽 넓적다리를 밴드로 묶고 거기에 굵은 고무줄을 달아 바닥에 있는 고리에 고정시킨 다음 오른쪽 발만으로 점프해 높은 벽면에다 드로잉을 해나갔다. 팔을 뻗고 좀 더 나아가려고 하면 왼쪽 다리를 묶은 고무줄이 그의 몸을 바닥으로 잡아당겨졌다. 조금이라도 더 먼 곳까지 팔을 뻗으려고 안간 힘을 쓸 때면 연필을 쥔 손이 파르르 떨렸고 목에는 굵은 힘줄이 툭툭 불거졌다.

저렇게 용을 쓰고 있을 때면 몸속에서는 어떤 일들이 일어날 지 궁금했다. 근육세포가 하나하나 들고일어나 있는 힘, 없는 힘 을 모조리 끌어모아 한꺼번에 쏟아낼 게 틀림없었다. 물감을 입 에 물고 뿜어서 그림을 그리는 화가를 상상해보았다. 혀가 몸길 이의 두 배라는 마다가스카르 카멜레온처럼 혀를 쭉 빼내어 몇 미터 앞까지 물감을 뿜어내는 모습이 눈앞에 그려졌다. 또 페니 스를 이용하는 화가도 떠올려보았다. 그 끝에 물감을 묻혀놓고 멀리 떨어져 있는 캔버스에다 정액과 함께 힘차게 발사하는 장 면을. 아티스트의 이마에서는 진땀이 흘렀고 얼굴은 벌겋게 달 아올랐다. 나는 도무지 알 수 없다는 듯한 표정으로 민수를 바라 보았다. 민수가 입을 열었다.

"글쎄, 나도 잘 모르겠네. 한계에 대한 도전인지, 아님 무엇에 대한 저항인지."

"미대생도 모른다니 나 같은 공돌이야 모르는 게 당연하구 나."

나는 민수의 말을 듣고도 행위예술인가, 뭔가 하는 것이 도통 이해가 되지 않았다. 단지 일부러 자기 몸에 그런 구속을 주는 이유는 무엇일까, 하고 고개를 갸우뚱거릴 뿐이었다. 한참을 지 켜보고 있자니 어떤 조각상의 드로잉이 서서히 드러나기 시작했다. 얼굴 윤곽을 나타내는 면과 능선이 각지게 나누어진 모양으로 보아 중학교 미술 시간에 그리던 아그리파상이 분명했다. 하지만 아직은 섬세한 터치가 더해지지 않아 그저 초보 미술학도의 밋밋한 습작 정도로 보일 뿐이었다.

그날 미술관에서 나오는 길에 민수가 한마디 툭 던졌다.

"뭔지는 몰라도 이런 생각 하는 사람도 있다는 게 재미있지 않아? 오빠가 요즘 통 말이 없고 우울해 보이기에 다른 세계도 한번 보여주자 싶었지."

민수는 그 말을 하면서 내 표정을 슬쩍 훔쳐보았다. 민수 말대로 뭔지는 몰라도 기분 전환에는 효과가 있었다. 나의 우울을 잠시 잊게 해주었으니까. 예민한 미술학도는 이미 뭔가를 눈치채고 있는 듯했다. 내가 어쩌다 자기 오빠인 민호를 제치고 당숙의 회사에 입사하게 된 것을 몹시 찜찜해한다는 것을. 배기가스 정화장치를 생산하는 당숙의 회사는 최근 주문이 폭주해 전성기를 누리고 있었다. 내가 제안한 산화물 합금을 채택하고 난 뒤부터였다.

"오빠, 쓸데없는 걱정 하지 마. 큰오빠는 미리날 오빠한테 도리어 고마워하고 있어. 세상 보는 눈을 뜨게 해줬다구."

민수는 나를 '미리날'이라고 불렀다. '미리 온 그날'의 준말이라고 했다. 나는 그 말에 가슴이 먹먹해왔다. 나 하나 내려온 것을 '미리 온 그날'이라고 부르다니.

이번에는 담배 연기 사이로 미순의 얼굴이 떠올랐다. 동글동

글 귀여운 미순의 얼굴은 곧 평양의 깨끗하고 번듯한 통일거리
와는 거리가 먼 근교 소도시의 꾀죄죄한 뒷골목 풍경과 겹쳐졌
다. 동무들과 제기차기를 하고 있는 추레한 차림의 코흘리개 소
년과 그 옆에서 다른 계집아이들과 줄넘기 놀이를 하고 있는 아
랫집 미순이. 오토바이만 지나가도 흙먼지가 풀풀 일고, 움푹 팬
길에 여기저기 쓰레기가 널려 있는 골목길. 거뭇한 그을음이 더
께로 내려앉고, 군데군데 시멘트가 떨어져 나가 시뻘겋게 녹슨
철근이 드러나 보이던 저층 아파트. 하루 몇 시간씩밖에는 들어
오지 않는 전기와 수돗물. 무슨 연구소에 다닌다던 아버지와 단
추 공장에 나가던 어머니. 어머니는 저녁 늦게야 춥고 어두컴컴
한 아파트로 돌아와 저녁밥을 짓느라고 부산을 떨었다.

　두 곳 다 삭막하고 스산스런 분위기는 비슷했다. 다른 점이라
면 민호가 사는 곳은 낡고 누추한 집들이 빼뚤빼뚤 제멋대로 산
기슭에 그악스럽게 달라붙어 있는 반면, 북에서 내가 살던 곳은
평지인 큰 거리 뒷골목에 숨어 있다는 것이었다. 누가 보아도 슬
럼가라고 할 그 동네를 아버지는 중산층 거주지라고 불렀다. 그
러니까 우리 가족은 중산층이다, 하는 얘기였다. 나는 속에서 반
발심이 생겨나곤 했다. 1인당 얼마씩 정해진 식량—그나마 요즘
은 자꾸만 그 양이 줄어가는—을 배급받아 연명을 하고, 봄이면
거름전투라는 명목으로 산과 들로 짐승 똥을 주우러 다니고, 가
을이면 땔감을 찾아 앞산 뒷산을 헤매는데도 우리가 중산층이라
는 얘기였다. 아버지가 그 근거로 대는 말이 있었다.

"니들이 맨살을 가릴 옷이 없네, 주린 배를 채울 밥이 없네."

'가족과 집'이라고 하면 땟국이 흐르는 춥고 어둠침침한 공간의 기억밖에는 없는 내게 중산층이라는 단어는 생소하게 들렸다. 그러다 막상 중산층의 기준이 무엇인지는 서울에 와서야 알게 되었다. 남쪽 사회에서 중산층의 기준은 오로지 경제력이라는 것을. 아파트 평수, 처분 가능한 현금 자산, 일 년에 한 번 가족 해외여행 등등. 그런데 교환학생으로 온 미국과 유럽 학생들과 얘기를 나눠보면 그 기준은 한국과는 사뭇 달랐다. 그들 문화권에서는 중산층의 기준이 재산이나 돈과 관련된 것은 하나도 없었다. 이미 그 바탕에 상당한 정도의 경제력이 깔려 있어야만 가능한 기준인지는 알 수 없지만. '할 줄 아는 외국어가 하나 정도 있을 것, 자기 집만의 별미 요리가 있을 것, 구독하고 있는 비평지가 있을 것, 그리고 페어플레이 정신과 약자에 대한 보호' 같은 것이었다.

그 외국 친구들은 페어플레이에 대해 얘기하는 것을 몹시 즐거워했다. 나는 보지도 못했지만 88 서울올림픽 때의 일화도 있었다. 자기 점수가 잘못 카운트되었으니 감점하라고 심판에게 요구한 스웨덴 탁구 선수, 요트 경기에서 2위로 달리다가 물에 빠져 허우적대는 다른 나라 선수를 구한 뒤 22위로 들어온 캐나다 선수. 그밖에도 2016년 리우올림픽 5천 미터 육상 트랙에서 있었던 일도 입에 침이 마르도록 이야기했다. 여자 선수 둘이 다리가 꼬여 한 명이 넘어졌다. 미국 선수가 네덜란드 선수의 손을 잡아 일으켜 세웠다. 그러고서 둘이 함께 달리던 중에 미국 선수가 다리가 아파 주저앉았다. 이번엔 네덜란드 선수가 그녀를 일으켜 세우며 말했다. "어서 일어나. 끝까지 뛰자."

중산층이라는 말이 남쪽에 있는 친척과 무슨 상관이 있는지는 알 수 없었지만 아버지는 그 말을 할 때면 언제나 먼 곳을 바라보면서 눈가가 젖어들고는 했다. 나는 그럴 때마다 아버지의 속마음을 짐작할 수 있었다. 아버지가 또 할아버지 대에 남쪽에 두고 온 피붙이를 생각하고 있다는 것을. 나는 도무지 이해가 되지 않았다. 아버지는 아직 한 번도 보지 못한 남쪽의 사촌들을 어쩌면 그토록 그리워할 수 있는지. 오지랖도 넓은 양반, 당신 당뇨 수치나 잘 관리하시지. 남쪽에 있는 사촌 생각할 여유가 있다면. 어쩌면 아버지에게 중산층의 의미는 내 직계가족 말고 멀리 남쪽에 떨어져 있는 친척을 생각할 수 있는 정신적인 여유 같은 것이었을까. 그건 나도 모르겠다.

"내 아버지는 남쪽의 형님을 결국 다시는 보지 못하고 눈을 감았다. 우리 대에도 사촌끼리 만난다는 건 기약이 없다. 너희 대에 가서는 부디 재종끼리……"

'재종'이라는 말은 '육촌'과 같은 말인데도 훨씬 더 가깝게 여겨졌다. 하지만 나는 그저 늘 하는 타령이려니 하고 귓가로 흘려들을 뿐이었다. 단지 종조부 얘기는 하도 자주 들어 그 이름만은 머리에 새겨져 있었던 모양이었다. 남쪽에 와서 조사를 받을 때 내 입에서는 대뜸 충청도 수산에서 의원 개업을 했다는 종조부 이름이 튀어나왔고, 그렇게 해서 당숙과 연결이 된 거였다.

　며칠 전 아침 식사를 다 마쳐갈 즈음 어쩐지 오른쪽 옆 이마에 차가운 시선이 와서 꽂히는 것이 느껴졌다. 고개를 돌리자 숙모의 눈길과 마주쳤다. 나는 얼른 일어나 에스프레소 머신 앞으로 갔다. 루왁 커피를 내려 식탁 가운데에 준비되어 있는 식구들의 잔에 따랐다. 어색한 침묵은 언제나 민수에 의해 깨지곤 했다.

　"미리날 오빠. 오빠 덕분에 나 유학 갈 수도 있을 것 같아."

　그녀는 아버지를 바라보며 찡긋 윙크를 했다. 민수는 내가 회사에 도입한 새로운 배기가스 정화장치를 말하고 있는 듯했다. 그녀는 파리 유학을 가고 싶어 했지만 아직은 당숙의 눈치를 보고 있는 중이었다. 민수가 다시 말을 이었다.

　"생각지도 못했던 유능한 오빠가 어느 날 갑자기 내 앞에 나타났잖아, 이건 진짜 '미리 온 그날'이 아니고 뭐겠수?"

　결코 분위기에 휩쓸리는 성격이 아닌 당숙이 한마디로 딸의 흥분을 지그시 누르듯 말했다.

　"아직은 잘 몰라. 유럽 쪽에서는 호응이 오는데 중국 쪽 반응을 봐야지. 기술도 더 개발해야 하고."

　당숙은 유독 '기술'이라는 단어에 힘을 주었다. 내가 학과를 선택할 때도 당숙은 앞으로는 '기술'이 있어야 살 수 있다며 신소재공학과를 추천했었다. 공부가 그다지 재미있지는 않았다. 하지만 그때 배운 짧은 지식은 '백금을 대체할 산화물 합금'이라는 논문의 발견으로 이어졌다. 네 개의 금속이 각각 하나로는 아무런 역할을 하지 못하지만 한데 섞어 녹이면 독성물질을 정화할 수 있는 훌륭한 합금이 되었다. 어떤 금속들은 한데 섞으면 가치 있고 유익한 합금이 된다는데 사람은, 하는 데까지 생각이 이르면 마음이 불편해졌다. 그래도 인간의 문명은 기술과 인적인 네트워크 덕분에 이루어진 것이라는데. 어쨌든 합금의 시세는 백금의 20분의 1에 지나지 않았다. 새 방식에 따른 배기가스 배출 시험 결과가 나오던 날, 입이 귀에 가서 걸린 당숙이 말했다.

"민세가 선견지명이 있었어. 이 정도의 성능이라면 스모그에 시달리는 중국에서도 무척 반가워할 거야."

그날 아침 회사에 하루 휴가를 낸 나는 서초동 집을 나와 민호가 벤처 기술 발표를 한다는 청주 미호천 모형항공기 시험장으로 향했다. 내겐 형이지만 삼수를 하는 바람에 동기가 된 민호는 4년 내내 나와 그림자처럼 붙어 다녔다. 당구장이며 피시방, 노래방, 영화관, 수영장 등등 어디든 함께였다. 그를 따라다니면서 나는 서울을 하나하나 익혀나갔다. 동생 민준이와는 달리 그는 단 한 번도 내게 주인 행세를 하지 않았다. 민호와 함께라면 누가 이 집의 아들이고 객인지에 대해 아무런 의식 없이 지낼 수 있었다. 그랬던 민호가 졸업과 함께 달동네로 들어간 거였다. 나로서는 머리를 둔기로 얻어맞은 느낌이었다. 무슨 영문인지 알 수 없었다. 민호에 대한 금단현상으로 나는 의자에 앉기만 하면 다리를 떨었다.

담뱃불을 끄고 나서 다시 언덕을 따라 오르기 시작했다. 얼마

쯤 걷다가 나는 걸음을 멈추었다. 한없이 퇴락하고 무기력한 느낌밖에 없는 동네. 어느 집 담장에 웬일로 노랗게 익은 황금빛 여주가 주렁주렁 매달려 있었다. 어느 바지런한 손길이 이런 척박한 땅에다가도 씨를 뿌리고 물을 주어 가꾼 모양이었다. 두어 개는 완전히 무르익어 아래를 향해 입을 쩍 벌리고 있었다. 열린 싯누런 입속에 붉은 씨가 가득 들어 있었다. 어쩐 일인지 그 모양은 아버지의 입속에서 핏물을 머금은 채 썩어가던 치아를 연상시켰다. 심한 당뇨로 해서 죄다 흔들리기 시작해 이미 음식 씹는 기능을 거의 잃어버린. 아버지가 서울에 있다면 당연히 품어갈 만했다. 나도 몰래 저절로 그것을 향해 왼쪽 팔을 뻗었다. 당뇨에 좋다는 얘기를 듣고 아버지가 아파트 베란다에서 그리도 정성껏 키우려 했지만 제대로 익은 열매는 한 번도 얻지 못했었다. 아마도 기온이 높고 습도가 많은 기후에서 잘되는 것 같았다. 모처럼 튼실하게 영근 열매가 고마워 한번 만져보고 싶었다. 그때 갑자기 어깨에 예리한 통증이 왔다. 왼팔로는 무거운 짐을 들거나 철봉 같은 데도 매달리지 말라고 의사가 당부했었는데. 무리하게 힘주어 뻗은 탓에 팔의 통증이 도졌나 보았다. 그것은 3년 전의 그날을 기억에서 되살려냈다.

육촌동생 민준이 산책이나 하자면서 동네 부근 야산으로 나를 불러낸 것은 내가 당숙의 회사에 입사하고 나서 얼마 되지 않은 어느 주말이었다. 평소 싸늘한 시선을 보내던 녀석이 웬일일까, 하고 반가운 나머지 나는 한달음에 달려갔다. 그의 앞에 서자마자 강한 펀치가 얼굴로 연달아 날아왔다. 선제공격에 당황한 내가 멈칫거리자 그는 손으로 내 턱을 들어올렸다. 키가 나보다 머리통 하나만큼이나 더 큰 그를 나는 올려다보아야만 했다. 민준은 입술을 실룩거리며 말했다.

"짜아식, 어디서 굴러 들어온 놈이 박힌 돌을……"

주먹과 발길이 다시 연타로 내 몸에 쏟아졌다. 그의 거친 구둣발짓에 정강이가 까여 바짓가랑이가 축축해왔다.

"시팔, 그래, 개같이 목이 매어져 실컷 빨아라. 울 아버지 엉덩이. 그 역에는 니가 적격일 테니까. 개새끼야."

민준의 주먹은 쉬지 않고 내 얼굴을 가격했다. 나도 이따금씩 녀석의 허점을 파고들어 주먹을 날렸다. 나는 중학교 때부터 사실은 선수 될 생각도 없으면서 권투부에 들어 체육관에서 샌드백을 치며 시간을 보내곤 했었다. 농촌 동원이나 집단체조에서 빠질 수 있는 구실을 만들기 위해서였다. 한창 사춘기였던 나는 '노동이 노래가 되고 행복이 되는' 농촌 동원에서 굳이 기쁨을 느끼고 싶지 않았다. '하나는 전체를 위해, 전체는 하나를 위해'라는 집단체조의 구호는 『삼총사』의 구호를 엉뚱한 데 취직시킨 것 같아 코웃음만 나왔다. 차라리 그냥 '한창 짱짱할 때 농촌 일손이나 좀 도우라우. 넘치는 힘 뒀다 어따 쓰나'라거나, '얼마나 한몸처럼 움직일 수 있는지 재미로 집단체조(마스게임) 한번 해보자우'라고 했으면 좋았을 것을. 아무튼 그동안 갈고닦은 주먹이 녹슬지 않았다면 민준이쯤은 얼마든지 완전넘어뜨리기(KO

승) 할 수도 있었다. 그런데도 어쩐 일인지 나는 소극적인 원거리 권투(아웃 복싱)만 하고 있었다. 그러다 민준의 강타에 그만 코피가 터졌다. 코피쯤이야, 나는 코를 훌쩍거리며 피 냄새를 맡았다. 피를 얼마큼 흘리고 나자 차라리 후련해왔다. 그것은 피 냄새가 아니라 진한 향기처럼 느껴졌다. 어쩌면 미순의 것인지도 모를 일이었다. 나를 이곳까지 오게 만든 그녀의 냄새.

미순은 관광 왔던 캐나다 남자를 찾아 무작정 압록강을 건넜다. 적어도 나는 그렇게 믿고 있다. 감기에 걸린 친구 대타로 어쩌다 관광청에 불려 나갔다가 벌어진 일이었다. 기타 솜씨에다 가창력이 뛰어난 것이 화근이라면 화근이었다. 미순은 사내들과 배를 타고 대동강 상류로 가서 어울려 놀면서 「아리랑」과 「도라지」를 불렀다. 그러고는 돌아와서 내게 자랑스레 털어놓았다.

"그 사람들 얼마나 유쾌하고, 재미있고, 멋진지 몰라, 야."

그때 미순이 보기에 자신의 앞을 가로막고 서 있는 장애물이 있었다. 소학교 시절부터 그녀와 단짝이었던, 하지만 '유쾌하지도, 재미있지도 멋지지도 않은' 무지렁이. 선반 일을 배워 일찍 직업전선에 나서게 될 공장 노동자. 어느 소설*에 나오는 우직하고 성실하기만 한 주인공 딱 그 정도였다. 소설 속의 판사는 이혼 소송을 당한 남자에게 이렇게 말한다.

"동무는 십 년 전 선반공 때나 지금이나 사상정신생활도 문화정서적 요구도 변동이 없소. 허나 당신 아내는 가수로서 정신문

---

* 백남룡, 『벗』, 살림터, 1998.

화적 면에서 크게 발전하였소. 시대는 또 얼마나 전진하였소. 온 사회의 인텔리화가 빠른 걸음으로 실천에 옮겨지고 있는데 동무는 텁텁한, 낡은 생활의 자막대기를 가지고 안해를 재려고 든단 말이오."

나는 그 소설을 읽었으면서도 미순에 대해 소설 속 남자와 똑같은 생각을 품고 있었다. 남자는 그저 열심히 일해 돈만 벌어오면 되지 않느냐는 식이었다. 만나면 싸우는 일이 잦아졌다. 심하게 다투고 서로 뜨악하게 지내던 어느 날 홀연 미순은 사라졌다. 그녀의 이야기를 곱씹어보자 그날 대동강 유람선 안의 풍경이 대충 그려졌다. 미순이 기타 치며 「도라지」를 부른다. "도라지 도라지 도오라지 심심산천에 백도라지……" 반죽이 좋은 사내가 답가를 부른다. 비틀즈의 「렛잇비」에다 자작 가사를 붙여서. "지순한 여인 찾아 길을 나섰을 때/어머니가 다가와/지혜의 말씀해주셨지, 바로 여기/공연히 딴 데서 헤매지 말아/지금 네 곁에 있어/이 순간 놓치지 마, 지금 여기/지금 여기, 지금 여기/지금 여기, 지금 여기/지혜의 말씀해주셨지, 지금 여기."

새초롬히 앉아 기타로 반주를 넣는 미순의 갸름한 손과 보라색 도라지꽃처럼 청초한 얼굴을 은근슬쩍 훔쳐보는 희멀건 능구렁이 사내의 면상.

악에 받쳐 있는 대로 주먹을 휘둘러대던 민준이 그만 제 풀에 지쳤는지 고개를 떨어뜨리고 비틀거렸다. 이때다, 싶었다. 오른쪽 주먹에 있는 대로 힘을 실어 막 올려치기를 하려는 찰나, 멈칫하고 나는 손을 거둬들였다. 그때 문득 들려오던 아버지의 목소리. "니들 대에 가서는 부디 재종끼리……" 아버지의 그 말소리와 함께 어떤 생각이 머리를 스쳤다. 만약 내가 녀석을 완전넘어뜨리기로 이긴다면 나는 이기고도 분명 패자가 될 것이라는. 숨을 헉헉대던 민준이 다시 기운을 차렸는지 나를 땅에 엎드리게 한 뒤 팔을 뒤로 꺾었다. 나는 어깨가 부러지는 듯한 통증에 왈칵 눈물이 솟았다. 그래도 이를 악물고 참았다. 속으로 민준에게 말했다. '너는 평생 겨우 내 팔의 통증으로 해서 기억에 남을 것이다, 그뿐이다.' 그날 나는 산속 공터에 널브러졌다가 어두워진 뒤에야 피투성이 몸으로 어기적거리며 집에 돌아왔다.

발을 방에 들여놓자마자 나는 의식을 잃고 쓰러졌다. 몇 시간이나 흘렀을까. 누군가가 따뜻한 물수건으로 자꾸만 내 몸을 닦는 듯한 느낌이 들었다. 가는 눈을 뜨자 민호의 얼굴이 어른거렸다. 나는 꼬박 사흘을 꼼짝없이 누워 지냈다. 민호가 누구 짓이냐고 캐물었지만 나는 입을 열지 않았다. 그 시각 이후에 벌어진 일들을 나는 지금도 생생하게 기억한다. 정형외과로 나를 데려가 탈골된 뼈를 맞춰주고, 약을 먹이고, 매일같이 붕대를 갈아주던 민호의 부산한 움직임. 죽을 사와서 떠먹이고, 욱신거리는 몸을 어루만져주고 파스를 붙여주던 바지런하고 따스하던 그의 손. 정강이에 깊이 팬 상처를 소독하고 거즈로 닦을 때는 자기 몸인 양 움찔거리던 그의 표정. 그 일이 있고 나서 얼마 되지 않아 그는 집을 나갔다. 그 뒤로 매달 내게 와서 용돈을 뜯어가던 민준이와는 달리 민호는 내게 아무것도 요구하지 않았다. 도리어 내 쪽에서 항상 갈구하게 만들었다. 그를 위해 내가 무엇을 할 수 있을지를. 그는 나와 그토록 가깝게 지냈으면서도 내게서 너무나 멀리 있는 존재였다. 가난을 유희하려는 놈이라고 경멸하면서도 한편으로는 뭔가 알 수 없는 경외감이 우러나오는.

언덕길 중턱까지 올라왔을 때 나는 뒤로 돌아서서 아래를 내려다보았다. 아직 서울에 이런 달동네가 있다는 게 믿어지지 않았다. 하지만 북이나 남이나 이런 동네에 사는 사람들이 여전히 존재한다는 것 또한 엄연한 사실이었다. 나도 몇 년 전만 해도 이런 곳에서 살았었다. 북쪽 생각을 하자 내가 달려온 지난 시간들이 마치 꿈결처럼 아득하게 여겨졌다. 강을 건넌 뒤로 맞닥뜨렸던 죽음과도 같은 장면들이었다. 국경수비대의 감시망에 잡힐세라 벌거벗고서 옷 보따리를 비닐 주머니에 꼭꼭 싸서 숨긴 채 물속에서 죽을힘을 다해 숨을 참고 있던 시간들. 총을 쏘며 뒤쫓아 오는 중국 공안을 피해 가까스로 민가로 숨어들었던 숨 가빴던 순간. 서울에 와서 당숙을 만난 뒤로 내게 불어온 상승의 기류들. 그것을 타고 오직 올라가는 길밖에는 모르던 내 모습. 그 기류와는 정반대 방향으로 가고 있는 듯한 민호의 모습. 그가 가는 길이 반드시 상승보다 못한 쪽이라고는 단정할 수 없었다. 다만 그를 보면서 가슴 깊이 밀려드는 어떤 느낌만은 분명했다. 지금 그가 겪고 있는 고통이 내가 이곳에 내려오느라 겪었던 그것보다 결코 더 가볍지 않을 거라는.

그날 고속버스 터미널에서 청주행 버스를 타고 미호천 모형항 공기 비행장에 도착했을 때는 오전 11시가 넘어서였다. 이미 많은 엔젤들이 도착해 천막 밑에 앉아 있었다. 모처럼 툭 트인 공터를 바라보자 가슴이 후련해왔다. 민호는 내가 왔는지도 모를 터였다. 민수가 알려주기 전까지는 나도 그가 요즘 무얼 하고 지내는지 몰랐다. 며칠 전 민수가 내게 귓속말로 속삭였다.

"미리날 오빠, 큰오빠 벤처 발표회에 가서 한번 보고 올래? 정말 엔젤 투자를 받을 만한 물건인지 어떤지. 그럼 내가 아빠를 설득해보게."

천막 앞에는 '벤처 기술 발표회'라는 현수막이 보였다. 조금 늦게 도착한 탓에 천막 안에는 자리가 없었다. 나는 키 큰 사람들 뒤에 서게 되어 민호의 모습을 전혀 볼 수가 없었다. 앞사람의 팔꿈치 옆으로 빠끔히 얼굴을 디밀어 겨우 시야를 확보했다. 마침내 민호의 차례가 왔다. 그가 준비를 하는 동안 마치 내가 발표자인 것처럼 가슴이 쿵쿵 뛰었다. 내가 왜 그의 일에 이다지도 신경을 쓰는지 알 수 없었다. 혹시 승자의 교만일까. 결코 그런 것은 아니었다. 민호만 생각하면 항상 뭔가가 마음에 걸리고 애틋한 느낌이 들었다. 그것은 그가 처음부터 나를 유별나게 대하지 않았다는 사실 때문이었다. 남보다 더 살갑게 굴거나, 억지 미소도 지어 보이지 않았다. 그저 같이 노닥거리고 운동장에서 공차기를 하고, 당구장에 드나들고, 피시방에서 신나게 게임을 했을 뿐, 어떤 의도도 보이지 않는 것. 그것이 나를 한없이 편안하게 했다. 그랬던 둘의 사이가 나의 입사를 기점으로 해서 묘하게 어긋나버린 거였다.

삼 년 전, 민호와 함께 당숙의 회사에 입사 시험을 치렀을 때였다. 아직 합격자 발표 전이어서 나는 몹시 초조했다. 그날은 웬일로 당숙이 일찍 퇴근해 식탁이 오랜만에 꽉 찬 느낌이었다. 식사가 끝날 무렵 당숙이 입을 열었다.

"민세가 입사 시험에 합격해 내일부터 신입사원 연수를 받게 됐다. 민호도 합격은 했지만 다른 일을 하겠다고 하니 그 뜻을 존중해줘야겠지."

순간 숙모의 얼굴에서 핏기가 싹 가시는 것을 나는 놓치지 않았다. 옆에 앉은 민준이 날카로운 눈길로 나를 째려보았다. 분위기를 눈치챈 당숙이 얼른 민호를 보며 말했다.

"민호야, 설명을 좀 하는 게 좋지 않겠니. 자신이 내린 결정에 대해서 말이야."

민호는 온 얼굴에 미소를 가득 머금고 입을 열었다.

"민세야, 축하한다. 넌 정말 아버지 회사에 꼭 필요한 인재야. 아버지, 사람 아주 잘 뽑으셨어요. 그리고 어머니, 걱정하지 마세요, 사실 저는 그동안 너무 많은 혜택을 누리며 자랐어요. 이제부터는 제 힘으로 뭔가를 해보려구요."

"아니, 아니, 이 이건……"

숙모는 말을 잇지 못하고 잠시 민호와 당숙의 얼굴을 번갈아 바라보다가 수저를 내리고 안방으로 들어가버렸다. 민준이 쌩 하고 일어서서 나를 노려보며 씩씩거리더니 숙모를 따라 들어갔다.

수십 명의 엔젤들 앞에서 민호는 자신이 개발한 자전거를 두 손으로 치켜들어 보였다. 보통 자전거와 다름없었지만 핸들에 달린 버튼을 누르면 앞뒤로 프로펠러가 나와 펼쳐진다는 것이 달랐다. 그가 제품 설명을 시작했다.

"여러분, 달까지 자전거를 타고 달린 소년들, 기억나시죠? 영화 「E. T.」에 나오는 장면. 동산 위에 뜬 달을 배경으로 E. T.가 초능력으로 자전거를 날아오르게 해서 진짜 달에 날아간 것처럼 보인 것인데요. 어쩌면 미래에는 자전거로 정말 달까지 날아가는 것이 가능할지도 모릅니다. 제 작품 '하나자', '하늘을 나는 자전거'는 그 꿈의 시발점입니다. 육상에서 유유히 달리다가 길이 막히면 버튼을 눌러 일정한 고도로 올라가 프로펠러를 이용해 공중으로 날아갑니다. 그러다 길이 막히지 않는 곳에서 다시 땅으로 내려와 달리는 것이죠. 착륙장 같은 건 필요 없습니다. 이 제품의 콘셉트는 '소박하게, 자유롭게'입니다. 자전거의 단순 간편함을 살리면서 헬리콥터보다 훨씬 더 큰 쾌적함과 자유로움을 추구합니다."

민호는 하나자를 타고 달리기 시작했다. 그는 트랙을 몇 바퀴 돌고 와서는 핸들에 박힌 단추를 눌렀다. 양쪽 핸들에 달린 프로펠러가 펴지면서 웽 하는 소리와 함께 자전거는 공중으로 떠올랐다. 엔젤석에서 박수가 터져 나왔다. 그것은 정말 하늘을 날았다. 게다가 사람 키의 몇 배나 되는 높이까지 올라갔다. 일단 일정한 고도로 떠서 날아가는 데는 성공했다. 아파트나 빌딩 같은 고층 건물은 뛰어넘기 힘들겠지만 도로 위의 자동차나 신호등쯤은 너끈히 뛰어넘을 수 있는 높이까지 올라갔다. 이번에는 다시 그라운드로 내려와 달리다가 바닥에 설치된 장애물을 만나자 다시 붕 하고 날아올랐다. 장애물은 이를테면 교통 체증을 의미했다. 다음번에는 하나자로 한강도 날아서 건널 수 있을 것 같았다.

민호는 날아오른 자전거를 다시 엔젤석 앞에 착륙시키려 했다. 그때 하나자의 몸체가 앞뒤로 몇 번 뒤뚱거렸다. 이제는 프로펠러 소리만 요란할 뿐 공중에 떠서는 더 이상 날지도 땅에 내려오지도 못했다. 당황한 민호가 허둥대며 버튼을 이것저것 마구 눌러댔다. 그것은 붕 하고 몇 미터 날아가더니 다시 한곳에 떠서 꼼짝하지 않았다. 민호는 하나자를 내리려고 애를 썼지만 기계가 통 말을 듣지 않았다. 얼굴이 하얗게 질린 그가 엉덩이를 한 번 들었다가 앞바퀴에 몸무게를 실어 뛰어내리는 동작을 취했다. 그제야 하나자는 겨우 땅으로 내려오기 시작했다. 얼마 후 쿵, 하고 땅바닥과 충돌하는 소리가 제법 크게 들렸다. 민호의 몸뚱어리는 자전거에서 튕겨져 나갔다. 낙법 연습을 많이 했는지 민호는 자전거와 분리되는 찰나 공처럼 몸을 말아 데구루루 굴렀다. 그러더니 재빨리 훌훌 털며 다시 일어났다. 헬멧과 무릎 패드를 착용한 덕분인지 크게 다치지는 않은 듯했다. 민호는 십여 미터 떨어진 곳에 나동그라진 하나자로 달려갔다. 보기가 민망한 나는 그사이 제품 소개 전단지를 살펴보았다.

세계 최소형 최경량 플라잉 바이크 하나자.

프레임 : 그래핀 소재를 채택한 고강도 알루미늄 합금.

중량 : 영국과 체코제(90kg)보다 훨씬 작고 가벼움(50kg).

동력 : 태양광과 전기 충전 겸용.

엔젤석 앞으로 돌아온 민호는 자전거를 반으로 툭 접은 다음 그것을 양복 커버만 한 가죽 주머니에 쏙 집어넣었다. 그러고는 머리 위로 번쩍 들어올려 그 가벼움을 강조하는 듯했다. 그러나 엔젤석에서는 결코 박수 소리는 나오지 않고 무거운 침묵만 흐를 뿐이었다. 민호와 눈도 마주치지 않고 서울로 돌아오면서 나는 앞이 아득해오는 것을 느꼈다. 민호는 지금 아마도 캄캄한 터널 속에 갇힌 느낌일 것 같았다.

어둠에 싸인 느낌은 내게도 매우 익숙한 것이었다. 국경을 넘을 때도 그랬지만 연수가 끝나고 기획실에 발령받고 일 년쯤 지났을 때 또 한 번 그런 느낌이 왔다. 나를 뽑아준 이에게 빨리 뭔가 보여줘야만 한다는 강박감이었다. 가슴이 바짝 타들어가던 불면의 밤들. 어느 날 원가 산정 보고서에서 발견한 희토류 구입비의 엄청난 비중. 배기가스 정화장치에 촉매제로 쓰이는 백금 계열의 플라티늄, 팔라듐, 로듐이었다. 남아공 광산 노동자가 파업만 해도 그 값이 천정부지로 뛴다는. 이들 백금을 대체할 수 있는 것이 없을까, 하고 그 분야 논문들을 뒤지던 심야의 도서관. 깜빡 졸다가 새벽에 눈을 비비며 다시 들여다본 모니터에서 번쩍, 번개 치듯 눈에 들어온 새로운 논문 제목. 「백금을 대체할 산화물 합금 개발」.

민호 생각을 하면서 언덕길을 올라서인지 어느새 까마득하던 정상에 다다랐다. 정상에서 오른쪽으로 꺾어 조금 걷다가 다시 왼쪽 민호네 집이 있는 골목으로 접어들었을 때였다. 갑자기 얼마 전 일요일에 당숙 내외의 부부싸움 광경이 머릿속에서 되살아났다. 그날 민준이와 민수는 친구들을 만나러 나가고 없었다. 당숙과 숙모는 아마 나도 남매와 함께 외출한 줄로 안 모양이었다. 숙모가 소리를 질러대기 시작했다.

"당신 대체 민호는 어떻게 할 거야? 어쩌려고 엉뚱한 아이를 키우냐구? 착하디착한 우리 민호는 어쩌라고."

숙모의 말은 거의 울부짖음에 가까웠다. 당숙은 차분한 말투로 숙모를 달랬다.

"이런, 이런. 회사 경영이라는 건 자식 사랑하고는 다른 거요. 아무도 뒤를 봐줄 사람이 없고 오직 자기 실력밖에는 믿을 게 없는 녀석이 일을 내는 법이라고. 민호 놈은 애비 회사에 들어오기를 아예 거부한 놈이고."

숙모가 한풀 꺾인 목소리로 말했다.

"그럼, 그 아이가 회사를 키워놓고 나면 그때 가서 우리 민호를 그 위에 앉힐 생각은 있는 거지, 당신?"

숙모의 채근에 당숙은 아무 말도 하지 않았다.

골목에는 뛰노는 조무래기들도, 볕을 쬐러 나온 노인들도 보이지 않았다. 단지 길고양이 한 마리가 졸린 눈으로 골목을 어슬렁거릴 뿐이었다. 다행히 민호네 옆집은 아무도 살지 않는 버려진 집이었다. 나는 얼른 그 집으로 들어가 몸을 숨겼다. 구석구석에 슬어 있는 거뭇거뭇한 곰팡이에서 퀴지근한 냄새가 나고 벽에는 바람이 새어 들 정도로 굵은 금이 쩍쩍 나 있었다. 반쯤 깨진 유리 창문을 통해 민호네 마당이 훤히 내려다보였다. 흙으로 덮인 민호네 작은 마당에는 싯누런 비닐 장판이 깔려 있었고, 그 위에 설계도면과 분해된 자전거가 놓여 있었다. 그는 작은 냄비를 들고 나오더니 마당에 뒹구는 벽돌 한 개를 집어다 냄비 밑에 받쳐놓고 냄비 뚜껑에 라면을 조금씩 덜어 후루룩거리며 먹기 시작했다. 젓가락으로 면발을 집어 올리면서도 그는 도면과 그 옆에 펼쳐진 책을 골똘히 들여다보았다. 한동안은 먹는 것도 잊고 젓가락을 든 채 책에 빨려 들어가 있기도 했다. 그러다 퍼뜩 무슨 생각이 났는지 노트북으로 다가가 키보드를 두드리고는 다시 책과 도면으로 돌아왔다.

그때 조금 전에 보았던 길고양이가 그의 마당으로 들어섰다. 나는 서슴없이 그에게 다가갈 수 있는 고양이가 부러웠다. 나는 왜 성큼 민호네 집으로 발을 들여놓지 못했을까. 나 자신이 생각해도 의문이었다. 아침에 집을 나설 때는 무작정 쳐들어가 손을 덥석 붙잡고 말할 작정이었다. 다 챙겨서 집으로 돌아가자고. 도무지 모를 일이었다. 어쩌다 훔쳐보기를 하게 되었는지. 무엇을 위해서. 일종의 관음증을 충족시키기 위한 것이었을까. 머리가 복잡해왔다. 속에서 스멀거리는 온갖 상념들 중에서 내 야비함의 기미를 낚아채려던 순간 고양이는 내가 내다보고 있는 창 쪽을 힐끗 올려다보았다. 황급히 몸을 내렸지만 아뿔싸 때는 이미 늦었다. 녀석은 계속 야옹야옹 울어댔다. 마침내 민호가 몸을 일으켜 고양이의 시선을 따라잡았는지 창 쪽으로 뚜벅뚜벅 다가오는 발소리가 들렸다. 나는 숨을 죽이고 방구석에 쪼그려 앉았다. 곰팡내 나는 방 안에서 민호가 나를 찾아내기까지는 단 몇 분이채 걸리지 않았다. 나는 범죄현장을 들킨 피의자처럼 쭈뼛거리며 일어섰다. 민호의 눈은 불을 켠 야수처럼 이글거렸다. 평소의 온화한 모습이라고는 찾을 수 없었다. 짐승이 포효했다.

"다시는 날 찾지 말라고 했지. 벌써 잊었나? 내가 네 놈을 얼마나 시샘했는지 알아? 태어나면서부터 온몸으로 부대껴왔을 그 힘겨운 조건들, 사선을 넘으면서 몸에 가서 붙은, 생과 사에 관한 그 본능적인 감각. 그것만으로도 넌 이미 나보다 훨씬 우월한 다른 종족이 됐어. 어서 꺼져. 이 넘치게 축복받은, 재수 없는 족속아."

나는 야수의 울부짖음에 찍소리도 낼 수 없었다. 목구멍까지 올라오는 말을 그저 꾹꾹 눌렀다. '그렇게 생각하는 것은 네 자유지만 그것은 큰 오해의 소산일 수도 있어. 알고 보면 나는 앞만 보고 내달리는 욕망의 덩어리일 뿐이야.' 눈앞의 먹잇감을 당장이라도 집어삼킬 듯한 그 험악한 얼굴에서 나는 말로 표현할 수 없는 위협과 위엄을 동시에 느꼈다. 그의 반응은 숨어서 몰래 상대의 동정을 살피려는 나의 비겁한 행보와는 사뭇 다른 것이었다. 가슴속에서 격렬한 질투심, 아니 어쩌면 열패감인 듯도 한 야릇한 감정이 솟아올랐다. 그것의 정체가 무엇인지 나는 정확히 알 수 없었다.

다만 내 앞에 멀리 뻗어 있는 어떤 길이 보였고 아득히 먼 길 중간에 뭔가가 가로막고 있는 것이 어렴풋이 보였다. 몇 나라의 국경을 넘어 서울에 온 뒤에도 아직 내가 애써 넘어야 할 또 다른 경계의 문턱이. 머릿속에서는 다시 행위예술가의 영상이 돌아가고 있었다. 제 스스로 한쪽 다리를 고무줄로 바닥에 묶고서 한 번 뛰어오를 때마다 가까스로 선 하나만을 그리고는 다시 원 위치로 당겨져 내려오는. 나는 세상의 모든 고요와 함께 가을의 마지막 햇살이 머물고 있는 흙 마당에 그를 홀로 남겨둔 채 발길을 돌렸다. 내 앞에서 언덕을 내려오는 그림자가 비치적거리고 있었다.

아홉번째 파도

그것은 어느 날 한밤중에 느닷없이 들이닥쳤다. 바닷가에서 피우는 담배 한 대가 간절해 방파제에 나와 있을 때였다. 온종일 일에 지친 몸을 난간에 기댄 채 나는 몇 번 연기를 깊이 빨아들였다 내뱉었다. 내뿜는 연기와 함께 몸에 쌓인 피로가 조금씩 빠져나가는 듯했다. 방파제 끝의 작은 등대에서 몇 초에 한 번씩 쏘고 있는 붉은 신호뿐, 바다에는 그 어떤 불빛도 형체도 보이지 않았다. 사위는 온통 캄캄한 어둠뿐이었다. 항구 앞에 두 날개를 펼친 듯한 나지막한 섬, 조도(鳥島)도 밤이면 흔적도 없이 사라졌다. 도저히 믿어지지 않는 적막한 풍경이었다. 동이 터오면 마치 어떤 섭리처럼 항구를 감싸 안는 듯한 새의 날개가 서서히 나타나고, 그 너머에 수백 명의 생명을 집어삼킨 수로가 웅크리고 있을 것이었다. 그럴 때면 차라리 바다가 아득하기라도 했으면 싶었다. 망망한 대해에 기댈 만한 작은 섬 하나 보이지 않는다면 애당초 부질없는 희망 따위는 품지 않았을지도 모른다.

그날 밤 주위의 물결은 그리 높지 않아 나는 아무런 경계도 하지 않았다. 방파제 난간에 걸린 작은 종들이 심심한 듯 이따금 쟁그랑거리고 노란 리본이 낮은 소리로 나풀거리고 있었다. 수많은 이들의 통곡을 받아내던 포구가 어둠 속에서 겨우 숨을 돌리고 있는 듯했다. 마지막 한 모금의 연기를 혹 뿜어내고 막 돌아섰을 때였다. 등이 떠밀린다 싶더니 난간에 달린 종들이 요란하게 울어댔다. 마치 물속에 잠긴 수백 명의 생명이 춥다고 발을 동동 구르며 이를 덜덜 떨어대는 소리처럼 들렸다. 노란 리본도 경련을 하듯 팔딱거렸다. 뒤를 돌아보았다. 등댓불이 깜빡 하고 비출 때마다 언뜻언뜻 어떤 모습이 눈에 들어왔다. 강풍을 타고 뭔가가 방파제를 향해 돌진해 오고 있었다. 그 기세는 경주마의 말발굽 소리처럼 우렁차고 위협적이었다. 어찌 보면 물로 지은 성채가 달려오는 것 같기도 했다. 그 위에 타고 앉은 누군가가 소리쳤다.

"형, 나 보여? 여기야, 여기. 꼭대기."

나는 고개를 들어 위를 올려다보았다. 목소리의 주인공은 붉은 등댓불 탓인지 화사한 얼굴을 하고 이제까지 본 적이 없는 색다른 파도 위에 올라앉아 있었다. 수직으로 곧추선 파도의 윗자락에는 얼마나 많은 영롱한 물방울이 매달려 있었던지. 그는 마치 수정의 관을 쓰고 하얀 물거품으로 된 보좌에 앉은 황제처럼 보였다. 파도의 황제. 황제는 자기가 탄 파도가 밀려와 부서지기까지의 그 짧은 시간을 놓치지 않았다.

"형, 나라니까, '남해의 도다리'. 형이 붙여줬잖아. 얼굴은 넙데데한 게 헤엄은 잘 친다고. 이 도다리가 드디어 그 파도를 봤어."

"파도라니?"

"응, 그 바다 그림에 나오는."

그 순간 파도는 방파제를 때리고 부서지면서 내 몸을 덮쳤다. 그 위에 보이던 형상도 사라졌다. 나는 방파제 난간을 꽉 붙잡고 바짝 긴장했다. 불시에 파도에 쓸려갈 수도 있었다. 물에 젖은 몸이 오싹해 오면서 부르르 떨렸다. 왼팔은 앞으로 뻗고 오른팔로 원을 그리는 모양새가 영락없는 동생이었다. 어릴 때부터 바다에서 신나게 놀다가 나올 때면 늘 하던 익숙한 몸짓이었다. 4월의 밤 바닷물은 아직 매울 만큼 차가웠다. 마치 얼음 톱으로 쩡 하고 가슴을 가르는 것 같은 느낌이었다. 하지만 나는 꼼짝하지 않고 서서 밀려갔다 다시 돌아오는 파도를 기꺼이 맞아들였다. 그러면서도 나는 도저히 떨칠 수가 없었다. 그때마다 뇌리에 와 꽂히는 기이한 느낌을. 이것은 누군가의 거친 숨결, 아니 살점이고 피이자 내장이라는. 그날 밤 그것은 몇 번이나 다시 밀려와 내 몸을 때렸다. 그러는 동안 나는 그와 많은 이야기를 나누었다. 거기엔 제법 속 깊은 대화도 있었다. 밀려왔다 밀려가는 파도의 리듬을 타느라 하이쿠처럼 짧을 수밖에 없었지만. 나는 이것이 진도 팽목항에서의 하루를 마치는 하나의 의식이 되었으면 했다. 유족으로서, 또한 자원봉사자로서 치러야만 하는. 그러나 그날 이후 그를 태우고 왔던 그 높은 파도는 다시는 돌아오지 않았다.

오늘 밤엔 파도가 방파제 아랫부분만 슬쩍슬쩍 건드리고 있다. 사고가 난 지 벌써 열사흘째, 수습된 시신은 200구가 넘었다. 하지만 그의 몸뚱어리는 올라오지 않고 있다. 파도가 다시 일어나기를 기다리고 있자니 처음 진도에 내려와 대책본부를 찾았을 때의 일이 떠오른다.

"최승호 씨요? 탑승자 명단에 없는데⋯⋯"

"아르바이트생이에요."

"아무튼 그런 이름 없습니다."

청해진해운에 전화를 걸었지만 담당 직원은 지방 출장 중이라고 했다. 그러면서 덧붙이는 한마디가 왠지 찜찜했다.

"알바생들은 신원 확인이 어려울 텐데요. 대개 표를 끊지 않고 그냥 타서."

어쨌든 그는 탑승자 명단에 이름을 올리지 못했다. 배에서는 얼마나 유능한 일꾼이었는지 알 수 없지만 이 사고에서는 탑승 사실조차 증명할 길이 없는, 유령 같은 존재였다. 게다가 그에게는 '아이고, 내 새끼'를 외치며 득달같이 달려올 어미 아비도 없었다. 오직 그의 죽음을 기껏 한나절쯤이나마 서러워해줄 유일한 피붙이인 형이라는 작자가 가족관계증명원을 떼어 와 있지도 않은 사람의 형제임을 주장하고 있을 뿐이었다. 그가 자신의 승선을 증명해내는 길은 단 하나, 물이 뚝뚝 듣는 제 주검을 이끌고 스스로 물속에서 걸어 나와 '내가 최승호요' 하고 외치는 일뿐이었다. 내가 망언이라고 했던 잭 런던의 말을 이제는 반박할 수가 없을 것만 같았다.

"인간은 자기 자신을 다이아몬드나 루비로 알지. 그건 엄청난 착각이고 과대평가야. 공기, 물, 에너지 등등 지구상의 자원은 유한한데 생명은 공급이 넘쳐나고 있거든."

그때 대책본부 티브이 화면에 방금 수습된 시신의 인상착의가 떴다.

여(17~18세 추정), 키 160cm, 회색 재킷 속 노란색 터틀넥, 곱슬머리.

남(25~30세 추정), 키 175cm, 검은색 바탕에 흰 줄무늬 후드티, 왼쪽 뺨에 큰 점.

사실 나는 그날 아침 동생이 어떤 옷을 입고 나갔는지조차 몰랐다. 키가 정확히 얼마나 되는지도. 매번 달려가 시신의 얼굴을 보고서야 동생이 아니란 것을 확인할 수 있었다. 아침에 눈도 뜨지 않은 채 잠결에 출근하는 그와 인사를 나눈 기억만 났다. 전날 마신 술로 숙취가 심한 까닭이었다.

"형, 갔다 올게."

"음, 오늘은 어디니."

"제주행 세월호. 내일 밤에는 나, 폭죽도 쏠 거다, 형. 더 자."

그 말을 끝으로 그는 조용히 현관문을 닫고 나갔었다.

그날 4월 16일, 나는 오후가 되어서야 잠자리에서 일어났다. 전날 밤 여자 친구에게서 결별을 통고받은 나는 상태가 말이 아니었다. 혼자서 강술을 퍼마신 탓에 머리는 띵하고 속은 쓰렸다. 뜨끈한 우동 국물이 당겨 학교 앞 분식집으로 향했다. 가게가 웬일로 닫혀 있었다. 이상하다고 생각하며 발길을 돌리려는데 그 앞에서 서성대는 아주머니들 사이에서 흘러나오는 말이 있었다. '세월호'와 '이 집 아들도' 하는. 나도 모르게 걸음이 뚝 멈춰졌다. 무슨 일이냐며 물어보았다. '분식집 아들이 수학여행을 갔다. 수백 명의 고등학생들이 탄 배가 한 시간여에 걸쳐 가라앉는 것을 지켜보았다. 그것도 티브이 생중계로.' 내가 실연의 아픔을 삭이지 못해 이불 속에서 뒤척이고 있는 동안이었다. 그제야 나는 팽목항으로 달려갔다. 한참 늦은 지각생 유족이었다.

'내 새끼, 내 새끼 살려내.' 진도 체육관 안의 공기는 자식이 제발 살아 돌아오기만을 애타게 비는 부모들의 절절한 기구와 끓어오르는 원망과 분노로 충일되어 있었다. 그 마음의 기운들을 한데 그러모은다면 아마도 침몰한 배를 단숨에 들어올릴 수도 있을 것만 같았다. 아니 그러고도 남을 정도였다. 다 키운 자식을 하루아침에 잃어버린 어미 아비들은 초주검이 되어 있거나, 혼절했거나 실성한 듯했다.

나는 생중계를 보지 못해 사태의 심각성을 깨닫지 못한 탓인지 울음도 나오지 않고 덤덤하기만 했다. 그때까지도 솔직히 분간이 잘 가지 않았다. 지금 내가 느끼는 슬픔의 연원이 동생의 실종인지 실연인지. 더 기막힌 것은 내가 마치 제삼자인 양 유족들을 관찰하고 있다는 사실이었다. 나는 한 인간으로서 본색이 드러나고 있는 중이었다. 아니, 나라는 인간을 도무지 알 수 없었다. 원래가 매몰차기 이를 데 없는 족속인지, 아니면 형제란 게 대개 그처럼 데면데면한 사이인지. 생각해보니 다른 유족들에게는 엄청난 결례였다. 이렇게 불량한 인간이 가슴 에는 고통을 겪고 있는 다른 유족들에게 묻어 그들과 같은 대우를 받으며 지낸다는 것이. 유족생활 일주일 만에 나는 스스로를 추방했다. 체육관 밖의 자원봉사 천막으로.

자봉의 손길을 기다리는 곳은 한두 곳이 아니었다. 식사 준비와 배식, 설거지, 빨래, 체육관 청소, 구호물품 운반과 배부, 쓰레기 분리수거와 화장실 청소 등등. 체육관에서 일이 끝나면 셔틀버스를 타고 팽목항으로 나가 닥치는 대로 일을 거들었다. 그 어떤 허드렛일보다도 더 어려운 일이 있었다. 미수습자 가족들에게 물 한 모금 드세요, 죽 한 그릇 드세요, 하는 권유였다. 그들 앞에 서면 몸가짐 하나하나 말투 하나하나가 모두 조심스러웠다.

자봉 캠프에는 'J-수칙'이라는 것이 있었다. 이른바 '진도 자원봉사자 수칙'이었다. '유족에게 먼저 말 걸지 않기, 유족이 화를 내면 조용히 듣고만 있기, 이동할 때 소리 내지 않기, 음식은 꿇어앉듯 낮은 자세로 권하기, 웃거나 큰 소리 내지 않기, 유족이 권하는 음료나 음식은 받기, 기업은 자원봉사 홍보 않기, 내 가족의 일로 생각하기, 소셜 미디어에 유가족의 모습을 올리지 않기', 이렇게 아홉 가지였다.

수칙은 하도 많아 외우기도 힘들 정도였다. 오랫동안 사람을 접촉하지 않고 살아온 내가 자칫 누군가와 부딪칠까 두렵기도 했다. 그렇게 해서 자연스럽게 쓰레기 분리수거와 화장실 청소를 맡게 되었다. 일을 하다가 힘이 들면 방파제에 나가 넘실대며 달려드는 파도의 아가리를 바라보곤 했다. 파도를 보며 나 스스로에게 말했다. 너처럼 소심하고 비겁한 인간은 죽었다 깨어나도 잠수사는 되지 못할 것이라고.

그런데 알 수 없는 일이 생겼다. 체육관에서 다른 가족들과 앉아 있을 때보다도 쓰레기 분리수거를 하면서 나는 학생 유족들과 더 큰 일체감을 느끼게 된 거였다. 어제는 서울에서 방문자가 쇄도한 날이어서인지 쓰레기가 유난히도 많이 나왔다. 능률이 오르지 않자 집게도 던져버리고 손으로 직접 만지면서 분류를 했다. 마스크를 썼는데도 쓰레기에서 나는 냄새를 견디기 힘들었다. 말로는 표현할 길 없지만 가슴을 아리게 하는 알싸한 내음. 악취도 아니고 이게 무슨 냄새일까. 코를 킁킁거리다 문득 알게 되었다. 유족이 버린 휴지 조각은 보통 휴지가 아니었다. 그들의 몸통에서 자식이라는 한구석이 생으로 뜯겨져 나간, 상처의 진물을 닦은 거즈였다. 종이컵에 비벼 끈 담배꽁초와 한 입 베어 물다 도저히 더는 삼킬 수 없어 내팽개친 샌드위치와 사과 조각, 병나발을 불다 남은 소주병의 냄새 하나하나에 그들의 경악과 슬픔, 초조, 불안과 탄식이 배어 있었다. 정말 그랬다. 그들은 지금 생살이 뭉텅 잘려 나간 부위를 끌어안고 끙끙 앓고 있었다. 나는 가슴과 허리와 배를 손으로 쓸어보았다. 어디가 가장 아픈지를 더듬어보기 위하여. 그러고는 그 덤덤함에 저절로 몸서리가 쳐졌다.

파도가 좀체 높아지지 않자 나는 실의에 빠진다. 오늘 밤엔 그가 오지 않으려나 조바심이 든다. 머릿속에서 그날 밤 처음 그를 본 순간을 불러내본다. 그는 바다를 즐기고 있었다. 바다 그림 이야기를 하고 나서 덧붙였다.

"형, 파도타기가 이렇게 신나는 일인 줄 몰랐어. 내가 사는 파도시(市)에는 아우들 수백 명이 같이 지내고 있어. 꿈 많은 소년 소녀들이야."

"아, 그 아이들하고 같이 있구나. 다행이다. 아이들 얘기 좀 해봐."

"걔들 정말 기발해. 모두들 세상에 뭔가 일을 낼 애들이더라니까."

"그래? 무슨 일을?"

"응. 어떤 아이는 교통 체증을 피해 날아다닐 수 있는 구두를 만들겠대. 또 다른 아이는 우주 농장을 만들어 평생 식량 걱정 안 하게 만들겠다고 하고."

"마법을 부리는 거야, 뭐야? 거 맹랑한 아이들이로군."

"아냐, 그럴듯한 이론이 있어. 또 어떤 녀석은 파도 타고 전 세계의 바다를 누비는 게 꿈이래. 나를 무척이나 따라. 파도 부리는 법을 배우겠다고."

"아서라. 꿈 깨라고 해. 모두가 굉장한 인물이 될 순 없지."

"형 무슨 말인지 알아. 사실은 그냥 착한 사람 되어 작은 일 하면서 오손도손 사는 게 꿈이라는 애들이 훨씬 더 많아."

"인마, 니 몸이나 잘 챙겨. 온 동네 참견하느라 괜히 몸 상하지 말고."

그 말을 하면서 동생의 머리를 끌어안고 꿀밤을 한 대 주려 하는데 파도는 어느새 그를 냉큼 데려가버렸다.

하긴 동생이라면 어느 곳에 내팽개쳐져도 그곳에 신바람을 불어넣을 놈이었다. 어릴 때부터 학교 공부는 나보다 뒤졌지만 수영이나 낚시, 윈드서핑 등 물에서 노는 일은 단연 나보다 한 수위였다. 그랬던 녀석이 바다에 가서 물결과 몸을 섞어 기품 있는 파도가 되었다. 그가 높은 파도와 함께 멀어졌다 다시 돌아왔을 때 나는 소리쳤다.

"미안해. 널 그런 데 보내는 게 아니었는데……"

그는 내 곁에 바짝 다가와 말했다.

"그런 말이 어디 있어, 형? 팩트만 말해줘. 궁금해."

나도 몰래 금기와 같은 말을 쏟아냈다.

"평형수를 뺐대. 무거운 화물을 더 실으려고. 배는 제멋대로 개조를 하고. 그래서 배가 중심을 잡기 힘들었대."

그는 크게 놀라는 기색도 없이 대범하게 말했다.

"파도가 뭔지 몰랐던 거야. 배를 부린 역사가 너무 짧았어."

나는 아직도 분노를 삭이지 못하고 있었다.

"무슨 역사 타령은, 무능의 극치지. 안개 속에 무리한 출항을 하고. 물살이 빠른 맹골 수로에서 급격한 변침을 하고. 조타기는 고장 나 있고."

배를 부린 역사, 라는 그의 말에 얼핏 뭔가가 머릿속에 그려졌다. 어느 날의 조선 조정. 선박을 만들어 무역도 하고 해외로 진출해야 합니다, 라고 주장하는 북학파 박제가의 우렁찬 목소리. 쓸데없는 짓이라며 그에게 쏟아지던 사대부들의 핀잔 소리. 허허 서얼 주제에 무슨 상업이고 무역을 운운한담. 정말 한심한 시대였다. 이웃 나라에서는 군함을 만들어 원정을 나서고 식민지를 경영하던 시기. 파도 그림도 해상 활동이 왕성했던 나라에서 나온 거였다. 그 생각을 하면서 나는 말하기조차 부끄러운 소리를 할까 말까 망설였는데 밀려갔던 파도가 다시 돌아오자 그만 냉큼 뱉어버리고 말았다.

"저 말야, 있지, 선장이랑 선원들이 먼저 내렸어. 승객들한테는 구명조끼 입고 가만히 있으라고 방송해놓고."

그는 푸하하하, 하고 웃다가 한마디 툭 던졌다.

"바보들. 아쉽다. 더 오래오래 살 수도 있었는데."

처음에는 그 말이 뜨악했다. 더 오래오래 살 수도 있었다니…… 잠시 후, 머리에 환하게 불이 켜지면서 떠오른 영화 속

장면. 승객들을 질서 있게 구조보트에 태운 다음 의연하게 배와 운명을 같이하는 늠연한 선원들과 선장의 모습. 그때 동생이 자못 진지한 얼굴이 되어 말했다.

"형, 다른 건 둘째 치고, 한 시간도 넘게 왜 손을 놓고 있었대?"

"글쎄, 시계가 흐리고 물살이 세서 접근이……"

나는 답을 얼버무렸다. 정말 알 수 없었다. 그의 말대로 바다를 몰랐는지, 기술 부족이었는지, 모험을 감수할 용기가 없었던지.

오늘 밤에는 바람이 크게 일지 않을 모양이다. 방파제에 나와서 망연히 어둠만 바라보던 유족들도 모두 들어가고 없다. 혼자 방파제에 서서 기다린다. 수정의 관을 쓰고 새하얀 포말 위에 앉아 파도 타고 올 아우를.

안산의 원룸이 눈앞에 보인다. 달랑 책상 한 개가 놓인 방은 이부자리를 깔고 나면 빈틈이 없었다. 좁은 방 한쪽 벽면을 큰 포스터만 한 그림이 차지하고 있었고, 그 밑에 책상 한 개가 놓여 있었다. 가뜩이나 비좁은 방에 한쪽 벽을 차지한 그림은 행정고시 삼수생의 원룸에 기묘한 분위기를 자아냈다. 동생이 어디선가 사 온 복제 그림은 백 년도 더 전에 러시아 화가가 그린 「아홉번째 파도」라는 작품이었다. 난파선의 잔해에 매달린 예닐곱 명의 선원들이 집채만 한 파도에 휩싸인 채 '살려달라'고 외치고 있었다. 한쪽에서는 자신도 가로누운 돛대에 겨우 매달린 선원이 거꾸로 물속으로 빨려 들어가는 동료를 붙잡고서 놓치지 않으려고 안간힘을 쓰고 있었다. 난파선 뒤로 보이는 수평선에는 이제 막 싯누런 빛을 내뿜으며 파도를 밀고 솟아오르는 태양이 걸려 있었다. 임박한 죽음을 알리는 난파선과 새로운 하루를 기약하는 화려한 일출의 대비. 처음에는 나도 알아채지 못했다. 그 아이러니를. 며칠 전 통곡의 팽목항에 선명하게 떴던 무지개나 마찬가지였다. 동생은 그 난파선 그림을 보면서 도리어 희망에 차서 말했다.

"형, 내 꿈은 전 세계의 바다를 다 둘러보고 나서 작가가 되는 거야. 잭 런던 같은. 굉장하지 않아? 백 년도 전인 러일전쟁 때 종군기자로 우리나라에 왔다니 말이야."

내가 서른 중반이 다 되도록 동생한테 빌붙어 살면서도 비교적 당당했던 건 어느 정도는 오지랖 넓은 그의 책임이기도 했다.

"걱정 마. 형이 고시 합격할 때까지는 내가 먹여 살릴게. 형은 초딩 때부터 공부 하나는 아무한테도 지지 않았잖아. 난 형 고시 합격하고 나서 해양대학 가든지, 항해사 시험 보든지 하지 뭐. 잭 런던도 열아홉 살에 고등학교 입학했대."

밤에 녹초가 되어 자봉 캠프로 돌아와도 잠을 이룰 수가 없었다. 아직도 나 자신이 의심스러웠다. 밤마다 잠을 쉬 들지 못하는 이유가 바다에서 돌아오지 못하고 있는 아우 때문인지, 헤어진 여자 친구 때문인지. 며칠 전만 해도 원룸에서 나와 질펀하게 한판 일을 벌인 다음 내 품에 안겨 콧소리를 내던 그녀. "있지, 난 오빠가 고시 공부를 해도 좋고, 안 해도 좋아. 이렇게 행복한 걸." 고시준비생을 연인으로 둔 여자의 행복이 그렇게 쉬 무너질 줄을 나는 예상치 못했다. 어제도 엎치락뒤치락하다 겨우 잠이 들었다.

꿈속에서 나는 시골집 마루에서 어머니와 바지락을 까고 있었다. 일찍 남편을 여의고 개펄을 뒤져 두 아들을 뒷바라지하는 어머니의 손은 마디가 툭툭 불거지고 휘어져 완전 갈고리가 되어 있었다. 말없이 바지락을 까던 어머니가 한숨을 푹 쉬면서 말했다.

"승호, 자는 입시 공부는 안 하고 뭔 놈의 쓰잘데없는 책만 저리 들여다보는지 모르겠데이. 니가 좀 타일러봐라. 대학은 가야 할 거 아이가."

어머니의 걱정 소리는 꿈속에서 얼마나 달콤하고 평화롭게 들리던지. 제발 지금 동생이 그런 걸로나 속을 썩였으면…… 꿈이 편집이라도 된 것인지 현실과 마구 뒤죽박죽이 되어 나타났다.

선실에 혼자 남은 동생은 자기 일에 열중하느라 밖에서 무슨 일이 벌어지고 있는지도 몰랐다. 쿵 소리와 함께 배가 조금 기우는 듯했고 구명조끼를 입고 대기하라는 방송이 여러 번 나왔지만 그는 배에서 흔히 있는 일이거니 했다. 제주에서 돌아오는 배에서 하게 될 선상 불꽃놀이 준비를 하느라 그는 여념이 없었다. 불량품은 없는지 점검해보고 터트릴 순서를 매겨나갔다. 레크리에이션 팀장이 처음으로 그에게 폭죽을 몇 발 쏠 기회를 주겠다고 했기 때문이었다. 그는 생각만 해도 가슴이 뛰었다. 발사관에서 튕겨져 나간 구슬이 창공의 새까만 캔버스에 그려낼 분수와 나이아가라, 국화, 달리아, 모란꽃 무늬들. 그때 갑자기 배가 심하게 기울더니 선실로 물이 차오기 시작했다. 금세 폭죽이 둥둥 떠다녔다. 그는 발버둥치며 물을 헤치고 나아가 선실 문을 발로 차고 몸으로 부딪쳐보았지만 문은 열리지 않았다. 그 광경을 보고 있던 나는 소리를 질렀다.

"인마, 진작 밖으로 나와 뛰어내렸어야지. '남해의 도다리'가 뭐냐, 창피하게. 그렇게도 감각이 없어?"

아우성치는 내 목소리에 놀라 잠에서 깼다. 머리맡의 휴대폰은 새벽 4시를 가리키고 있었다. 식은땀이 흘러내렸다.

아침에 일어나면 급식 천막으로 들어가 세정제로 손을 소독하고 줄을 섰다. 급식소는 24시간 열려 있었다. 아침 식사는 미역국이나 된장국에 반찬도 몇 가지나 되었고 점심과 저녁에는 고깃국이나 닭개장도 나왔다. 동생을 물속에 둔 채로 배불리 먹고 있는 내 모습에 가끔은 자괴감을 느끼기도 했지만 나도 어쩔 수가 없었다. 주책없는 나의 왕성한 식욕을. 사실 나는 불평할 게 없었다. 비가 온 이튿날 아침 누가 천막을 잘못 건드린 바람에 누운 채 물벼락을 맞았을 때도 나는 이게 웬 횡재냐 했다. 가만히 누워 하늘의 세례까지 받게 되었으니.

따지고 보면 마음 놓고 배부르게 먹을 수 있다는 것, 그것이 어쩌면 내가 체육관을 떠나 자원봉사 캠프로 옮겨온 한 가지 이유인지도 모른다. 목숨 걸고 구조작업을 펴고 있는 잠수사들을 생각해서라고는 결코 말하지 않겠다. 환자라도 된 듯이 체육관에 앉아 배식을 받아먹을 때는 솔직히 학생 유족들 눈치가 보여 항상 밥을 남기곤 했다. 나로서는 최소한의 체면 유지라고나 할까. 자식을 잃은 부모들은 끼니도 먹는 둥 마는 둥 했다. 이러다 새끼 얼굴도 못 보고 죽지, 하면서 억지로 한술 떴다가도 차가운 물속에 있을 피붙이 생각에 일그러진 얼굴로 숟가락을 내려놓았다. 그러나 내가 유족들이 있는 체육관을 나와 자원봉사 천막으로 오게 된 진짜 이유는 다른 데 있었다. 동생은 죽치고 앉아 그저 시간 때우는 것을 가장 못 견뎌했다. "졸린 행성이기보다는 반짝이는 유성이 되겠다"고 했던 잭 런던을 좋아해서인지는 모르지만 녀석은 행동주의자였다.

시골집에서 개미집을 퇴치하던 끈질긴 그의 모습은 아직도 기억에 생생하다. 해마다 봄에 텃밭을 일굴 때쯤이면 불개미에 물린 어머니 종아리에는 울긋불긋 꽃이 피었다. 어머니가 언제부터 다리가 붓고 따끔거린다고 호소를 하는데도 대학생인 나는 방구석에서 뒹굴면서 못 들은 척했다. 중학생이던 동생은 부엌에서 식초와 물을 반반으로 타서 주전자와 스프레이 통에 넣고는 밭 주위의 개미굴을 뒤졌다. 그는 땅이 부풀어 오른 곳마다 막대기를 꽂아 휘젓고는 식초 물을 쏘아댔다. 도랑 근처의 개미굴을 발견했을 때는 한 주전자의 식초 물을 통째로 부어버렸다. 오글거리던 개미들은 줄줄이 도랑으로 떠내려갔다.

갑자기 왜 개미 생각이 났는지 모르겠다. 하긴 조금만 높이 올라가 지상을 관찰해본다면 인간들이 이리저리 왔다 갔다, 꼼지락거리는 모습도 굴속의 개미들과 크게 다르지 않을지도 모른다. 더구나 항거할 수 없는 물줄기에는 그저 떠내려갈 수밖에 없는 운명인 터에야.

제법 큰 파도가 방파제를 향해 몰려온다. 파도 타는 아이에게 수정의 왕관을 씌우려면 저보다는 더 높아야 한다. 마음을 비우고 있어야 할까 보다. 지난번 그와 나누었던 이야기나 마저 되씹어보면서.

오랫동안 파도타기를 한 몸인데도 그는 피곤한 기색이라고는 없었다. 겉옷은 언제 벗어젖혔는지 날렵하게 자주색 티셔츠에 하늘색 추리닝 차림이었다. 그는 개구쟁이 동생으로 돌아가 있었다.

"형, 바다에 사니까 좋은 게 뭔지 알아? 매일 세수를 하지 않아도 된다는 거."

물에서 아직 나오지도 못하고 있는 녀석이 너스레를 떨었다.

"소원 풀었구나. 그렇게도 씻는 걸 싫어하더니."

"푸하하, 그러게, 영영 물속에서 살게 될 줄 진작 알았나."

한 번 밀려갔다 돌아온 그가 다시 말을 이었다.

"응, 이제 발 고린내도 나지 않아. 형이 질색을 하던."

"그래, 그 냄새에 나 정말 잠 많이 설쳤다."

발 고린내 때문에 동생과 싸우던 때가 그리웠다.

"근데 형, 내 그림 잘 있지?"

"그럼, 걱정 마. 근데 그 그림 뭐가 좋으니? 아까 파도 그림 어쩌고 했잖아."

파도가 다시 밀려가 동생의 대답을 들을 수 없었다. 잠시 후에 다시 높아진 파도가 대답을 싣고 왔다.

"응, 뱃사람들 전설이 있대. 아홉번째 파도를 보면 뭍으로 돌아가지 못한다는."

"화가가 그 얘기를 듣고 그린 것이로구나. 너도 그런 파도를 본 거야?"

"응, 그런지도 몰라. 파도가 차례차례 점점 더 거세지면서 아홉번째에 가서는 이제까지 한 번도 겪어보지 못한 정말 무시무시한 파도가 된대. 그 뒤에 어마어마하게 큰 구멍이 나 있고."

나는 그의 말을 들으면서 세상에서 가장 높고 덩치 큰 파도를 상상해보았다. 항공모함도 집어삼킬 듯한.

"우리나라엔 그런 그림 없잖우. 파도랑 싸우는 거."

정말 그런 것 같았다. 진경산수화에서도 물은 그저 잔잔하게 흘렀고 기껏 동적인 것이래야 산에서 떨어지는 가느다란 폭포 그림이 전부였다. 동생은 배에서 일하다 늙은 선원에게 그 전설을 들었다고 했다. 그러고 나서 얼마 후 충무로에서 찾았다며 그림을 둘둘 말아서 가져왔다. 나는 우리 작품에는 왜 그런 그림이 없는지 그 이유를 대지 못하고 더듬거렸다.

"음, 펴, 평화를 사랑해서일 거야. 뭐, 뭐하고든 싸, 싸우는 게 싫어서."

그는 더듬거리는 내 말에 핀잔을 주듯 말했다.

"꼭 맞서 싸우는 걸 말하는 게 아냐. 사납게 일어선 파도의 얼굴 말야. 무섭기도 하지만 그 아름다움을 보지 못하는 건 죄악이야."

나는 동생이 말한 '사납게 일어선 파도의 얼굴'이 어떤 것인지 얼른 감이 오지 않았다. 내가 기껏 아는 거라면 19세기 터너의 「폭풍」과 18세기 호쿠사이의 목판화 「가나가와 해변의 높은 파도 아래」가 전부였다. 터너의 그림은 폭풍과 눈보라와 파도가 거대하게 회오리치면서 그 한가운데 놓인 인간을 한없이 초라하게 만드는 것이었다. 호쿠사이의 것은 바다에 백록담 천지만 한 움푹한 구덩이를 내면서 90도로 치솟은 파도를 그린 것이었다. 그 높은 파도 밑에는 곧 그 아가리에 삼켜질 듯 보이는 세 척의 조각배가 떠서 일렁이고 있었다. 파도의 머리는 얼마나 높이 치솟았던지 바로 뒤의 후지산이 장난감 트라이앵글로 보일 정도였다. 꼭대기에 매달린 새하얀 거품은 상어 아가리에 촘촘히 박힌 이빨 아니면 당장이라도 먹이를 움켜쥘 듯한 강력한 매의 발톱처럼 보였다. 파도는 전체적으로 흰색과 푸른색, 짙은 청색 등으로 명암이 두드러지면서 더욱 위협적이 되었다. 하지만 달리 보면 그 새하얀 포말은 태고의 신비를 간직한 설산, 아니면 파도의 머리를 장식한 섬세한 꽃잎처럼 보이기도 했다. 그런데 아름다움을 보지 못하는 건 죄악이라니. 아마도 동생의 말은 파도를 정복하려면 진정 그 아름다움의 속살부터 속속들이 꿰고 있어야 한다는 말처럼 들렸다. 그러고는 언제 읽어보기나 했는지 문학 얘기도 했다.

"해양 시나 소설도 대부분 잔잔한 바다 풍경을 그린 것들이지."

그 말에 나는 방 한구석에 그가 빌려다놓은 『백경』, 『바다의 늑대』, 『노인과 바다』와 같은 소설책이 생각났다. 모두가 흰고래나 파도, 아니면 잡은 청새치를 지키려고 상어와 사투를 벌이는 이야기였다. 나는 허둥대다가 입에서 나오는 대로 지껄였다.

"아냐, 있어. 해양 영웅들 얘기. 장보고, 이순신."

그래도 심드렁해하기에 '울산 반구대 암각화' 하고 말하려 했지만 그는 밀려가는 파도와 함께 멀어져갔다. 댐 수위에 잠겨 곧 사라질 위기에 처했지만 마치 생물도감을 연상시키는 선사시대 암각화였다. 거기에는 향유고래, 귀신고래, 범고래 등 온갖 종류의 고래 모습과 함께 무엇보다도 중요한, 사슴 뼈 작살에 꽂힌 고래 모습이 새겨져 있었다. 그것은 진취적이고 적극적인 우리 조상의 모습을 상징했다. 하지만 사냥 나선 배들은 너무나 빈약한 조각배였다. 아마도 고래 등에 작살을 꽂은 누군가는 보았을 터였다. 자신들을 집어삼키려던 산 같은 파도를. 단지 그것을 표현하지 못했을 뿐이었다. 아니 어부에게 "나를 폭풍우 치는 갑판의 돛대에 묶어주시오. 그러고는 날이 밝을 때까지 절대 풀어주지 마오"라고 했던 화가 '터너'가 없었을 뿐이었는지도 모른다. 그다음에 오는 파도는 방파제까지 올라올 힘이 없었다.

그는 오늘 밤엔 돌아오지 않을지도 모른다. 이럴 줄 알았으면 그날의 진실을 진작 털어놓았을 텐데. 동생이 불꽃놀이할 화약을 준비하고 있던 그 순간에 들었던 쿵, 하던 소리의 진원지에 대해.

　"있지. 철근이나 컨테이너, 자동차 같은 무거운 화물을 잔뜩 싣고는 고정 장치에 묶어두지도 않았대. 그래서 풍랑을 만나 급하게 방향을 틀자 화물이 우르르 한쪽으로 쏠리면서 쾅, 소리를 낸 거래. 그때 배가 확 기울었고."

　내 말을 들었으면 동생은 뭐라고 했을까.

　'여객선이 아니라 화물선이었군. 화물선에 승객이 꼽사리 낀 거네. 원래 꼽사리 낀 쪽은 사고가 나도 할 말이 없는 거던가? 푸하하하하.'

　그의 헛헛한 웃음소리가 귀에 쟁쟁하게 들리는 것 같았다. 녀석의 웃음소리는 마치 내 가슴을 도려내는 듯했다. 그러자 분노가 치솟았고 누구에게든 꼭 따져보고 싶었다. 그 무식하고 무심한 무지렁이들의 규칙 위반이 내 아우라는 한 개인에게 어떤 결과를 낳았는지, 스물다섯 나이에 바다에서 돌아오지 않고 있는 이 땅의 한 젊음에게. 한국의 '잭 런던'을 꿈꾸던.

　아우를 보내고 난 뒤 그의 형이라는 작자의 미래도 내 눈앞에 그려졌다. 혹시 운이 좋아 고시에 합격이라도 한다면 반반한 집안의 때깔 좋은 여자와 혼인을 해서, 영양 상태가 넘치게 좋아 복숭앗빛 뺨을 지닌 아이들을 낳아 키우는 모습. 세상을 바꾸겠다던 기개도 어느새 안락한 생활에 파묻혀버리고…… 고개를 들고 일어나는 결코 외면할 수 없는 의문. 이번 사고로 세상은 과연 어떤 손실을 입게 된 것일까. 겨우 한 비루한 이기주의자의 삶을 유지시키기 위해.

바람이 점점 잦아드는 것으로 보아 그를 태운 파도가 오늘 밤에는 오지 않을 것만 같다. 자봉 천막 쪽으로 발길을 돌린다. 천막 앞에서 왁자지껄 떠드는 소리. 뭔가를 두고 다투고 있는 것 같다.

"야, 이 새끼야, 이 마당에 굿이라니. 정신 쏙 빼놓는 쇼 짓거리로 얼렁뚱땅 덮고 나가려고. 저거 안 보여?"

갈색 점퍼가 표독스럽게 말을 내뱉고는 천막 옆에 내걸린 현수막을 가리킨다.

'진실은 침몰하지 않습니다.'

맞은편에 선 청색 추리닝이 그에 질세라 맞받아친다.

"이보쇼. 그거하고 진도 씻김굿하고 무슨 관계가 있다고 그래?"

똑같은 얘기를 되풀이하는 것으로 보아 밤새 싸움이 끝날 것 같지가 않다. 나도 모르게 끼어들고 만다.

"이봐요. 그게 싸울 거리라도 됩니까. 다른 종교도 다 와서 기도하고 있는데. 진도 씻김굿이라고 못할 건 또 뭐요?"

그러자 곧장 갈색 점퍼에게서 날아오는 주먹. 나도 반사적으로 주먹을 내지른다. 한 대 치고 보니 어쩐지 낯이 익다. 그도 역

320

시 내 얼굴을 보고 흠칫한다. 옆에 서 있던 검정 티셔츠가 한마디 던진다.

"아는 사이야, 어떻게?"

갈색 점퍼가 좋은 꼬투리를 잡았다는 듯 내 연두색 자봉 조끼를 잡아당기며 따진다.

"아니, 당신이 왜 여길, 체육관에 있지 않고. 뭐야? 남 얘기하는데 왜 끼어들어? 이게, 어디서 물타기를 하려고⋯⋯"

말을 하다 말고 그는 냅다 주먹으로 내 코를 갈긴다. 모두들 조금만 건드려도 터질 듯 신경줄이 팽팽하게 부풀어 있다. '방파제에 다녀오다 어깨너머로 들리는 소리에⋯⋯'라며 해명을 하려는데 다시 주먹이 날아온다. 나도 주먹을 내지르려다 멈칫한다. J-수칙 2번이 기억난다. '가족이 화를 내면 조용히 듣기만 하기.' 그는 뒤로 물러서는 나를 두 팔로 꽉 잡고서 침을 튀기며 말한다.

"이 밤중에 방파제에는 왜? 어디다가 무슨 소릴 씨불이고 온 거야, 엉?"

그는 내 휴대폰을 찾느라 두 손으로 내 몸을 훑는다. 그렇다고 물속의 동생을 만나러 갔었다고 할 수는 없는 노릇. 갈색 점퍼가 씩씩거리며 옆 사람들을 힐끗 돌아본다. 그중에 검정 셔츠가 팔을 걷어붙이더니 내 앞으로 나선다.

"이치, 이거, 염탐꾼 아냐? 당신 유족 맞아? 어디 가족관계증명서 내놔봐."

검정 티는 내 멱살을 쥐고 흔들면서 윽박지른다. 그는 주먹으로 내 배를 후려친다. 무슨 말이든 하지 않으면 곧 큰 변을 당할 것만 같다. 나는 헉헉대면서 겨우 입을 뗀다.

"우, 우리한텐 그, 그런 그림 없대. 두렵고도 아름다운 파, 파도……"

검정 셔츠가 오른손으로 내 턱을 움켜쥐고 비아냥거린다.

"짜아식, 살짝 돈 거 아냐? 누가 돼먹지 못하게 그딴 혀를 놀려?"

"조금 전 바, 방파제에 밀려온 파, 파도가……"

"무슨 헛소리야."

그는 다시 내게 주먹을 휘두른다. 이번에는 관자놀이 부분을 명중시켰는지 머리가 어질어질해온다.

"그런 그림이라니?"

검정 셔츠가 캐묻는다. 나는 더듬더듬 내뱉는다.

"아, 아, 아홉……"

다리가 풀려 휘청거리는 통에 나는 말을 잇지 못한다. 갑자기 땅이 클로즈업된다. 나는 땅바닥에 코를 박으면서 나동그라진다. 몸이 나른해 오면서 묘한 기분에 사로잡힌다. 얻어터지면서도 가슴을 파고드는 후련한 느낌. 그때 어디서 힘이 솟는지 나는 벌떡 일어난다. 단숨에 검정 셔츠를 업어 메친다. 이번에는 발길로 갈색 점퍼의 무릎을 걷어차 쓰러뜨린다. 두 남자는 나의 기습 공격에 어안이 벙벙한 듯 제대로 대응을 하지 못한다. 어차피 나나 그들이나 같은 유족. J-수칙 2번은 적용되지 않는다. 나는 있는 힘을 다해 그들을 후려갈긴다. 고래고래 고함을 치면서.

"우리한텐 그런 그림 없대. 아, 아홉번째……"

갑자기 힘을 격하게 쓴 탓인지 나는 말을 다 마치지 못하고 그만 맥없이 바닥에 쓰러진다. 어쩌면 내일 아침 다시 눈을 뜨지 못할지도 모른다. 그 생각을 하자 모처럼 일어나는 절실한 마음. 마지막으로 그 말만은 꼭 전해야겠다는. 하지만 더 이상 입을 열 기력이 남아 있지 않다. 희미해져가는 의식 속에서 내 귀는 어떤 소리를 듣는다. 윙윙, 바다에서 불어오는 바람 소리. 심한 풍랑이 올 조짐인가 보다. 나는 혼신의 힘을 다해 땅을 박차고 일어서서 다시 방파제로 달려나간다.

방파제 끝에 선 나는 저 멀리서 다가오는 누군가를 본다. 소복에 장삼을 걸치고 흰 고깔을 썼다. 색깔 든 것이라고는 다홍색 옷고름뿐, 왼손으로는 치맛자락을 살포시 붙잡고 오른팔을 앞으로 펴고 우아한 몸짓으로 춤을 춘다. 버선코를 사뿐히 들었다 놓았다 하면서. 승무 같은 춤사위. 주저앉아 남실남실 어깨춤을 추더니 바닥에 놓인 새하얀 지전 두 뭉치를 손에 들고 일어선다. 넋을 씻어 건져 올려 저승왕에게 건네려는 듯 씩씩하게 지전을 흔들어댄다.

무희의 펄럭이는 마지막 치맛자락이 눈앞에서 막 사라지려 할 무렵 수평선 쪽에서 몰려오는 새카만 형상들이 보인다. 꿈인지 생시인지 알 수가 없다. 주기적으로 쏘아대는 등댓불에 희미하게 드러나기 시작하는 파도의 정체. 맨 앞에서 달려오는 동생과 그 뒤를 따르는 수백 명의 아우들. 일찍이 본 적이 없는 파도 탄 아이들의 말쑥한 모습들. 머릿속을 가득 채우는 또 다른 장면. 반쯤 기울어져 가라앉고 있는 멍청하리만큼 크고 우둔한 배. 하지만 해맑은 아이들을 태운 파도는 그 장면을 뒤덮고…… 눈앞에 펼쳐지는 하나의 그림. 아이들을 태우고 있어 저마다 하나하나 약동하는 파도들. 수정 구슬을 왕관처럼 머리에 쓰고 큰 동작으로 일렁이며 춤을 추는, 눈부신 포말을 일으키며 친구의 어깨에 가서 애교 있게 부딪쳐 부서졌다 다시 살아나는, 검푸른빛으로, 또 잿빛으로, 은빛으로, 때로는 우람한 설산처럼 위협적으로 치솟고 더러는 시퍼런 칼날이 되어 날렵하게 왈츠를 추는. 이 광경을 보려고, 이 시점에 맞추려고 나는 조금 전 사내들과 실랑이를 벌인 것일까. 우리도 마침내 그런 그림을 갖게 되는 것인가. 나는 입술을 달싹거린다. 아, 아홉번째 파도.

* 이 소설은 화가 이반 아이바조프스키(1817~1900)의 동명의 그림에서 도움 받았음을 밝혀둡니다.

한 줄기 흐름처럼

서희원(문학평론가)

1. 감각과 기억의 소설

우리가 보통 소설이라고 말하는 장편 소설(Novel)과 단편 소설(Short Story)은 삶의 진리가 개인의 감각을 통해 발견될 수 있다는 리얼리즘적인 사유를 그 중심에 놓고 있다. 그렇기 때문에 소설에서 펼쳐지는 시공간이 일반의 사람들이 경험하는 세계와 다를 때, 혹은 인물들의 가치관이 이상이나 인간 본성에 경도되어 이야기성이 현실 원칙을 압도할 때, 우리들은 그 장르적 특성을 소설이라는 단어 앞에 붙여 판타지 소설이라고 말하거나 로맨스 소설이라고 부르게 된다.

소설이 펼쳐내는 감각의 시공간에 접근하는 일반적인 방법은 그 서사가 펼쳐지는 시간과 공간을 가로축과 세로축으로 삼아 독자 자신이 직접적으로 경험했거나 간접적으로 체험한 실제

시공간과의 대조를 통해 텍스트가 놓인 간격을 대략적으로 확인하며 읽어가는 것이다. 가령 이 단편집에 담긴 「달팽이가 되려 한 사나이」의 경우 주인공은 "2040년대"라는 미지의 시간대를 살아가고 있다. 아직 어떤 인간도 경험하지 못한 근미래의 그곳은 다행히도 2018년의 독자도 알고 있는 구체적 공간과 익숙한 시간적 흐름을 배경으로 하고 있다. 그곳은 "서울"이며, "우이동 쌈지공원", "4·19묘지" 등으로 호칭되는 구체적인 공간이다. "첨단 과학 시대", "우주여행 시대"라는 수식어가 말해주는 것처럼 과학기술의 발달이 적어도 문명을 과거로 회귀시킬 만큼의 충돌은 일으키지 않은 시간대이다. 독자는 일차적으로 자신의 경험과 감각이 파악하고 있는 현실과의 거리를 측정하는 과정을 통해 텍스트에 접근하게 되고, 이는 독자를 안정적으로 서사의 끝으로 인도하는 내비게이션의 역할을 한다.

하지만 문학작품을 읽는 목적은 어떠한 혼돈이나 독서의 멈춤 없이 결말까지 가는 것이 결코 아니다. 또한 소설에 펼쳐진 시공간을 독자가 직간접적으로 경험한 감각으로 무난히 견인하여 독자의 세계에 안온한 동감을 안겨주는 것을 목적으로 하고 있지도 않다. 소설에 등장하는 주인공 '그' 혹은 '나'는 소설을 읽는 나와 같은 세계를 살아가는 일반적인 인간이라는 특성을 공유하고 있지만 결코 나와는 완벽하게 치환될 수 없는 단독적인 '그' 혹은 '나'만의 개성을 가지고 있다. 이 말은 '그' 혹은 '나'가 일반적인 개인으로 환원되지 않거나 이를 거부하는 고립된 혹은 고독한 개체라는 의미가 결코 아니다. 단독자로서의 개인은 고립이 아니라 교통, 즉 시간과 장소, 그리고 다른 자아와의 접촉을 통해서만 가능해지는 것이기 때문이다. 오히려 진정한 의미의 접촉이나 교류는 나와는 다른 '나'를 경험할 때에만 형성될 수 있다. 우리가 인간을 개인(individual)이라는 방식으로 지칭하며, 이를 구분하는 이유는 인간과 개인이 서로 다른 물리적 특성이나 관계를 가지고 있기 때문이 아니다. 개인은 그를 다른 사람과 구분하려는, 이를 통해 얻어지는 자율과 주체의 감각을 통해 형성되는 정체성을 가지고 있는데, 이것은 과거의 생각과 행동에 대한 기억을 통해 형성된다. 자아는 이러한 정체성이 고유한 '나'를 창안한다는 믿음에 근거하고 있다.

박찬순은 「달팽이가 되려 한 사나이」에서 한 번의 이혼 경험이 있는 삼십대 후반의 여형사 '구하늬'를 주인공으로 하여 2040년대라는 낯선 시공간의 서사를 펼쳐낸다. '구하늬', 즉 '나'가 가진 단독성은 2040년대라는 미지의 세계를 엿보게 하는 또 다른 통로인데, 박찬순은 많은 독자들이 궁금해할 것이 분명한 근미래의 한반도를 둘러싸고 벌어지는 정치적 혹은 경제적 변화—그곳은 통일된 곳인가? 아직도 민주주의와 자본주의는 유효한 사회 시스템인가? 등과 같은—보다는 아날로그에서 디지털로 전환된 시스템과 그것이 인간의 기억과 감각에 가져온 극적인 변화에 집중하며 서사를 진행시킨다. 2040년대는 스마트폰의 업그레이드 버전인 "스마트 글라스(SG)"가 자아와 타인, 인간과 세계를 매개하는, 아니 모든 감각의 전달을 독점하고 있는 시대이다. 행인에게 흉기를 휘둘렀던 고등학생은 "아무것도 느낄 수 없어요. SG가 없으면요. 날씨 변화조차도요"(104쪽)라고 말하며 자신의 무감각을 타인에게 폭력으로 표출하고, '나'는 육체와 연결된 SG를 통해 생체 정보를 끊임없이 전송받는 시스템이 자신보다 강력하게 자기 몸에 대한 영향력을 발휘하고 있다는 사실에 무언가 잘못되고 있다는 판단을 한다.

'나'는 실종된 보험 설계사 K를 찾는 과정에서 그의 SG에 접속하여 그가 쓴 글을 읽게 된다. K는 자신의 글에서 감각과 기억의 상실이 인간의 고유함을 소멸시키고 있다고 주장하며 이 세계에서 자아의 정체성을 보존하는 유일한 방법은 세계를 전송받는 것이 아니라 이를 생생하게 감각하고 기억하는 일뿐이라고 말한다. '나'는 K의 글에 깊게 공감하며 이를 읽어나가는 동안 단어와 문장이 형성하는 공간으로 자신이 빨려 들어가는 환상을 경험한다. 흥미로운 것은 이 환상을 가능하게 하는 것이 심신의 미약이나 약물처럼 육체에 직접적으로 작용하는 생리학적 자극이 아니라 '예술'이라는 점이다. 깊은 동감을 일으키며 감각과 기억을 부드럽게 자극하는 K의 문장은 '나'를 "설핏 잠"에 들게 하고, '나'는 "어느 집 거실 소파에 앉아" 조용한 음악을 듣는 꿈을 꾼다.

마음을 편안하게 해주는 음악 소리에 나는 모든 것을 내려놓고 공중에 무중력 상태로 떠 있는 기분이었다. 혼자이지만 아무것도 더 필요하지 않고 충만한 상태. 음악은 이제 현악기의 활들이 모조리 동원되어 가장 낮은 음조로 짧게 현을 뜯는 소리로 바뀌었다. 그것은 마치 뭔가가 아주 미세한 터치로 내 살갗을 켜는 소리처럼 들렸다. 몸의 세포들이 서서히 열릴 준비를 했다.(113~114쪽)

음악의 선율과 자아의 육체가 조응하는 순간 '나'는 상실했던 감각과 기억의 충만한 현현을 느끼며 환상이 마치 실제처럼 생생하게 감지되는 것을 깨닫게 된다. '나'는 예술이 가능하게 한 몸의 열림을 통해 아무런 맛도 없이 건조하게만 느껴지던 일상을 후각, 미각, 청각, 촉각의 생동하는 선율 속에서 다시금 체험하게 된다. 감각과 기억이 '나'의 고유함을 가능하게 한다면, 예술은 이런 감각을 약동하게 하고 이를 통해 기억을 생동감 있게 만드는 원동력이라고 할 수 있다. 이런 점에서 '나'가 기계화된 삶의 모습에 절망하거나 이를 벗어날 수 없다고 느낄 때마다 눈앞에 펼쳐지며 '나'의 내면에 충격을 주는 "정육점에 내걸린 고깃덩어리 같은 프랜시스 베이컨의 그림"(107쪽)은 자동화된 삶의 마지막 바리케이드 역할을 하고 있는 예술에 대한 작가의 굳건한 믿음을 분명하게 제시해주는 중요한 이미지라고 할 수 있다.

2. 예술과 삶의 조율

박찬순 소설에 등장하는 자아는 직업이나 나이, 주어진 상황은 다양하지만 예술이 인간의 감각과 기억을 충만하게 하고, 이를 통해 고양된 자아의 정체성이 진정한 주체를 만든다는 신념을 가지고 있다는 점에서는 그리 다르지 않다. 「성북동 230번지」의 '나'에게 '박태원'의 문장은 "예기치 않은 시점에 우연히 찾아와 누군가의 생을 알 수 없는 방향으로 몰아가는 미지의 어떤 힘"(151쪽)으로 표현되며, 「레몬을 놓을 자리」의 '나'에게 교토라는 이방의 도시는 정지용의 시 구절이나 카지이 모토지로의 단편 「레몬」의 문장에서 얻어낸 감각으로 체현되는 공간이다. 세월호 참사를 모티브로 하고 있는 단편 「아홉번째 파도」 또한 표제가 알려주는 러시아 화가 이반 아이바조프스키(Ivan Aivazovsky)의 동명의 그림을 통해 동생을 잃은 주인공의 슬픔을 구체적으로 형상화하고 있다. 「폭죽 소리」의 '나'를 대학 시절 만났던 연인에 대한 회상으로 이끄는 춘절의 폭죽도 사실은 "인생은 불꽃놀이"(243쪽)라는 시인의 문장이 알려주는 풍경과 내면의 상호작용이 있기에 그렇게 감각된 것이다. 주인공의 모습에서 작가 자신의 형상을 어렵지 않게 찾을 수 있는 「테헤란 신드롬」이나 「신천을 허리에 꿰차는 법—소설가 구보 씨의 일일」은 예를 드는 것이 특별한 의미를 주지 않을 만큼 대부분의 구절과 에피소드에 박찬순이 지니고 있는 예술에 대한 믿음과 신념이 담겨 있다.

사실 언어를 통해 세계와 인간의 간극이나 존재의 의미를 설명하는 작가에게 예술에 대한 믿음은 그리 특별한 것은 아니라고 할 수도 있다. 하지만 박찬순에게 그 신념은 단순한 직분의 윤리로 여겨지진 않는다. 조금 더 강조해서 말하자면 박찬순은 공동체 내의 갈등이나 개인적 삶의 고통에 대해서도 예술이 인간에게 감각하게 하는 조화와 감동의 측면에서 접근하는 것이 보다 효율적인 해결책이 될 거라는 믿음을 가지고 있다. 표제작이기도 한 「암스테르담행 완행열차」와 「북남시집 오케스트라」는 이러한 박찬순의 지향을 잘 보여주는 단편이다.

먼저 「암스테르담행 완행열차」를 살펴보자. "클래식 공연 기획" 회사의 중간 간부인 '나'는 자신이 기획한 악단의 부산 공연에 참석하기 위해 기차역에 오지만 KTX의 파업 소식을 접하고는 무궁화호 완행열차로 발길을 돌린다. 평소 "속도와 시간"에 강박적으로 매여 살던 '나'가 완행열차의 지루한 속도와 시간을 기꺼이 선택할 수 있게 된 것은 "그해 겨울 브뤼셀역"에서 경험했던 "암스테르담행 완행열차" 때문이었다. 유럽으로의 출장은 클래식 공연으로는 회사의 수지를 맞출 수 없으니 "이벤트 업체"로의 방향 전환을 시도하자는 이사회의 입장과 이를 반대하는 노조 사이에서 "바로크 음악 공연 기획"으로 새로운 활로를 찾아보려는 '나'의 기획을 위한 조사 작업의 일환이었다. 하지만 이사회에서의 프레젠테이션, 이혼 서류 절차의 최종적 마무리 등을 앞두고 있는 '나'에게 "도저히 있어서는 안 되는 일"(10 쪽)이 벌어진다. 인천으로 출발하는 비행기를 타기 위해 암스테 르담으로 가야 하는데 고속열차가 브뤼셀역의 승객을 아무도 태 우지 않고 떠나버리는 일이 발생한 것이다. "그날 밤 열차 혼선 은 탈리스뿐이 아니"어서 브뤼셀역은 갈 곳 잃은 승객들로 인해 아수라장이 되어버린다. 어쩔 수 없이 암스테르담행 완행열차를 타게 된 승객들의 감정은 각기 다른 국적과 사정과 목적지로 인 해 거대한 불협화음을 만들어내게 된다. 그곳에서 짜증과 초조 함을 느끼던 '나'는 각기 다른 언어를 쓰는 사람들 사이를 오가 며 일종의 자원봉사자처럼 안내를 하고 있는 '이리스'를 보게 되 고, "성가신 일을 마다하지 않는" 그녀의 "시원스러운 성격에 끌 려" 그 일을 함께 하게 된다. '나'는 난민으로 보이는 아랍인들에 게 다가가 기차역의 사정과 대책을 알려주려 하지만 공통의 언 어가 없는 까닭에 그 일은 인간에 대한 선의와 표정, 그리고 몸 짓으로 가능할 뿐이다. 의도하지 않았던 이 경험은 '나'에게 헛 된 것만은 아니었다. 아니 "악기 박물관"에서 우연히 만나 일정 을 망각할 만큼 매혹적인 음색을 들려준 "비올라 다 감바"(14쪽) 의 선율에 버금갈 정도로 충만한 감각과 기억을 '나'에게 선사하 는 경험이 되어준 것이다.

이 모두가 완행열차를 탄 덕분에 알게 된 것들이었다. 탈리스 를 탔다면 아마도 몸은 조금 더 편안했을 것이고 자리에 가만히 앉아 온갖 서비스를 받으며 고즈넉한 분위기에서 기획안을 구상할 수 있었을 것이다. 하지만 암스테르담에서 브뤼셀로 올 때처럼 쌩쌩 찬바람 부는 깔끔한 차림의 전문직 남녀들과 서로 싸늘한 눈길만 주고받았을 뿐 말 한마디 나누지 못했을 것이다. 히잡을 쓴 아랍 여인의 수줍고 신비스러운 웃음소리도, 몇 년을 준비해온 '오디션'을 놓쳤다는 헝가리 여자의 애절한 울부짖음도, 만돌린처럼 생긴 아랍 악기의 소리도 듣지 못했을 것이다. 그뿐이 아니다. 피난 중에도 음악은 필요하다는 사실도 알아내지 못했을 것이고, 혀끝에 와 닿던 새콤달콤, 바삭바삭한 시리아 쿠키의 맛도 보지 못했을 것이다. 무엇보다도 이리스를 만나 저음의 카리스마가 어떤 것인지 알게 되지 못했으리라.(31쪽)

오디션을 놓친 헝가리 여자를 위로하며 건넨 "오디션은, 계속된다"(29쪽)는 이리스의 말처럼 삶의 과정과 곡절은 오직 한 번뿐인 순간이 아니다. "속도와 시간"이 중요하게 느껴진다면 그것은 삶의 순간과 순간을 필연과 인과로 이어진 계단처럼 여길 때이다. 하나를 밟아야 다른 하나를 밟을 수 있는, 남들보다 빨리 밟고 통과해야만 하는 그런 인생에서 인간은 액셀러레이터 페달에서 발을 뗄 수가 없게 된다. '나'는 비효율적으로 느린 완행열차의 경험을 통해 빠른 속도로 지나치던 인생의 풍경을 맨발로 천천히 걷는 것 같은 감각으로 완상하게 된다. 이러한 감각과 기억이 '나'를 완전히 새로운 사람으로 만들어내지는 않지만 적어도 그 이전과는 약간은 다른 사람으로 변모시킨 것은 분명한 사실이다. 매일 모든 시간에 음악을 듣고 있어야 음악을 좋아한다고 말할 수 있는 것은 아니다. 음악을 좋아한다는 것은 음악을 듣는 그 순간에 감지한 사유와 기억을 통해 음악을 듣지 않는 더 긴 시간을 조율하며 살아간다는 것을 의미하고 있기 때문이다.

「북남시집 오케스트라」는 포격 사건이 있었던 연평도에서 평화와 화합을 위한 클래식 공연을 진행하는 에피소드를 담아내고 있는 단편이다. 이 작품은 "베토벤의 교향곡 5번 C단조, 작품 67 「운명」"의 4악장이 연주되는 짧은 시간을 전경에 내세우고 있지만, 보다 의미 있게 읽어야 하는 것은 연주와 포격의 환청 사이에서 끊임없이 삼투하는 화자의 감정과 에드워드 사이드에 대한 회상이다.*

"아버지의 직업 때문에 도쿄에서 태어나 서울과 런던, 모스크바와 평양을 거쳐 뉴욕에 와서 살고 있는 국적 불명의 여자"(131쪽)로 자신의 정체성을 규정하고 있던 음악도인 '나'는 '오리엔

---

* 흥미롭게도 박찬순의 소설집 『암스테르담행 완행열차』에는 두 명의 실존 인물이 소설의 인물로 등장한다. 에드워드 사이드와 「신천을 허리에 꿰차는 법—소설가 구보 씨의 일일」의 박태원이 그들이다. 사이드와 박태원은 역사적 인물인 동시에 각자의 자전적 서술 속에 등장함으로써 스스로에 의해 문학적으로 형상화된 인물이기도 하다는 점에서 주목을 요한다. 에드워드 사이드는 『Out of Place』(한국에는 『에드워드 사이드 자서전』이란 제목으로 번역되었다)라는 제목의 자서전에서 그가 태어난 1932년부터 박사 과정을 거의 끝마친 1962년까지의 기록을 내밀한 언어로 서술했다. 박태원은 독자들에게도 잘 알려진 「소설가 구보 씨의 일일」 등과 같은 소설에서 자신의 삶에서 취재한 한 개인의 독특한 형상을 '구보'라는 인물로 기술한 바 있다.

탈리즘'으로 전 세계적인 명성을 얻고 있던 에드워드 사이드의 강의를 듣게 되고, 고정되지 않은 "한 줄기 흐름"(129쪽)이라는 표현으로 자신의 정체성을 설명하는 사이드의 모습에 매혹된다. '나'와 사이드는 개인적으로 교류하며 서로에 대한 깊어지는 이해와 사랑을 공유하게 된다. 그리고 '나'는 "이스라엘과 아랍 연맹 간의 3차 중동전쟁이 막 끝"나고 "공존의 꿈이 힘의 논리 앞에 물거품이 되는 것을 목격하던 날"의 배신감과 무력감에서 사이드가 선택한 "하나의 우회로"(140쪽)가 자신의 삶에 던진 충격과 감동을 분단국가인 한국에서 다시 펼쳐낼 기획을 진행한다. 사이드의 "우회로"란 국가와 민족의 대립을 힘의 논리가 아닌 예술의 감각으로 화해시키려는 시도였다. 그것은 "서로 적국인 아랍과 이스라엘의 청소년을 모아 바렌보임과 함께 교향악단을 만"드는 일이었다. 실제로 사이드는 1999년 유대인 음악가 다니엘 바렌보임과 함께 "서동시집 오케스트라"를 결성하고 세계의 분쟁 지역을 돌며 화합과 평화의 메시지를 음악적 선율로 전달하는 일을 시작했다. 오케스트라의 이름으로는 다소 낯선 '서동시집'이라는 명명은 독일 시인 괴테가 페르시아 시인 하페즈의 시를 읽고 감명을 받아 집필한 『서동시집 디반(*West-Eastern Divan*)』에서 따온 것이다. '나'는 사이드의 유지를 이어가는 심정으로 이를 그대로 한국의 상황으로 가져와 "북남시집 오케스트라"를 남한과 북한의 젊은이들로 결성하여 포격이 있었던 연평도에서 평화를 위한 연주회를 진행하고 있는 것이다.

극단적인 전쟁으로 표출되는 국가의 잔혹한 논리 앞에서 음악을 연주하며 평화와 화합을 기원하는 사이드와 '나'의 실천은, 어떤 사람들에게는 무의미한 행위로 이해될지 모르고, 또 예술을 순수하고 고상한 차원의 것으로만 여기는 사람들에게는 예술이 고개를 돌리지 말아야 할 저속한 행위로 여겨질지도 모른다. 이러한 번민은 연주되는 음악 사이사이에 들려오는 "트롬본의 호쾌한 소리"(148쪽)를 서해 최북단의 섬을 폭격하는 포성의 환청으로 감지하는 '나'의 모습에서 잘 보여진다. 하지만 테리 이글턴의 표현처럼 예술에 대한 자신의 신념을 중립적이거나 정치와 무관한 것으로 믿으며 순수나 비정치적 미학만을 칭송하거나, 아무 일도 하지 않는 사람들이야말로 현대 사회의 지배적이고 폭력적인 이데올로기와 무의식적인 공범 관계를 맺고 있는 사람임이 분명하다.* 박찬순이 자신의 단편들에서 펼쳐내고 있는 예술에 대한 지향을 단순한 예술지상주의로 치부할 수 없는 것은 그러한 신념이 현실의 상황과 끊임없이 상호작용하는 과정을 여과 없이 그려내고 있으며, 그 안에 공동체의 일원으로 자기에게 부과된 사회적 책무를 실천하려는 예술가의 노력이 담겨 있기 때문이다.

---

* 테리 이글턴, 『문학이론입문』, 김명환·정남영·장남수 공역, 창작과비평사, 1986, 239~242쪽 참조.

3. 높고, 외롭고, 쓸쓸한

예술이 자아를 충만하게 해주고 육체를 약동하는 감각과 기억으로 채워준다고 해서 그곳이 인간이 정주할 목가적 장소가 된다고 믿는 것은 순진한 생각이다. 박찬순의 소설에 등장하는 사이드의 삶이 그랬고, 박태원의 인생여정이 그랬고, 단편의 주인공들이 경험하고 있는 이혼이나 고독의 상태가 그랬던 것처럼 예술을 통해 삶을 조율하는 행위는 결코 안정적인 행복으로 자아를 이끌지 않는다. 그것은 우리가 살아가는 사회나 소속된 공동체가 결코 예술을 통한 조화를 지향하고 있지 않기 때문이다. 우리의 삶의 테두리가 되어주는 것은 예술보다는 윤리나 법과 같은 규약이며, 이익과 출세라는 세속적 논리이다. 예술은 박찬순 소설 「테헤란 신드롬」이나 「북남시집 오케스트라」에 등장하는 주인공들이 감각하고자 열망하는 타인과의 성적 결합을 자유로운 자아의 선택이라 찬미하지만, 윤리는 이것을 신뢰를 저버린 방종이나 타락으로 비난한다는 사실, 그리고 대부분의 사람이 윤리의 편에서 사유하고 판단한다는 점은 우리가 살고 있는 삶의 테두리가 무엇인지를 분명하게 알려준다.

사실 예술을 삶의 지향으로 삼는 일은 자신이 속한 공동체 어느 곳에도 정주할 수 없는 높고, 외롭고, 쓸쓸한 삶을 인간에게 선사한다. 고고(孤苦)한 삶, 그리고 그 자취를 적어가는 고고(孤高)한 문장. 박찬순의 문장은 일상의 그 순간들을 단순히 기록하는 것에 멈추지 않고 거기에 예술적 품격과 함께 생동하는 감각을 부여한다. 하지만 박찬순의 품격은 성공한 부르주아의 거실에서 감상할 수 있는 안온하고 행복한 감정이 아니라 자신이 선택한 삶의 불협화음을 완전하게 자신의 것으로 감당하고 있는 사람의 의지에서 찾을 수 있는 그러한 품격이다. 삶이 불안하고 쓸쓸하다고 해서 불행한 것은 아니다. 자아가 느끼는 자유는 오히려 고고한 삶에서 탄생하는 법이다. 박찬순이 「북남시집 오케스트라」에서 에드워드 사이드의 입을 빌려 "지식인이나 작가, 예술가들이 임시로 거하는 집은 저항적이고 비타협적인 예술의 영역이라고"(145쪽) 말하고 있는 것은 예술에 대한 믿음을 가진 인간의 내면에 대한 정확한 지적이다. 하지만 여기엔 덧붙여야 할 말이 있다. 예술은 지식인이나 작가, 예술가들이 임시로 거하는 집이 아니다. 정신적 난민들에게 세계의 모든 곳이 임시 대피소인 것처럼 예술주의자들에게 세계의 어느 곳도 안락한 가정이 되어주지는 못한다. 하지만 진정한 예술주의자들은 자신의 사유나 신념이 타인들에게 이해되지 못한다는 사실에 절망하기보다는 그러한 불안과 두려움이 안겨주는 심리적 상태를 기꺼이 예찬하고, 이를 위해 자신의 삶을 더욱 지향 없는 상태로 만드는 것에 남은 열정을 쏟는 그런 유형의 인간이다. 보헤미안과 같은 유랑의 삶을 사는 인간의 모습이 예술가의 대명사처럼 사용된 것은 결코 우연이 아니다. 박찬순이 읽었을 것이 분명한 자서전의 마지막 페이지에서 에드워드 사이드는 백혈병으로 인해 자신의 삶이 얼마 남지 않았다는 것을 담담하게 밝히며 유언과 같은 말을 썼다. 박찬순이 자신의 작품을 통해 독자들에게 전달하고자 했던 메시지를 이보다 더 잘 풀어낼 자신이 없기에 이 글의 결어는 사이드의 문장으로 대신하고자 한다.

이따금 나 자신이 한 줄기 흐름처럼 느껴질 때가 있다. 고체처럼 충일하고 단단하고 안정된 자아라는 개념, 많은 사람들이 그토록 중요하게 여기는 정체성보다는 한 줄기 흐름이 나는 더 좋다. 이 흐름은 인생의 주제곡처럼 깨어 있는 시간 동안 계속 흐르고, 전성기에도 화해나 조화를 요구하지 않는다. 이 흐름은 점점 '멀어지고' 제자리에서 벗어날지도 모르지만, 적어도 항상 움직이고 있다. 시간 속에서, 장소 안에서, 온갖 기묘한 형태로. 그렇다고 반드시 앞으로만 움직일 필요는 없다. 이쪽저쪽으로 움직이고, 때로는 중심 되는 주체가 없이 대위법으로 충돌하기도 한다. 나는 이것을 자유의 한 형태라고 생각하고 싶지만, 완전히 그렇게 확신하고 있는 것은 아니다. 그 회의주의도 내가 특히 매달리고 싶은 주제들 가운데 하나다. 나는 제자리에 머물러 있기보다 거기서 엉뚱하게 벗어나기를 좋아한다. 그렇게 된 것은 아마 그만큼 내 인생에 불협화음이 많았기 때문이리라.*

---

* 에드워드 사이드, 『에드워드 사이드 자서전』, 김석희 옮김, 살림, 2001, 486쪽.

　소설이 반드시 작가의 경험의 궤적은 아닐지라도 한 권의 소설집에는 그 몇 년간의 삶이 은연중에 부록으로 딸려 있다고 생각한다. 영화의 메이킹 필름 같은. 나의 경우 그 안에는 무엇보다도 수많은 고민과 방황의 시간들이 켜켜이 쌓여 있는 듯하다. 햇수가 더해질수록 글쓰기는 더욱 두려워지고, 텅 빈 모니터 화면에서 깜빡이는 커서만 노려보던 순간들, 대상을 알 수 없는 그리움을 안고서 이국의 도시 밤거리를 헤매던 때. 키냐르의 말대로 진정 "방황은 나의 숙소"였다. 그 헤매는 발걸음 닿는 곳마다 아픔은 도처에 널려 있었고 나는 점점 인간이 만들어가는 세상에 대한 믿음을 잃어갔다. 그 참담함을 날카롭게 벼려내려던 욕심은 그러나 나의 무딘 언어 앞에 늘 무릎을 꿇곤 했다. 글은 좀체 써지지 않고 불면의 시간은 늘어만 갔다. 그런 시간이 길어져가면 나는 영락없이 실연당한 짝사랑 애인이 되어 있는 나 자신을 발견하곤 했다. 점점 멀어져가는 그의 뒷모습을 멍하니 바라보고만 있는.

그렇게 시간이란 물결이 흘러가고 난 뒤 내 안에 남은 것들, 급류에도 휩쓸려가지 않고 남은 몇몇 자갈들이 모여 이 책이 되었다. 유럽의 완행열차에서 목격했던 스산한 난민들의 행렬. 레지던스 작가로 옛 페르시아의 향기 가득한 테헤란에서 피부로 느꼈던 뜨거운 시 창작 열기, 자신들의 운명을 시로써 극복하겠다는 듯한. 그리고 이 혼돈의 시대를 헤쳐가려 안간힘 쓰고 있는 우리 젊은이들의 몸부림.

결국 내가 믿을 수 있는 것은 아주 소소하고 작은 것들, 덧없는 존재들이 생의 가장 막막한 순간에 뿜어내는 지순한 숨결이었다. 그 고단하고 선량한 숨결에서 어느 찰나 언뜻언뜻 비치던 알 수 없는 아름다움과 생명의 기미. 그것이 우리를 계속 살아가게 하는 그 무엇이 아니었을지.

세상에 대해, 인간에 대해서는 아직도 알 수 없는 것투성이다. 확실하게 알고 있는 것은 오로지 어렴풋한 어떤 느낌뿐. 이 무지함과 가난한 나의 언어를 안고서 쉽게 오지 않을 그 순간들을 찾아 또다시 헤매리라는. 그것은 매몰차게 나를 버리고 떠난 짝사랑 애인의 뒷모습을 쫓는 것만큼이나 힘겨운 발걸음이 되리라는. 다만 바라건대 그 일이 내내 가슴 뛰는 여정이기를.

부족한 글이 세상 빛을 볼 수 있도록 해주신 강출판사의 정홍수 대표와 이진선 편집자, 그리고 해설을 맡아주신 서희원 평론가께 가슴 깊은 곳에서 고마운 마음을 전합니다.

반짝이는 물결의 비늘 바라보며
2018년 3월, 덕소에서
박찬순

수록 작품 발표 지면

암스테르담행 완행열차 _『소설문학』 2014년 봄호

테헤란 신드롬 _『문학의오늘』 2017년 봄호

재의 축제 _『북남시집 오케스트라』 경기문학 13 테오리아 2017년

달팽이가 되려 한 사나이 _『학산문학』 2016년 가을호

북남시집 오케스트라 _『북남시집 오케스트라』 경기문학 13 테오리아 2017년

성북동 230번지 _『문학의오늘』 2015년 가을호

레몬을 놓을 자리 _『문학무크소설』 2017년 창간호

신천을 허리에 꿰차는 법—소설가 구보 씨의 일일 _『구보학보』 2016년 12월호

폭죽 소리 _『학산문학』 2013년 겨울호

아그리파를 그리는 시간 _『소설문학』 2015년 가을호

아홉번째 파도 _『문학에스프리』 2017년 겨울호

암스테르담행 완행열차

© 박찬순

1판 1쇄 발행	|	2018년 3월 20일
1판 3쇄 발행	|	2018년 6월 25일

지은이	|	박찬순
펴낸이	|	정홍수
편집	|	김현숙 이진선
펴낸곳	|	(주)도서출판 강
출판등록	|	2000년 8월 9일(제2000-185호)

주소	|	서울시 마포구 동교로 17안길 21(우 04002)
전화	|	02-325-9566
팩시밀리	|	02-325-8486
전자우편	|	gangpub@hanmail.net

값 14,000원
ISBN 978-89-8218-228-0　　03810

이 도서의 국립중앙도서관 출판예정도서목록(CIP)은 서지정보유통지원시스템 홈페이지
(http://seoji.nl.go.kr)와 국가자료공동목록시스템(http://www.nl.go.kr/kolisnet)에서 이용하실 수
있습니다.(CIP제어번호: CIP2018007549)